António Lobo Antunes

Die Rückkehr der Karavellen

António Lobo Antunes

Die Rückkehr der Karavellen

Roman

Aus dem Portugiesischen von
Maralde Meyer-Minnemann
Mit einem Vorwort von Ilse Pollack

Luchterhand

Nelson de Matos gewidmet

Ilse Pollack

Vom Ende des imperialen Mythos

Eines der nachhaltigsten Ereignisse der portugiesischen Geschichte im 20. Jahrhundert war der Verlust der Kolonien in Afrika und die »Rückkehr« des Landes nach Europa. Bis in die siebziger Jahre hatte Portugal an der Illusion seines überseeischen Imperiums festgehalten und an der fragwürdigen Einheit eines »Vaterlandes von Minho bis Timor« auch dann noch nicht zu zweifeln begonnen, als nach dem Zweiten Weltkrieg sukzessive ein afrikanisches Land nach dem anderen in die Unabhängigkeit entlassen wurde – um einen mindestens ebenso fragwürdigen Begriff zu gebrauchen.

Als 1961 in Angola zwei so unterschiedliche Revolten wie das Massaker an weißen Plantagenbesitzern und deren schwarzen Arbeitern aus dem Süden sowie der im Vergleich dazu harmlose Aufstand im größten Gefängnis von Luanda ausbrachen, schickte Lissabon seine Armee. Das war der Beginn eines dreizehn Jahre dauernden Krieges, der sich bald auf Moçambique und auf Guinea-Bissau (der für die Portugiesen verlustreichsten aller drei Fronten) ausdehnen sollte.

Da dieser Krieg militärisch nicht entschieden werden konnte, vor allem jedoch, da maßgebliche Teile der Armee ihn nicht mehr wollten, kam es schließlich im April 1974 im »Mutterland« zur sogenannten Nelkenrevolution – einem gewaltlosen Putsch der mittleren Militärkader, dem sich die Spitzen anschlossen. Eine fast fünfzigjährige Diktatur war gleichsam über Nacht wie eine faule Frucht vom Baum der Geschichte gefallen.

Durch den unmittelbar darauffolgenden, überstürzten Abzug der portugiesischen Truppen aus Afrika entstand vor allem in Angola ein gefährliches Machtvakuum, da sich dort drei grundverschiedene Freiheitsbewegungen gegenüberstanden, die als Stellvertreter die Interessen des kalten Krieges auf afrikanischem Territorium ausfochten. In dieser Situation favorisierte die neue (linke) Regierung in Lissabon den ihr auch ideologisch nahestehenden *Movimento Popular para a Libertação de Angola* (MPLA). Von einer geordneten Übergabe oder einer kontrollierten Periode des Übergangs konnte angesichts der auch in Lissabon aus den Fugen zu geraten drohenden politischen und gesellschaftlichen Situation damals keine Rede sein.

Die portugiesischen Soldaten, schrieb wenige Jahre nach diesem »beschämenden Abgang« der angesehene Kulturhistoriker António José Saraiva, seien »wie die Hasen aus Afrika getürmt« und hätten nicht nur die eigenen Leute, sondern auch die Afrikaner dem Chaos überlassen. So kam es 1975, dem Jahr der offiziellen Unabhängigkeitserklärung der Kolonien, zu einem Massenexodus vor allem aus Angola: Hunderttausende *retornados,* »Zurückgekehrte«, von denen so manche zum ersten Mal in ihrem Leben europäischen Boden betraten, strömten in eine fragwürdige Heimat.

Die Portugiesen waren nicht nur die letzten Europäer, die sich aus Afrika zurückzogen, sie waren auch die ersten gewesen, die über den gefürchteten *Cabo Bojador* an der Westküste Afrikas hinausgelangt waren (1434), die südlichste Spitze des Schwarzen Kontinents, das *Kap der Guten Hoffnung* umschifft und damit den lang gesuchten Seeweg nach Indien gefunden hatten (1499).

Das Zeitalter der Entdeckungen, fortan als »Goldenes Zeitalter« der portugiesischen Geschichte bezeichnet, hatte im 15. Jahrhundert begonnen und war endgültig erst dann vorbei, als nach dem Verschwinden des jungen Königs Sebastian in der Schlacht von Alcácer Quibir (1578) das Land an Spanien fiel. Der Verlust der nationalen Unabhängigkeit dauerte insgesamt zwar nur 60 Jahre, ist jedoch ein Trauma der portugiesischen Geschichte geblieben, auf das man bis heute empfindlich reagiert. Als anläßlich der Weltausstellung 1998 in Lissabon die Spanier ihren Pavillon dort mit einem Bild zu schmücken gedachten, das die Ankunft des habsburgischen »Fremdherrschers« Philipp III. in Lissabon darstellt, löste dieser »Affront« einen Sturm im Wasserglas aus.

Es war das Goldene Zeitalter der Entdeckungen, welches jahrhundertelang den Mythos von der historischen Legitimität der portugiesischen Präsenz in Afrika genährt hatte und mit dem noch die Generation von Lobo Antunes im zweiten Drittel des zwanzigsten Jahrhunderts aufgewachsen war. Um auch nur eine annähernde Vorstellung von der Gewalt dieses in die Köpfe schon der Kleinsten eingetrichterten Imaginariums zu bekommen, welches sich um die Helden und deren Taten rankt, genügt ein Blick in die Schulbücher mit all ihren Königen und Infanten, die diese Entdeckungen finanzierten, Seefahrern, die im Auftrag der Krone das wohl gigantischste Abenteuer der damaligen Zeit durchführten, und Missionaren, die überall in den neuentdeckten Gebieten die Heiden mit dem katholischen Glauben zwangsbeglückten.

Während die Menschheit inzwischen schon auf dem Mond gelandet war, stöberte Portugal noch immer unentwegt in den alten Folianten, in denen peinlich genau all die Kontinente und Landstriche, Archipele, Inseln und Inselchen aufgelistet waren, die Männer mit langen Bärten und in seltsamen Kostümen einst zum Ruhme jenes Landes eingefahren hatten, das der portugiesische Dichter Miguel Torga als »vom großen Atlas nur ein Menschenstrich« bezeichnete.

Es war der Generation von Lobo Antunes vorbehalten, zum ersten Mal eine radikale Entmystifizierung des portugiesischen Nationalismus vorzunehmen, dessen unzertrennliche Komponente der imperiale Anspruch war. Eine Generation, die wie Lobo Antunes selbst die Fragwürdigkeit der portugiesischen Präsenz in Afrika gerade durch die Teilnahme am Kolonialkrieg erfahren hatte und deswegen ihrer Desillusionierung auch glaubwürdiger Ausdruck verleihen konnte als jene Zeitgenossen, die, wie es in einem frühen Antunes-Roman heißt, die Revolution am Kaffeehaustisch in Paris entwarfen.

Die schonungslose Auseinandersetzung mit der Vergangenheit ist bis dato ein Thema der Literatur geblieben – während sie in der portugiesischen Gesellschaft noch immer ein Tabu ist, an das niemand gerne rührt. Wenn jedes Land seine eigene Leiche im Keller hat, so ist diese Leiche in Portugal noch immer das Imperium. Es ist jene Leiche, die in der *Rückkehr der Karavellen* »der Mann namens Luís«, von dem noch die Rede sein wird, aus Afrika mitbringt und mit der er am Kai in Alcântara landet, an dem einst die Schiffe mit den Soldaten unter Jubel aufgebrochen waren und an den bis 1974 die Särge unter Ausschluß der Öffentlichkeit zurückkehrten.

Die Rückkehr der Karavellen erschien 1988 als siebentes Buch von António Lobo Antunes (der mit seiner Trilogie über den Kolonialkrieg zunächst in den USA Aufsehen erregt hatte) und in einer hohen Auflage in Lissabon. Der Erfolg seiner Bücher gestattete es dem Autor fortan, seinen Beruf als Psychiater niederzulegen und sich nur mehr der Schriftstellerei zu widmen, bis zu achtzehn Stunden am Tag.

Mehr als ein Jahrzehnt war vergangen, seit unmittelbar vor der bevorstehenden Unabhängigkeit der Kolonien im Jahr 1975 Hunderttausende Afrikarückkehrer in Lissabon gelandet, oder besser gestrandet waren: Per Flugzeug auf ausweglos überfüllten Luftbrücken, per Schiff in stickigen Frachträumen, ja manchmal sogar auf winzigen, selbstgezimmerten Booten, die an die Abenteuer gemahnten, die einst ihre Vorfahren auf unbekannten Meeren erlebten. Fast alle waren in Panik geflüchtet, aus Angst vor dem Kommunismus, vor den Russen, den Kubanern, vor der MPLA, ihrer Gegenbewegung *União Nacional para a Independência Total de Angola* (UNITA) oder ganz allgemein vor den »triumphierenden Wilden, die mit dem Maschinengewehr die kleinen Fenster der Fassaden zersplitterten«.

Der Großteil von ihnen hatte alles zurückgelassen und fand, meist jeglicher Mittel beraubt, eine provisorische Unterkunft in nun leerstehenden Hotels und Pensionen, die ein zu diesem Zweck eilig ins Leben gerufener Fonds ihnen zugeteilt hatte. Die Zahlungskräftigen unter den Touristen waren in jenem »heißen Sommer« angesichts der »drohend bevorstehenden Machtergreifung der kommunistischen Partei in Portugal« zum Glück ohnehin ausgeblieben.

Das Gepäck unzähliger *retornados* lagerte über Kilometer verstreut am Ufer des Tejo-Flusses, unweit des Viertels Belém, wo der Turm mit demselben Namen an den Aufbruch der Flotte Vasco da Gamas erinnert und wo König Manuel I. wenig später das berühmte Hieronymitenkloster als Dank für die geglückte Seefahrt nach Indien errichten ließ.

Die bodenständige Bevölkerung war diesen unerwünschten Heimkehrern meist nicht gerade freundlich gesinnt, und nicht nur deswegen fühlten sich viele *retornados* fremd in einem Land, dessen neue Regierung sie ihrerseits zum Großteil für das erlittene Desaster verantwortlich machten. Mit Portugal hatten diese weißen Afrikaner (und noch weniger Schwarze, Mulatten aus Angola und Inder aus Moçambique) jedenfalls nichts am Hut. Und sie konnten in der damaligen Gesellschaft, welche in revolutionärem Eifer und sozusagen über Nacht alles über Bord geworfen hatte, was jahrhundertelang ihre offizielle und inoffizielle Legitimation gewesen war, vorläufig keinen Platz finden.

In Lobo Antunes' Roman ist diese reale Ebene zunächst der Ausgangspunkt und wird besonders deutlich in den Episoden mit dem namenlosen Ehepaar, das nach einer über fünfzigjährigen Existenz in Guinea-Bissau ebenso bitterarm zurückkehrt, wie es ursprünglich dorthin gezogen war. Wenn das Paar zunächst im Luxushotel *Ritz* mitten im Lissabonner Stadtzentrum logieren darf, um im Herbst in den feuchttriefenden und nebelkalten Ort Ericeira umgesiedelt zu werden, so entspricht das ebenso der Realität wie die Ermahnungen, in den Hotelzimmern keine Sardinen zu braten oder aus Vorhängen keine Kleider zu schneidern, die ihnen die »göttliche, ungeheure, autoritäre, pompöse Stimme« des Leutnants predigt, der seinen Mund plötzlich mit bis dato verpönten Worten wie Demokratie und Sozialismus allzu voll nimmt.

Eine zweite Ebene ist von Anfang an die historische, oder besser gesagt fiktiv-historische, welche nicht nur permanent um Symbole aus dem glorreichen Zeitalter der Entdeckungen kreist, sondern in ebenso realen wie barocken Bildern fünfhundert Jahre portugiesischer Geschichte durcheinanderwirbelt.

Indem er den *retornados* des 20. Jahrhunderts Namen gibt, die an die großen Helden von früher erinnern, reißt der Autor diese zunächst von jenem Sockel, auf den sie eine pathetische Geschichtsschreibung in unermeßliche Distanz gerückt hatte. So kehrt Vasco da Gama aus Angola zurück, um im heimatlichen Vila Franca de Xira unweit von Lissabon wieder den Beruf eines Schusters auszuüben und für den Rest seines Lebens Karten zu spielen. Doch der adelige Entdecker Indiens holt ihn nach und nach ein, und er folgt dem Ruf an den Hof des Königs Manuel, der im Lissabon des 20. Jahrhunderts mit einer Krone aus Blech und einem gelbgestrichenen Rohr als Szepter das vermeintlich noch immer ihm gehörende Land regiert.

Da ist, stellvertretend für alle Pioniere unter den Seefahrern, jener legendäre Diogo Cão, der 1482 das Delta des Zaïreflusses erreichte, von wo er wenige Jahre später flußaufwärts in das sagenhafte Reich des Königs vom Kongo gelangte, um dort jene ersten friedvollen Kontakte zwischen Europäern und Afrikanern zu knüpfen, die sich später als so verhängnisvoll erwiesen. Das grandiose Scheitern des Diogo Cão vollzieht Lobo Antunes symbolisch nach, indem er diesen einstigen Bezwinger unbekannter Meere, den Körper von Skorbut und Alkohol und die Seele von maritimen Illusionen zerfressen, durch die Kneipen eines postrevolutionären Lissabon treiben läßt, bis ihn seine frühere angolanische Geliebte, eine alternde Prostituierte, in der »Metropole«, wo sich niemand mehr an den Namen Diogo Cão erinnert, durch Zufall aufstöbert. Es ist dem einstigen Initiator der frühesten euro-afrikanischen Verbindungen vorbehalten, das Kolonialreich endgültig in den Mistkübeln der Hauptstadt zu versenken, bevor er als einfacher, pensionierter Angestellter der städtischen Wassergesellschaft von Luanda sein Leben (wahrscheinlich bald) beenden wird.

Wenn auch – durchaus der Wirklichkeit entsprechend – die *retornados* aus Angola hier in der Mehrzahl sind, so hat Lobo Antunes mit der Gestalt des Francisco Xavier, Inder aus Moçambique, einen anderen, nicht unwesentlichen Aspekt der Heimkehrerschicksale eingebracht. Xavier, dessen Name auf den wohl berühmtesten jesuitischen Missionar des 16. Jahrhunderts verweist, der sogar die Japaner zum Christentum bekehren wollte und dessen Wirken in mehreren asiatischen Ländern meteorartige Spuren hinterließ, ist hier Herr über die Herberge *Zum Indischen Apostel,* eine Mischung aus verkommener Pension für *retornados* und unerschöpflichem Reservoir von farbigen Prostituierten, die er an das Netzwerk zweifelhafter Diskotheken, welches er mit anderen pseudoillustren Heimkehrern geknüpft hat, gewinnträchtig verleiht. Der geschäftstüchtige Inder aus Moçambique und rührige Schutzheilige der Stadt Setubal spiegelt, grotesk verzerrt, einen nicht unwesentlichen Teil jener *retornados* wider, welchen es gelang, durch zähen Fleiß in einer völlig neuen Umgebung wirtschaftlich zu reüssieren.

Sein Partner bei diesem einträglichen Geschäft ist Manoel de Sousa de Sepúlveda, der noch im Angola der Kolonialzeit mit Hilfe eines befreundeten PIDE (wie nicht nur die ehemalige portugiesische Geheimpolizei, sondern vereinfacht auch gleich deren Mitglieder genannt wurden) Diamanten nach Holland schmuggelt. Vorsorglich hat Sepúlveda – wie so manches seiner realen Vorbilder – schon damals einen Teil seines Vermögens in Immobilien in Portugal investiert – doch als er nach der Nelkenrevolution via Südafrika nach Lissabon zurückkehrt, findet er sein Appartement an der Costa da Caparica von Lumpenproletariern des nahe gelegenen Küstenstreifens Fonte da Telha besetzt. Es entbehrt nicht einer gewissen Komik, daß es ausgerechnet jene sind, die dem »Afrikaner« unter Einbeziehung revolutionärer Slogans eine Moralpredigt halten: »Sieh mal an, einer, der nicht weiß, was Sozialismus ist, dieser Analphabet ... Er ist gerade aus Afrika gekommen, der Arme, ... hat unsere schwarzen Kameraden ausgebeutet, glaubt, das hier ist seine Wohnung. Das hier gehört dem Volk, mein Freund, das gehört der ruhmreichen Avantgarde des Proletariats, das hier wurde revolutionär besetzt, verstanden?«

Doch selbst wenn diese »Deserteure ohne Ziel« Sepúlveda im Anschluß daran ebenso nackt ausziehen wie einst die »Wilden« an der Küste von Moçambique seinen Namensvetter in der von Bernardo Gomes de Brito herausgegebenen Kompilation *História Tragico-Maritima,* so ist er keinesfalls ein Schiffbrüchiger wie jener. Während Manoel de Sousa de Sepúlveda in der berühmten Chronik über die Unglücksfälle der frühen Seefahrer vor Schmerz über den Tod seiner Gattin Leonor, die der Schande der Nacktheit ein rasches Verscheiden vorgezogen hatte, wahnsinnig wird und in den Urwald flüchtet, eröffnet der aus Malanje heimgekehrte Manoel die Bar *Leonor* in Lissabon. Seine Gattin ruht zu diesem Zeitpunkt schon lange auf einem Friedhof in Lobito, Angola, »unter einem Engel aus Grabmarmor ... mit ausgebreiteten Flügeln, der auf ihrer Brust saß, um so unzeitigen Wiederauferstehungen zuvorzukommen«.

Nach den Seefahrern, Missionaren und Adeligen (wie Sepúlveda, der in Indien Reichtum suchte) sind die Wissenschaftler an der Reihe. Doch welch ein Abgrund tut sich auf zwischen dem zeitgenössischen »Radioamateur und Züchter medizinischer Pflanzen auf dem Balkon« Garcia da Orta und seinem historischen Namensvetter, dessen *Colóquios dos Simples e Drogas e Cousas Medicinais da India* (Goa, 1563) als ein Meilenstein in der Weltgeschichte der Medizin gilt und noch heute verschiedentlich zitiert wird, vor allem wegen der Cholera, die dort zum ersten Mal überhaupt beschrieben ist.

Garcia da Orta, ein Freund des Nationaldichters Luís de Camões, der ihm eine Ode widmete, war als *cristão novo* (zwangsgetaufter Jude) vor der Inquisition nach Goa geflüchtet, wo er eingehend sämtliche medizinischen Pflanzen des Orients studierte und in dem oben zitierten Werk in Dialogform beschrieb, mit dem noblen Ziel »Wahrheiten ohne rhetorische Farben zu vermitteln, denn die Wahrheit zeichnet man nackt«. Und nicht nur weil er in diesem Zusammenhang mitunter medizinische Erkenntnisse von Arabern gegen Fehlurteile von Christen verteidigte, holte ihn die Inquisition posthum ein: Da ihr sein lebendiges Fleisch entkommen war, ließ sie wenigstens seine Gebeine in Goa verbrennen.

Bei Lobo Antunes gabelt ein vom Leben verbitterter Garcia da Orta den »Mann namens Luís« am Bahnhof Santa Apolónia auf, um ihn kurz darauf in seine Wohnung mitzunehmen, wo verschiedene fleischfressende Pflanzen da Orta endlich von der Last seiner Familie befreien. Nach einer gemeinsamen Tour durch verschiedene Kneipen findet Luís sich plötzlich wieder allein auf dem Platz, in dessen Mitte sich die Statue des Dichters Luís de Camões erhebt, mit dem er ja so viel gemeinsam hat: Auch ihm fehlt das linke Auge, und er schreibt wie besessen an einer unendlichen Anzahl achtzeiliger Strophen, die die großartigen Entdeckungen der Lusitanier erzählen und *Die Lusiaden* heißen. Deren Bilder, im Roman in fremder Umgebung verzerrt, werden, gleichsam als Residuen früheren Geschichtsunterrichtes, immer wieder an die Oberfläche gespült: Ein anachronistisch gewordener König Manuel hofft, daß Vasco da Gama noch einmal nach Indien fahren möge, um auf der »Liebesinsel« (IX. Gesang) von einem »Schwarm unersättlicher Nymphen« endlich erschöpft zu werden. Oder Diogo Cão überwacht den Aufbruch moderner Liebesgöttinnen in Lamettakostüm, das an Schuppen von Sirenenschwänzen erinnert, weshalb sie denn auch Tagiden heißen, wie die Nymphen des Tejo bei Camões. Oder Pedro Álvares Cabral, nach Fernando Pessoa der »Entdecker wider Willen« Brasiliens, träumt von einer Heimkehr mit Segelschiffen unter einem von schweren Gewitterwolken verhangenen Himmel, aus dem jener Riese Adamastor ragt, der für alle Ewigkeit in das *Kap der Guten Hoffnung* verwandelt wurde, umspült von den Wellen seiner Angebeteten (V. Gesang).

Das Nationalepos der Portugiesen und berühmteste Werk ihrer Literatur, Quelle unzähliger Zitate und souffre-douleur späterer Schüler, die es strophenweise auswendig lernen mußten, hatte der Dichter einst dem jungen König Sebastian gewidmet, bevor dieser in den Kampf gegen die Heiden nach Nordafrika zog. Und deswegen ist es nur recht und billig, daß er dem »Mann namens Luís« jetzt auf dem Platz mit dem Camõesdenkmal erscheint, »umringt von Günstlingen, Erzbischöfen und Vertrauten zu Pferde, angetan mit einer bronzenen Rüstung und einem Helm mit Federbusch«, bis er schließlich »auf dem Weg nach Alcácer Quibir« endgültig aus seinem Gesichtsfeld verschwindet. Der noch nicht achtzehnjährige König, dessen Leiche nach der verheerendsten Schlacht der portugiesischen Geschichte nie gefunden wurde, nährt seither deren größten Mythos, er werde dereinst wiederkommen und Portugal erlösen.

Wenn am Ende des Buches die schlafwandlerische Schar der nun in einer zweckentfremdeten Tuberkuloseklinik untergebrachten *retornados,* darunter der »Mann namens Luís«, sich am Strand von Ericeira versammelt und vergeblich darauf wartet, daß König Sebastian, wie es ein eindrucksvolles Bild dieses Mythos will, auf einem Schimmel den Wellen des Meeres entsteigt, so ist es nach Lobo Antunes endgültig vorbei mit jeder Art von Sebastianismus. Deshalb transferiert der Autor seinen Sebastian in die Gegenwart und verwandelt jene, nach manchen Historikern durchaus negativen Züge des »blonden Jünglings« in die Variante eines im zeitgenössischen Portugal akuten Problems, indem er ihm die Gestalt eines jungen Drogensüchtigen verleiht, der nach Tanger fährt, um sich dort Stoff zu besorgen, wobei er nach einem Streit mit der »Schwuchtel Oscar Wilde« während einer Messerstecherei ums Leben kommt.

Indem er Personen, Orte und Gegenstände aus den verschiedensten Zeitepochen miteinander verbindet, schafft Lobo Antunes jene halluzinatorische Atmosphäre, in der nichts mehr an seinem sicheren Platz verweilt. In einem Lissabon, wo sich Straßenbahnen und Taxis, Automobile und Fahrräder mit vergoldeten Kutschen und Kaleschen, die geradewegs aus dem prächtigen Lissabonner Kutschenmuseum zu kommen scheinen, nebeneinander tummeln, begegnen den Heimkehrern seltsame Prozessionen von Flagellanten. Die Schergen der Inquisition, die Köpfe in Kapuzen verborgen und riesige Kruzifixe auf der Brust, haben gerade wieder einmal António José da Silva verhaftet, den berühmten Theaterautor des 18. Jahrhunderts, dessen kritische Stücke in seinem Marionettentheater im Bairro Alto ein großer Erfolg waren und dem hier, wie tatsächlich geschehen, der Scheiterhaufen hergerichtet wird. Parallel dazu sucht Gil Vicente, Zeitgenosse der Entdeckungen, der angeblich auch Goldschmied war, vor allem jedoch der portugiesische Shakespeare wurde, in der Bar *Leonor* sich unfehlbar immer die häßlichsten Mulattinnen aus – in einer deutlichen Anspielung auf seinen *Pranto da Maria Parda* (Klage der Mischlingsfrau Maria), dem hinreißenden Monolog einer alternden Mulattin und Alkoholikerin. Gegen Morgengrauen mischt sich in derselben Bar noch Padre António Vieira, dessen Predigten bis heute als Beispiel einer geschliffenen Sprachkunst geschätzt werden, ins Getümmel.

Unter weiteren Berühmtheiten der (Literatur-)geschichte, die hier eine illustre Nebenrolle spielen, sei noch jener Nuno Álvares Pereira erwähnt, der 1385 den kastilischen Erzfeind in der berühmten Schlacht von Aljubarrota vernichtend geschlagen und damit dem Haus Avis die portugiesische Krone gesichert hat. Zu sehr damit beschäftigt, den Trompetenstößen aus dem kastilischen Lager zu lauschen, kann er auf das lukrative Geschäft, das ihm Manoel de Sousa de Sepúlveda vorschlägt, nicht eingehen. Die Trümmer einer Vergangenheit, in der die Helden von einst noch immer verstrickt sind, spiegeln sich schließlich in einem gespenstischen Lissabon zerbröckelnder Häuserfassaden und mannigfaltiger Gerüche nach Verkommenheit wider, in dessen eigenwilliger Orthographie »Lixboa« auch das Wort »lixo« (Mist) steckt.

Und da von der Geschichte, die man uns in den Schulen immer nur von der hohen Ebene aus berichtet, meist tatsächlich nichts anderes übrigzubleiben scheint als jene Vorstellungen, die ein solcher Unterricht dann für ein Lebtag in uns nährt, gerinnt hier die große Initiative der Entdeckungen Heinrich des Seefahrers, eines Internationalisten avant la lettre, der in Sagres die berühmteste Seefahrerschule aller Zeiten unterhielt, zum Abziehbild »eines Prinzen mit dem Schnurrbart eines romantischen Sängers unter breitkrempigem Hut, der auf einem Felsvorsprung sitzt und zu seiner eigenen Unterhaltung Papierschiffchen in den Ozean wirft«.

In keinem seiner Werke hatte Lobo Antunes bis dato das Bild von Portugal als Land, das nach seinen eigenen Worten stets auf halbem Weg zwischen Wirklichem und Phantastischem liegt, radikaler gezeichnet als in *Die Rückkehr der Karavellen*. Ein Land, in dem eine allgegenwärtige, allzu monumentale Geschichte die Gegenwart stets zu erdrücken drohte, wird damit auch von der Last seiner Mythen befreit.

Er war vor achtzehn oder zwanzig Jahren auf dem Weg nach Angola durch Lixboa* gekommen, und am besten konnte er sich an die Streitereien seiner Eltern in der Pension am Conde Rodondo erinnern, wo sie zwischen dem Geklingel von Eimern und dem entnervten Murren der Frau untergekommen waren. Er erinnerte sich an das Gemeinschaftsbadezimmer mit einem Waschbecken, das barocke Wasserhähne hatte, die Fische imitierten und aus den aufgerissenen Mäulern spasmisch graues Wasser aufstießen, und daran, wie er auf einen alten Herrn gestoßen war, der, die Hose an den Knien, auf der Toilette lächelte. Nachts, wenn er das Fenster öffnete, sah er die erleuchteten chinesischen Restaurants, die mondsüchtigen Ladengletscher für Haushaltsgeräte im Halbdunkel und blonde Köpfe am Bordstein der Bürgersteige. Und aus Angst davor, den Herrn mit dem Lächeln hinter den rostigen Fischen oder die Haarschöpfe anzutreffen, die, den Zimmerschlüssel am kleinen Finger schlenkernd, Notare den Flur entlangschleppten,

* Im Glossar werden die portugiesischen Orts- und Personennamen erläutert.

urinierte er deshalb in die Bettücher. Und am Ende schlief er, von den endlosen Straßen in Coruche, den Zwillingszitronenbäumen im Garten des Priors und vom blinden Großvater mit seinen glatten Statuenaugen träumend ein, während eine Horde Krankenwagen die Rua Gomes Freire zum Hospital de São José hinaufjaulte.

Am Tag der Einschiffung hatte sie das Taxi, nachdem es durch eine Gasse mit Villen dementer Gräfinnen, vorbei an Läden mit kleinen wahnsinnig gewordenen Vögeln und Touristenbars gefahren war, in denen die Engländer zur Transfusion des morgendlichen Gins anhuben, am Tejo an einem Sandsaum abgesetzt, der, wie auf einer nahen Bahnstation mit einer Waage am einen und einem Pissoir am anderen Ende zu lesen war, Belém hieß, und er hatte Hunderte von Menschen und Ochsengespanne gesehen, die, von Schildknappen in scharlachroten Röcken befehligt, Steinblöcke zu einem riesigen in Bau befindlichen Gebäude transportierten und sich nicht um die Taxis, die Busse mit geschiedenen Amerikanerinnen und spanischen Patres und um kurzsichtige, alles fotographierende, in einer stacheligen Samuraisprache miteinander redenden Japaner kümmerten. Darauf hatten sie das Gepäck auf dem freien Platz oberhalb der Agapanthen abgestellt, die von mechanischen, ruckartig kreisenden Gartenschläuchen, ganz in der Nähe der Arbeiter, besprengt wurden, welche an den Abwasserleitungen der zum Fußballstadion und zu den Hochhäusern von Restelo führenden Allee zugange waren, so daß die Baufahrzeuge der Kapverdianer den Weg der Pferdefuhrwerke mit Grabmalen von Infantinnen und haufenweise Arabesken von Altären darauf kreuzten. Nachdem wir an einem Schild vorbeigekommen waren, auf dem zur näheren Bezeichnung des unvollendeten Gebäudes Jerónimos stand, lag unvermittelt weiter hinten der Turm vor uns, der mitten im Fluß, von irakischen Tankern umlagert, das Vaterland gegen die Invasionen der Kastilier verteidigte, und etwas näher zu uns hin fanden wir, in den gekräuselten Wellen des Ufers, in Erwartung der Siedler mit Eisenwurzeln am Tang im Wasser befestigt, mit Admirälen, die ihre Spitzenmanschetten auf die Decksbrüstung gestützt hatten und mit Schiffsjungen, die hoch oben auf den Masten die Segel für die Hilflosigkeit auf der nach Alptraum und Gardenien riechenden See setzten, zwischen Ruderbooten und einem Gewusel von Nachen die Karavelle der Entdeckungen vor, die uns erwartete.

Mein Vater starb noch vor dem Cabo Bojador an Skorbut, als vor dem Bug das Wasser so still dalag wie der Staub in Bibliotheken, und sie einen Monat lang Kastanien und eingesalzenes Fleisch essend verrottet waren, bis der Wind den Schiffsrumpf erzittern und die am Takelwerk gehenkten, von den atlantischen Möwen und Milanen gerupften Matrosen einer gescheiterten Meuterei wie die Klunker eines Lüsters gegeneinanderstoßen ließ. Nach sieben blutigen Meutereien, elf Überfällen von verirrten Walen, unzähligen Messen und einem Sturm, der dem Seufzen Gottes in seiner steinigen Schlaflosigkeit glich, brüllte ein Typ Land, und der Bootsmann stützte das Fernrohr auf die Aufbauten des Bugs und da lag, von der Lichtbrechung der Entfernung auf den Kopf gestellt, Loanda, auf dem Gipfel das Fort São Paulo, Fischkutter, eine Korvette der Marine, Damen, die unter Palmen Tee tranken und Gutsbesitzer, die ihre Schuhe putzen ließen, während sie in den Konditoreien der Arkaden Zeitung lasen.

Und jetzt, wo das Flugzeug auf die Landebahn von Lixboa zusteuerte, war er erschrocken über die Gebäude von Encarnação, die Ödlandflächen, auf denen zerstückelte Klaviere und Autoskelette aus der Zeit der Höhlenmalereien verknöcherten, und über die Friedhöfe und die Kasernen, deren Namen er nicht kannte, als würde er in einer fremden Stadt landen, der, damit er sie als die seine wiedererkannte, die Notare und die Krankenwagen von vor achtzehn Jahren fehlten. Er hatte eine Woche mit der Mulattin und dem kleinen Jungen im Wartesaal des Flughafens von Loanda verbracht, sie hatten in Decken gewickelt, zerfressen vom Hunger und dem Drang zu urinieren inmitten eines Durcheinanders aus Koffern, Säcken, Schluchzern und Gerüchen in der vagen Hoffnung auf dem Boden gelegen, aus Angola und vor den Maschinenpistolen zu fliehen, die tagein tagaus in den Straßen sangen, gezückt von Schwarzen in Tarnanzügen, die trunken waren von Rasierwasser und Autorität. Ein Siegelbewahrer, der Papiere einsah und über die liegenden Körper hüpfte, ließ alle Stunde einen Namen fallen wie einen Tropfen, und hinter den Fensterscheiben bewachten uns Milizionäre der UNITA mit Armreifen aus Elefantenhaar und federgeschmückten Lanzen unter den Neonröhren an der Decke.

Anstelle des labyrinthischen Marktes am Morgen unserer Abfahrt, nach den Palästen der verrückten Gräfinnen und den Bars mit düsteren Schatten anämischer Ausländer, anstelle des Strandes am Tejo, wo das Kloster errichtet wurde, und anstelle der Steinmetze, die den Kalkstein mit ausholenden Hammerschlägen behauten, anstelle der Ochsen und der Maultiere der Lastfuhrwerke und der Baumeister, die ihren Gehilfen Trauergesänge zuschrien, die der Sprechweise der Kellner in galizischen Restaurants ähnelten, anstatt der Frauen, die Eier und Hühnchen und goldene Heilbutts und Miniaturschornsteine aus dem Algarb und Spielzeug aus Blech verkauften, anstelle der Tränenhelligkeit der Zwiebeln auf den Holzplatten, anstelle der okkulten Kräfte der Zigeunerinnen, die herbstliche Jungfrauen mit dem Versprechen von Liebschaften mit Vizekönigen in Wallung brachten, anstelle der Touristenkleinbusse mit den blauen Frontscheiben und statt der Karavellen und der türkischen Frachter unter der Bücke war es ein armseliges Gebäude aus Beton, in das sie mich scheuchten, mit Anzeigetafeln für nationale und internationale Flüge, die neben dem Duty-free-Shop farbige Glühbirnen für Whisky pulsieren ließen. Eine Maschine, die Schokolade und Zigaretten verkaufte, stand fieberzitternd in einer Ecke, erbrach nach einem komplizierten Münzenverdauungsvorgang Karamelbonbons, und die Passagiere stellten sich in eine Schlange wie in den geplünderten Lebensmittel-, Bäcker- und Fleischerläden, wo sie für Reis, Brot und Fleisch anstanden, die es nicht mehr gab, nur Staub, Brotkanten und Fett und einen Angestellten am Ladentisch, der mit dem Finger auf die leeren Vitrinen wies. Und er erinnerte sich der entsetzlichen Tagesenden in der letzten Zeit in Angola, an die kleinen Jungen, die die Büros und Wohnungen in der Innenstadt überfielen, an die von Kugeln schrundigen Fassaden und an die wohltätigen Damen des Marçalviertels, die ihre verwaisten Nixenschenkel in Gassen feilboten, in denen die Scheinwerfer der Jeeps Schlußlichtern von Zügen glichen.

Die, die mit ihm zurückkamen, Kleriker, Astrologen, Genueser, jüdische Kaufleute, Ammen, Sklavenschmuggler, an Bündel aus Sackleinen, an mit Bindfäden zugeschnürte Koffer, an Weidenkörbe, an zerbrochenes Spielzeug geklammerte arme Weiße aus dem Prenda- und dem Cucaviertel, diese Schlange aus Klagen und Elend zog sich durch den ganzen Flughafen, schob das Gepäck mit den Füßen weiter (durch den Transitpassagieren vorbehaltenen Gang schritten große, wie Flußvögel zerzauste Isländer) bis zu einem Schreibtisch, an dem auf einem Schemel ein Siegelbewahrer ihn nach seinem Namen fragte (Pedro Álvares, und weiter?), auf einer getippten Liste voller Verbesserungen und Bleistiftkreuzchen nachsah, die Lesebrille abnahm, um ihn, auf seiner Resopalsitzstange zur Seite geneigt, besser sehen zu können, mit dem Daumen über den Schnurrbart strich und unvermittelt fragte, Habt Ihr Familie in Portugal?, und ich sagte, ganz schnell, ohne nachzudenken, Nein, mein Herr, weil meine alte Mutter vor sechs Jahren an Gelbsucht gestorben war und ich mich an Onkel und Tanten, die es dort noch gab, kaum noch erinnern kann oder nie an sie denke, ich weiß nicht, ob sie in Coruche geblieben sind und wenn sie dort geblieben sind, wo sie wohnen, bei wem sie wohnen, wie viele Kinder sie haben, ob sie überhaupt noch leben. Ich habe noch undeutlich das Profil eines Cousins in Erinnerung, der in Rekrutenuniform auf Urlaub kam und mit grausamen Stiefeln die Salatköpfe im Gemüsegarten zertrat, aber das Haus, zum Beispiel, was wollen Sie, aber sonst ist da einfach nichts mehr, außer dem Spiegel auf der Diele, der auf dem Markt von Almeirim zwischen dem Gegreine der Spanferkel und den Trommeln der Gaukler gekauft worden war und die Gesichter verformte und die Gesten zu beschlagenem Gewoge verzerrte, jedem sein geheimes, wahres Gesicht wiedergab, jenes, das nur die Einsamkeit des Schlafes oder die Hingabe der Liebe offenbaren. Ich erinnere mich an die Winter mit den auf dem Fußboden ausgesäten Schüsseln und Töpfen, die den Regen auffangen sollten, der durch die Risse in der Decke wie durch eine Sanduhr rieselte, und noch weiter in der Vergangenheit an die Patentante meines Vaters, wie sie unter dem Kirschbaum, der keine Früchte mehr trug und einen der Füße des Betontrogs zum Wäschewaschen mit der Bizepskraft seiner Wurzeln anhob, Socken und lange Unterhosen stopfte. Und diese ferne Erinnerung brachte ihm unvermittelt den Kuhfladengeruch der letzten Monate in seine Nase, seit das Radio die von Seiner Majestät als Nachwehen einer Erhebung während einer Versammlung der Cortes in Lixboa verordnete Unabhängigkeit Angolas verkündet hatte, den Geruch nach Schweiß, nach Durchfall, nach Angst, als wir in Panik die Schränke vor die Fenster stellten, denn gleich schlitzt ein Gewehrkolbenhieb den Bauch der Anrichte auf, bald zertrampelt ein Turnschuh lachend den Teppich, bald fängt die MPLA an, wild herumzuschießen, und Nacken zerplatzen wie Feigen zu einer weißen Fleischpaste mit kleinen roten Kernen, was würde der Infant darüber denken, wenn er noch dort in der Schule von Sagres lebte, wo er Landkarten entfaltete und von den zum Meer gehenden Fenstern aus die Sterne befragte, während seine Kapitäne am Strand von Albufeira Däninnen verfolgten, und Gil Eanes sich in

Lagos tropfend wie ein erschöpfter Bräutigam mit einem Strauß welker Blumen präsentierte. Er sagte, Überhaupt keine, und dachte, Natürlich nicht, denn in achtzehn Jahren Afrika habe ich keinen einzigen Brief, keine einzige Postkarte, keinen einzigen Schinken, kein einziges Foto erhalten. Ich möchte fast wetten, daß sie alle seit Jahrhunderten tot sind, unter den Fliesen der Kirchen begraben mit einem von den Schuhsohlen der Novizinnen gelöschten Namen auf Latein, in den perlfarbenen Stoff der Särge gebettet, mit karierten Joppen bekleidet, mit lila Umschlagtüchern, gefalteten Händen und spitzen Kinnladen wie die in den Krypten der Kapellen liegenden Statuen. Meine Verwandten mit festgezurrtem Kinn und Silbermünzen auf den Augenhöhlen, die mich strafend ansehen, Das ist der, der nach Loanda gegangen ist, um mitten unter den Negern zu leben, anstatt einen Tabakladen in Venezuela oder ein Transportunternehmen in Deutschland zu betreiben, das ist der, der einen Fleischerladen in einem der Armenviertel aufgemacht hatte, den Kaffern Koteletts verkaufte, einer Mulattin ein Kind gemacht hat, eine Fertigbauhütte im Cucaviertel bewohnte und weder eine Kutsche noch eine Prahm besaß, sonntags hing er im Wohnzimmer herum, hörte sich, mit einer kurzen Hose bekleidet, Fußballspiele an und aß diesen Mist aus den Eingeborenendörfern, der Siegelbewahrer machte eifrig krakelige Anmerkungen vor meinem Namen und schüttelte dabei seine kundigen Ohren, als teilte er die Verachtung oder die Enttäuschung meiner Verwandten, und der ihm ministrierende Diakon mit einem Haarkranz und den Wangen eines Heiligen Antonius auf einem Fliesenbild ließ nicht locker, Keine Verwandten, kein Schwager, kein entfernter Verwandter?, während er beim Ausfüllen von Formularen Zahlen auf einem Taschenrechner multiplizierte, mir ein Papier hinhielt, das ich unterschreiben sollte, Hier, einen Tropfen Siegellack unten auf die Seite goß und sie dem anderen gab, damit dieser seinen Wappenring in den rauchenden Blutfleck drückte. Die Mulattin, die, bevor sie mit mir zusammenzog, in einem Restaurant auf der Insel gearbeitet hatte, trug Plastiksandalen und ein um die Stirn gewickeltes Kopftuch und war in ein Plakat für fernöstliche Urlaube versunken, das ein sich bei einem Humpen Bier vor einem Meeressonnenuntergang räkelndes Paar mit Girlanden um den Hals zeigte. Es gibt niemanden, sagte ich, nur das Mobiliar des Zimmers, das mit der nächsten Galeone kommen müßte, sofern sie angesichts dieser Geschichte von Räuberei, Demokratie und Sozialismus im Hafen nicht umgeleitet wurde, und ich war stolz auf die beiden Nachttische mit Porzellangriffen, die dreitürige Kredenz für Flaschen, Kristall- und Wasser- und Weingläser, ganz zu schweigen von der Wäschekommode mit der prächtigen Marmorplatte, auf der zarte, wie auf den Augenlidern der Kinder sich verzweigende Adern eingraviert waren, während mir der Siegelbewahrer, als handelte es sich um ein Diplom mit der Erwähnung besonderer Verdienste, eine unleserliche Mitteilung überreichte, Sie haben acht Tage, um in dieser Abteilung wieder zu erscheinen, nun sehen Sie mal zu. Hinter mir protestierte ein Plebejer mit Krücken gegen die Langsamkeit der Bürokratie, Sobald ich hier raus bin, werde ich mich bei den Zeitungen beschweren, und ich hörte ihn nicht weiter, weil ich mich wieder an Coruche und an die Patentante meines Vaters erinnerte, wie sie, den Korb mit den Wäscheklammern in der Hand, durch die Weinranken der Pergola nur unscharf zu erkennen, zum Haus humpelte. Was Essen und Trinken betrifft, erklärte der Siegelbewahrer, der die Krücken nicht wahrnahm und der die Mulattin oder den Jungen, der sich mir mit offenem Mund in einer Spirale der Angst um meine Beine wickelte, weder ansah, noch sich um sie kümmerte, Wir haben für Sie einen Platz in der Pension *Apóstolo das Índias,* Largo de Santa Bárbara gefunden, fragen Sie dort nach Senhor Francisco Xavier, der Nächste, bitte. Ein dicker, schüchterner Rotblonder versetzte mir, Empfehlungen stotternd, einen Stoß mit dem Ellenbogen, um sich dem Schreibtisch zu nähern, und wir waren allein und in einer Stadt ausgesetzt, die ich kannte, ohne sie zu kennen, und die nach dem süßen Fleisch von Wildschweinen roch, die die Jäger im Sommer über die Plätze und durch die Gassen von Linda-a-Velha oder von Bucelas hetzten, während holländische Geschäftsleute und Kapitäne der Meere von Malakka in den Flughafentaxis in Richtung Stadtzentrum und zum Ebbegestank ihrer Gassen entschwanden, und wir drei warteten dort draußen auf dem Bürgersteig in der Sonnenglut auf die Tische, die aus Angola kommen sollten, als würden die Karavellen durch die Avenidas segeln, um vor uns eine Kiste abzusetzen, die schimmlig vom Seetang der Untiefen, zerstört von den Kiefern der Wellen, den Gegenströmungen und Messerschneiden der Riffe, mit Bärten aus Miesmuscheln und ozeanischen Austern versehen war und in der sich nur noch der Rest einer Matratze und ein Türgriff befanden.

Es war einmal ein Mann namens Luís, dem das linke Auge fehlte und der mindestens drei oder vier Wochen auf dem Kai von Alcântara auf dem Sarg seines Vaters sitzend darauf wartete, daß das nächste Schiff sein Gepäck brachte. Er hatte den Schauerleuten, einem betrunkenen portugiesischen Feldwebel und den Angestellten der Zollbehörde die Eigentumsurkunde für sein Haus und alles Geld gegeben, was er besaß, hatte gesehen, wie sie den Kühlschrank, den Herd und den alten Chevrolet an Bord einer Karavelle hievten, die zum Auslaufen bereit war, doch er lehnte es strikt ab, trotz der Befehle eines korpulenten Majors (Glauben Sie bloß nicht, daß sie dieses Dings da mitnehmen werden), sich von einem Sarg zu trennen, einer Totenlade mit ziselierten Griffen und einem Kruzifix auf dem Deckel, die vor dem verblüfften Kapitän über das Oberdeck geschleift wurde, der den Nonius vergessen hatte und gerade den von Berechnungen schwindligen Kopf hob, um sie in dem Augenblick anzusehen, als der Mann namens Luís unter Deck verschwand und den Toten unter der Koje verstaute wie die anderen Passagiere ihre Körbe und Koffer. Nachdem er sich auf der Überdecke ausgestreckt hatte, legte er den Nacken in die Handflächen und vergnügte sich damit, von den nächtlichen Armen mannstoller schwarzer Frauen träumend, die Häkelarbeit der Spinnen und die Brunft der Ratten auf den mit Krebsen und Elefantenbeinmuscheln bedeckten Dekkenbalken zu studieren. Beim zweiten Mittagessen lernte er einen Rentner kennen, dessen Liebe dem Bisca- und Suecaspiel galt, und einen einarmigen Spanier, der Losverkäufer in Moçambique gewesen war und Don Miguel de Cervantes Saavedra hieß, einen ehemaligen Soldat, der auf losen Notizbuchblättern und verschmähtem Papier ununterbrochen an einem Roman schrieb, der, was nicht zu verstehen war, den Titel Quichotte trug, wo doch jedes Kind weiß, daß Quichotte ein Name für Springpferde ist, und am späten Nachmittag zogen sie den Sarg hervor und knallten abgeleckte Trümpfe auf den gelackten Deckel, wobei sie allerdings vermieden, das Kruzifix zu berühren, weil das Unglück beim Stich bringt und die Spielkarten verändert, und immer die Schnallenschuhe anhoben, wenn das Schaukeln des Schiffes das Erbrochene ihrer Nachbarn in ihre Richtung schwappen ließ, das eine Handbreit Höhe erreichte und sie zwang, sich, die Strümpfe durchweicht, an den Griffen festzuklammern, damit der Leichnam ihnen nicht entwischte und Buben und Asse der entscheidenden Partie abtrieben und in einer Suppe hinweggetragen wurden, in der Hummer schwammen.

Der Mann namens Luís hatte mit seinem Vater in Cazenga gewohnt, als eine Patrouille auf den Alten schoß, weshalb er, sobald ihn dessen Dominofreunde in Bettlakenfetzen gewickelt, aus denen eine Strähne rotblondes Haar hervorschaute, zu ihm gebracht, auf dem Abendbrottischtuch neben das Besteck und die Teller gelegt hatten und, über eine Doppelsechs streitend, wieder davongingen, die Gasse zum Beerdigungsunternehmen hinunterstieg, das eine Granate zerfetzt hatte, durch die zersplitterten Schaufensterscheiben eintrat, sich einen Sarg unter den vielen aussuchte, die im Laden übrig waren, da die Leichen auf den Plätzen und auf den Straßen verwesten, ohne daß sich jemand um sie scherte, bis auf die streunenden Hunde und die Lumpendiebe. Er kippte den Verstorbenen dort hinein, vergaß, ihn vom Bettuch zu befreien, ihn zu küssen, ihm den Hochzeitsanzug anzuziehen oder ihm die Nägel zu schneiden, zog die Schrauben des Sarges an und packte ihn gleich am nächsten Morgen zusammen mit einmal Wäsche zum Wechseln und einem Topf Kartoffeln auf die Handkarre und machte sich in der Absicht zum Hafenkai auf, ein Schiff ins Mutterland zu nehmen. Als das Erbrochene zwei Handbreit hoch stand, zurrte er, um schlafen zu können, den Sarg am Bein der Koje mit dem Strick der Weihnachtstruthähne fest, obwohl er den Vater körperlos in seinem Schlaf dahintreiben fühlte und hörte, wie er ihn durch die Nußbaumritzen mit der erregten Stimme der Toten rief. Als sie in Lixboa festmachten, halfen ihm der Einarmige und der Rentner, den Sarg, dem Griffe und ein Teil des Trauerflors fehlten, am Rand des Kais abzusetzen, und der Rentner holte die Karten für eine letzte Sueca beim Brautgeächze der Krähne, dem Darmgegrummel der Korvetten und unter den Albatrossen aus der Tasche, die vom Essiggeruch des Alten befremdet in der Höhe konspirierten. Beim dreizehnten Herztrumpf stand der mit den Losen auf, Buenas noches señores, ich muß nach Spanien und mein Buch beenden, ich kann die Fahnen nur mit der Zigeunersonne Madrids am Kopfende meines Bettes korrigieren, ich verspreche, jedem per Post ein signiertes Exemplar zu schicken, und da bemerkten sie überrascht, daß die Leute und das Gepäck aus dem Hafen verschwunden waren: Es gab nur noch die Dunkelheit, einen auf einer Art Bühne zur Erbauung der Leute und Ernährung der Raben hingerichteten Deserteur und eine brennende Lampe in einem Gebäude zur Rettung Schiffbrüchiger oder einem dieser Seebüros, die das Fischereiministerium, Heinrich der Seefahrer und die Kriminalpolizei an der ganzen Küste entlang aufpflanzten, um zugleich den Haschischschmuggel und die Manöver der flämischen Bukaniere zu überwachen. Die Farbe der gegen die Mauer schlagenden Wellen hatte sich verändert, war jetzt durchscheinend und sanft wie der Klang deiner Augen. Der Rentner gewann die einhundertneunundvierzigste unerbittliche Partie, als man die Tupfer auf den Karten schon nicht mehr erkennen konnte und den Wert der Fünferpasche nur an einem enttäuschten Echo in der Seele erriet, woraufhin er das Kartenspiel einsammelte, sich verabschiedete und ging und sich dabei, um keine Rührung aufkommen zu lassen, darüber beklagte, daß es einem bei solchen Mitspielern, die nicht einmal die Anzahl der Punkte behielten, verdammt noch mal keinen Spaß mache, eine Bisca zu gewinnen. Der Mann namens Luís schaute dem Spieler Ewigkeiten lang nach, der sich mit den vorsichtigen kleinen Schritten subtiler Kenner des Zufalls, grau gegen den grauen Himmel, jenseits der parallel zu den Eisenbahnschienen verlaufenden Reihe von Büschen entfernte, bis er sich in der beleuchteten Unordnung der Stadt verlor. Da setzte er sich auf den Sarg, zu seinen Füßen das Wasser, das er nicht erkennen konnte, nur das Keuchen des sich entfernenden und sich nähernden Flusses konnte er hören, in den die Abwässer von Lixboa und die Hirtengedichte des Poeten Francisco Rodrigues Lobo mündeten, eines Mannes, der im Tejo seinem Leben ein Ende gemacht hatte und einer schnurrbärtigen Alse gleich in einem Netz aufgefischt worden war. Möwen und Milane zogen sich auf die beinahe beendeten Gesimse des Jerónimosklosters zurück, in die die Armee das bescheiden glorreiche Flämmchen des unbekannten Soldaten überführt hatte, eines sprachlos in den französischen Schlamm und in das Gas der Deutschen im Ersten Weltkrieg geworfenen Bauern, machten den fasanengroßen Fledermäusen Platz, die tagsüber im Frieden der Bögen des Kreuzgangs schliefen, in dessen Mitte ein kleiner Teich dem Nixenkind zugedacht war, das Bartolomeu Dias dem König anläßlich seiner nächsten Reise versprochen hatte, sobald im Morgengrauen der Rand einer Meeresschnecke sich auf den Riffen erheben und die Seeleute in Staunen versetzen würde. Manövrierende Lokomotiven trennten den Mann namens Luís von den Gebäuden am Ufer, die auf dem Belag der Bürgersteige schief wie die Karavellen bei der Belagerung der Stadt im Moos des Tejo hockten. Ein Gefreiter der Zollpolizei ging mit seiner Muskete, mit den Streifen der Schweizer Garde, ein- oder zweimal rauchend an ihm vorbei, und das Morsen der Zigarettenglut antwortete chiffriert den Taschenlampensignalen der Schmuggler und lenkte falsche marokkanische, bis an den Rand mit italienischem Likör und Opium-Mohnblumen beladene Fischkutter in den Hinterhalt der Armee. Es roch nach Hitze und Müll, und hin und wieder ließen Zeitungsfetzen eine Nachrichtenbrise auf dem Bürgersteig aufsteigen. Ich urinierte im Schatten eines Obstlastwagens, und während ich den Hosenstall aufknöpfte und die Luft sich mit Pfirsichduft färbte, erinnerte ich mich an Loanda um sechs Uhr nachmittags, wenn die Schiffe zum Fischfang ausliefen und zwischen Palmenstämmen rauchend immer kleiner wurden. Ich urinierte und dachte an den taubstummen Uhrmacher mit den Charlie-Chaplin-Augen, der, von Hunderten wütender Kuckucks umringt, zehn Meter von meiner Arbeitsstelle entfernt mikroskopische Federn reparierte, dachte an Don Miguel de Cervantes Saavedra, der uns manchmal seltsame Episoden von Dulzineas und Windmühlen zugebrüllt und völlig aufgeregt, indem er nach dem Bleistift in der Jacke tastete, hinzugefügt hatte, Das kommt in mein Buch, das kommt in mein Buch, dachte an den Suecarentner, der mit Stöpseln aus Stoff und Kerzenstearin die Ritzen im Sarg zustopfte, sich neben mich auf die Koje setzte und mir alte, in ein Schulheft geklebte Fotos zeigte, Das da bin ich mit vier Jahren auf einem Pappmachépferd, Der Dritte von links bin ich beim Militär in Tancos, Dies hier hat mein Bruder Paulo von mir gemacht, als ich den Seeweg nach Indien entdeckte, Hier, schauen Sie, das ist doch nett, nicht wahr?, bin ich zusammen mit meinen Kollegen aus der Etikettierabteilung der Brauerei, natürlich haben sie mir einen Füllhalter mit Goldfeder geschenkt und ein gerahmtes Diplom mit einem Schildchen und den Unterschriften von allen, Schade, Gama, daß du hier nicht mehr arbeitest, der Rentner verlor sich in endlosen Erzählungen aus seiner Jugend als Schuhmacher in Vila Franca, dem Ort, den das Hütchenspiel des Tejo je nach Überschwemmungslage zeigte oder verbarg und, wenn er sich zurückzog, aufgequollene Ochsenbäuche und die verstopften Saxophone der Blaskapelle vom Musikpavillon zurückließ. Der Vetter, der das Sohlengeschäft führte, hatte ihm nach Afrika geschrieben und ihm ein Viertelanteil am Laden angeboten, und ich, der niemanden in Portugal kannte, habe mir die Adresse gemerkt, um ihn Ostern mit einem Säckchen Maisbrot und einem amerikanischen Kartenspiel mit nackten Frauen auf der Rückseite der Buben zu besuchen. Ich hörte in dem Augenblick auf zu urinieren, als eine Lokomotive losfuhr, deren Ruf sich mit dem Rufen der Schiffe vermischte, und ging zum Kai zurück, ohne zu wissen, was ich mit diesem Klotz am Bein von einem Sarg machen sollte, auf den der Einarmige mit den Losen in einer absurden Künstleranwandlung ein Gedicht zu machen versprochen hatte, Ich steige in Madrid vom Pferd, schließe mich in meine Wohnung ein und schreibe es in Sekundenschnelle, ach was, das macht keine Mühe, ich kopiere alles auf Luftpostpapier, und in höchstens einem Monat ist es hier. Ich kratzte die Herpeskrusten am Ohr, spuckte in der Hoffnung ins unsichtbare Wasser, daß mir eine Idee kommen würde, Wo zum Teufel soll ich den Vater begraben, wenn kein Geld für eine Totenmesse da ist? Wenn du nicht vollkommen bescheuert gewesen wärest, erklärte er mir, während er Damen manipulierte, der Rentner in einem seiner seltenen Augenblicke des Mitleids und herber Freundschaft, hättest du den Verstorbenen dort auf dem Tisch vergessen, wo sie ihn hingelegt haben und er mit seiner Hand mit den langen Fingernägeln beinahe die Menage erreicht hätte, denn die Typen sind so scharf auf Öl wie die Uhus, die es uns in den Lagern der Krämerläden mit den Flügeln schlagend wegsaugen, doch mich betrübte die Vorstellung, daß er allein in Afrika vergammelte, ihm, umringt von Salamandern und Skorpionen, Ringelblumen aus den Nasenborsten sprossen. Als ich zum siebten Mal ausspuckte, fing es an zu tagen: Eine Wasserschüsselhelligkeit enthüllte die Kräne, die Umrisse der Karavellen aus Ceylon, in der Ferne die Glutflamme der Eisenhütte, und das Skelett des Hingerichteten auf dem Altar seines Galgens. Die Milane und die Raben kamen zurück, der Gefreite der Zollpolizei verschwand. Ein paar Angler mit bedruckten Hemden ließen sich zehn oder zwanzig Meter vom Sarg entfernt nieder, jeder mit seinem Korb und seiner Angelrute, doch nachdem einige Stunden vergangen waren und sie nichts gefangen hatten, warfen sie den ganzen Kram in einen Lieferwagen der Gasgesellschaft und machten sich mehr oder weniger auf demselben Wege wie der Senhor Gama und der Spanier davon, wobei die losen Bleche der Kühlerhaube an die Eisenbahnschienen schlugen, und als sie wegfuhren, kam die Nacht zurück: Die Lichter gingen an, die Dochte der Boote schaukelten, die unvollendete, von Edelleuten mit Hellebarden bewachte Masse der Hieronymuskirche gewann unerwartete Größe. Der Gefreite vom Vorabend lugte in das Büro aus Ziegelsteinen, und immer wenn er näher kam, klingelten die Schnallen der Gamaschen, und seine Gesichtszüge waren nur noch ausdruckslose Holzknubbel. Die Fledermäuse, die auf der Suche nach mit den Sklaven aus Guinea angekommenen tropischen Schmetterlingen die Laternen abschnupperten, tauchten aus Versehen in den lila Widerschein der Ohnmachtswellen des Tejo. Autos mit Standlicht, in denen sich Verliebte wälzten, wiesen mit beleidigten Kühlergrills auf den Boden. Der Geruch des Sarges wurde allmählich so unerträglich wie der des Deserteurs auf seiner Richtstätte, dem sich Vögel auf dem Kamm der Wirbelsäule und dem niedergelassen hatten, was von den Schultern und den Hinterbacken übrig war, und ich dachte daher, Sobald der Kühlschrank und der Herd gelandet sind, verkaufe ich sie an den nächstbesten Zigeuner und kaufe dem Alten einen anderthalb Meter großen Jesus mit Einlegearbeit und Verzierungen, denn von einem gewissen Alter an leben wir damit, uns das makabre Theater unseres eigenen Dahinscheidens vorzustellen, zu vervollkommnen und aufzupolieren, der Sakristan, die Familie, die Todesanzeigen in den Zeitungen, das Interesse der Nachbarn, die Anzahl der Blumensträuße und die Litermenge der Tränen. Ich dachte: Und wenn ich dafür zahlen muß, daß sie ihn beweinen. Ich dachte: Und wenn ich eine Sonnenbrille und ein riesiges Emigrantenabschiedstuch kaufen muß, um vorzugeben, daß ich weine. Ich dachte: Und wenn ich mir unter den Bettlern, die auf den Stufen der Kirchen ihren Hunger übertreiben, ein paar Schwager ausleihe, und da kam der Gefreite, nachdem er vergebens versucht hatte, der unvermittelten Seide einer Katze einen Fußtritt zu versetzen, schräg wie eine Languste auf mich zu und wechselte dabei den Riemen der Waffe von einem Schulterblatt zum anderen:

– Was ist denn das da?, sagte er.

Erst jetzt bemerkte ich, daß jenseits der Maulwurfsgrillen und der Zikaden der Dunkelheit, deren Schrillen dem Sirren der Pailletten der Schlaflosigkeit ähnelte, jenseits der Mollusken im Takelwerk und der Harfe seiner Taue und ihres unablässig wiederholten einzigen Tones eine Grille zirpte: Nicht innerhalb der Nacht, versteht sich; in einem kleinen vor Anker liegenden Boot, einem dieser flachen Schiffe der Fischer von Algen und kranken Schalentieren, die einige Klafter mit einer Besatzung von Männern segelten, die aufgerollte Hosen trugen und mit Krabbennetzen und Eimern ausgerüstet waren. Hin und wieder glitzerte eine kleine Flosse im Sprung aus dem Wasser und verschwand wieder. Die Häuser wogten, auf den Kopf gestellt, mit Nelkenstöcken in den Balkonkästen gen Lixboa auf und ab. Der Gefreite berührte abschätzend den Sarg mit der Stiefelspitze:

– Gehört dieser Mist hier Ihnen?

Morgens machen die Lokomotiven, wenn sie rufen, den Eindruck, als seien sie so nah, daß man sie sich gegen die Brust drücken könnte. Die anderen Geräusche auch. Und die Stille. Und die Gerüche. Und die Stimmen, die kilometerweit entfernt wispern: alles nah, klar, durchsichtig und zerbrechlich, aus Glas. Auch die Brücke über den Tejo und die Glühwürmchen der Lastwagen, die auf der Brückenbahn dahingleiten.

– Ich warte noch auf das Passagierschiff, dann bringe ich ihn weg, sagte ich. Ich habe da meinen in ein Bettuch gewickelten toten Vater drin.

Im von mit dem Wappen von Portugal versehenen Steinsäulen, von Karavellentrümmern und Rüstungen verstorbener Eroberer übersäten Afrika setzten sich die Uhuhs mitten auf die Wege und ließen sich von den Autos überfahren, Uhus, deren Augen gelb waren wie die Bugwellenflossen in afrikanischen Gewässern und die Glühwürmchenlichter der Lastwagen: Wir sahen sie immer zu spät, hupten, und dann prallte ein Wirbel grauer Federn, eher Haar denn Federn, gegen die Scheibe und starb hinter uns, verlor sich in den schlafenden Sonnenblumenfeldern, in denen die Buschesel unermüdlich trabten. In Afrika ertastete meine Nase ganz anders als hier die Gerüche und freute sich, die Beine kannten die Wege, auf denen man gehen konnte, die Hände erlernten mit Leichtigkeit die Gegenstände, man atmete eine Luft, die reiner war als die Tücher in den Kirchen, bis der Bürgerkrieg meinen Alten erschoß, mich zusammen mit dem Rentner und dem Einarmigen mit den Windmühlen in einen Schiffsbauch sperrte und die Düfte und die Geräusche der Dunkelheit mir fremd wurden, weil ich diese Stadt nicht kenne, weil ich diese Gassen und ihre trügerischen Schatten nicht kenne, weil ich nur den Hafen und die Fischkutter buchstabieren kann, die am Tag anwesend und nachts abwesend sind, abgesehen von den Raben und die vom Gestank des Verstorbenen erregten Möwen, die auf der Suche nach dem fauligen, im Grab aus Lack verborgenen Fleisch auf dem Kruzifix herumpickten.

– Eine Leiche?, argwöhnte der Gefreite. Eine Leiche oder amerikanische Zigaretten, mein Freund? Gitanes, Marlboro, Anis, französische Parfums, Wermut, ein Dutzend japanischer Batterieradios? Wollen Sie mir weismachen, daß Sie eine Leiche da drin haben?

Er warf die Zigarettenkippe weg, und das kleine Licht irrte durch die Nacht und verlosch im Tejo. Vom Bahnübergang erklang schlaftrunkener Zorn von Weckern, und die Fenster des Zehnuhrbummelzuges folgten hinter den Büschen in glitzernden Quadraten aufeinander und trugen die

Arbeiter des Jerónimosklosters zu den Vorortsvierteln ohne Strom und Gas, in denen Betrunkene und Hündinnen an den Ecken Wut auskochten. Ein paar Polizisten trugen, vom Gefreiten herangepfiffen, den Sarg in das Backsteinbüro voller zerstörter, an die Wände geschobener Schreibtische, alter Metallaktenschränke und an mit einer Stecknadel an eine Korktafel gepinnter Dienstanweisungen und Aufstellungen verschwundener Schiffe, links daneben in seinem Rahmen das Foto des Präsidenten der Republik, der mit der visionären Dummheit von Helden in die Ewigkeit blickte. Die Polizisten lockerten hockend die Schrauben, lösten mit dem Taschenmesser die Spitzen des Futters, ein Ammoniakwind stieg aus dem Sarg auf, und der Mund des Präsidenten auf dem Foto verzog sich zu der Zahnschmerzgrimasse, mit der er viele Jahre lang über der Tafel am Einmaleins der Schulen teilgenommen hatte.

– Sobald das Schiff mit meinen Sachen festmacht, versprach ich, werde ich ihm, das schwöre ich, einen ordentlichen Grabstein bezahlen.

In der Nähe der Lampe reinigte sich der Gefreite, ohne Mütze nackter, als wäre er ausgezogen, die Nägel mit einem Streichholz, er ähnelte den Ebbealgenfischern, obwohl er Gamaschen und am Gürtel eine Patronentasche trug, um die Flußaale zu ermorden. Oder die Fledermäuse. Oder die Züge. Oder den Turm zum Bekämpfen der Kastilier. Oder meinen Vater, der sein Blei in Loanda geschluckt hatte und ganz allmählich zu einem Morast aus Eingeweiden wurde.

– Scheiße, sagte einer der Polizisten angeekelt, während er sich die Nase mit dem Zwillichärmel zuhielt. Sehen Sie sich mal dieses kleine japanische Radio an, mein Gefreiter.

Eine Lokomotive durchquerte den Seenotrettungsdienstposten, warf Karteikästen und Stühle um, und nun sahen mich die drei, von einem Bettuchzipfel verdeckt, erstaunt wie Jungfrauen an, und da wuchs ich mit einem kleinen demütigen Entschuldigungslächeln einen Schritt weit näher:

– Wenn die Herren den Sarg wieder zunageln würden, wäre ich Ihnen dankbar; denn ich habe sonst nichts, worauf ich mich auf den Kai setzten kann, bis das Schiff kommt.

Die Pension *Apóstolo das Índias* lag nicht, wie ihnen der Siegelbewahrer versichert hatte, am Largo de Santa Bárbara, sondern auf einem hinter den Gebäuden zwischen der italienischen Botschaft und der Militärakademie gelegenen verlorenen, abschüssigen Gelände. Es handelte sich um ein heruntergekommenes Haus zwischen lauter heruntergekommenen Häusern, vor denen eine auf Brachland in Zelten untergebrachte Gruppe von Landstreichern um einen kranken Ziegenbock herum schreiend miteinander redete. Er fragte einen Mestizen mit verschwiegenen Augen, kleine Jungen, die mit einem Stock im Müll herumstocherten und einen an einen verrosteten Anker geklammerten alkoholisierten Überlebenden ferner Meere nach der Adresse, und sie gingen, über Bretter von Baugerüsten stolpernd um angekohlte Wände, Mauerreste und Treppen zu Wohnungen herum, in denen niemand war, und in denen nachts durch die Ritzen in den Fensterläden Positionslichter von Schiffen glitten. Ein Taubenschwarm erschrak auf einem Dachsturz, flog fächerfömig auf und verlor sich in einem Himmel voller Schornsteine. Unten, in der Rua de Arroios, wo Sielarbeiten und ein Schaufelbagger den Verkehr verstopften, gab es sieche Kurzwarenhändlerinnen,

Prostituiertenbars und miese Krämerläden mit Horden von Arbeitern, die den brennenden Docht ihres Tresterschnapses im Leuchter ihrer Hand hielten. Eine brillantinefeuchte Ratte flüchtete aus einer Wasserrinne, lief die versandeten Stufen entlang und verkrümelte sich unter einem Schotterhaufen. Die Bettler beobachteten ihn von fern, schweigend unter einem Stück Zelt, und da sah er die Buchstaben

Residencial Apóstolo das Índias

in gelber Farbe neben einer offenen Tür oder dem, was einmal eine Tür gewesen und jetzt nur noch eine Art zerlöcherte Absperrung war. Ein Mädchen in Männerschuhen kippte eine Kiste in eine mit Schalen, Insektenvernichtungsmittelschachteln, Kompaßzifferblättern und leeren Sirupflaschen gefüllte Grube aus. Senhor Francisco Xavier, ein dicker Inder in Sandalen, empfing ihn in der Pförtnerloge am Eingang, umringt von einem Dutzend kleiner Inder, die ihm alle ähnlich sahen, Sandalen trugen, auch dick waren und unterschiedlich groß wie die Tasten eines Xylophons. Es roch nach Schlaflosigkeit und Fußschweiß, es herrschte der Viehstallgeruch der Armut, und man konnte das Wandern der Wolken durch die Öffnungen im Putz verfolgen. Als ob hier auch Krieg ist, dachte Pedro Álvares Cabral, als ob eine Mörsergranate die Häuser zerstört hat.

– Ich bin aus Moçambique, klärte ihn Senhor Francisco Xavier mit heidnisch aufgeweichtem Akzent auf, während er die mit dem Wappen des Schreibers gestempelten Ausschiffungsbelege einsammelte. Und er stellte sich den Goanesen vor, wie er, eine in der Spucke der Kinnladen ausgegangene Zigarre im Mund, im Wald Gestalten mit acht

Beinen anbetete oder, die Überzeugungskraft seines Bauchumfanges voranschickend, von Markt zu Markt ziehend Taftstoffe feilbot. Draußen hörte man die Landstreicher kreischend streiten, und die Tauben kehrten mit dickem Kropf auf die Dachfirste zurück, und, indem ich mich vorbeugte, konnte ich sehen, wie der Ziegenbock zwischen den Steinen und den verlassenen Häusern zitterte, über die sich um mich herum langsam die Nacht legte.

– Haben die Ihnen nicht gesagt, daß Sie fünftausend Escudos Einstand zahlen müssen?, wunderte sich Senhor Francisco Xavier.

Das Mädchen mit der Kiste kam mit sich selber redend wieder zurück und verschwand im Schlund einer Treppe: Die Schuhe mit den offenen Schnürsenkeln blieben am Rand der Stufen hängen. Gewisper und Weinen breiteten sich im Dunkel der Herberge aus. Irgendein Vogel pfiff stranguliert im Loch des Mörtelschutts einer Ecke.

– In Beira habe ich drei Kinos und ein Haus mit Swimmingpool gekauft, sagte Senhor Francisco Xavier, während er die leeren Arme eines gestürzten Despoten vorwies. Drei Kinos und eine Villa vor den Karavellen im Hafen, natürlich ohne die Dienstboten mitzuzählen, und wenn jemand mir versichert hätte, daß ich einmal diese Spelunke hier führen würde, hätte ich mindestens einen Nachmittag lang gelacht. Allein die nichtbezahlten Rechnungen der Gäste bringen mich um den Verstand. Wo wir gerade von unbezahlten Rechnungen reden, Mann, kommen die fünftausend Escudos nun endlich rüber, ober was? Drei Kinos, Scheiße. Und unterschreiben Sie mir diese Quittung hier, damit ich Ihre Unterstützung bekomme, das ist in der

Apóstolo das Índias üblich, verstanden? Ehrlichkeit auf der einen Seite gegen Ehrlichkeit auf der anderen.

Die Mulattin ließ die Koffer und die Taschen mit einem Ohnmachtsplopp fallen. Trotz der Brunnenstille der Uhren mußte es acht Uhr sein, da sie die Markisen der Nachtclubs von Santa Bárbara aufklappten, und Typen mit Goldtressen, die wie Faschingsfähnriche gekleidet waren, kontrollierten den komplizierten Verkehr von Kunden und Huren. Die Tauben wurden auf den zerbröckelnden Fensterbrüstungen unruhig, und er dachte, daß Lixboa ohne die chinesischen Restaurants die häßlichste Stadt auf Erden war. Er dachte, indem er ein Wespennest in den Dachsparren anschaute, Wo bekomme ich jetzt die fünftausend Escudos her, um den Dicken zu beruhigen, und da kreischte jemand im Dunkeln, He, Xavier, der Inder sagte zu uns, Warten Sie einen Augenblick, ich komme gleich wieder, und machte sich sandalenklappernd, vom Xylophon der Kinder gefolgt zu den Speisekammern, Treppenabsätzen, Zimmern, Kellern und Tunnels der Pension auf.

Und so warteten sie vor dem Geheul des Stechginsters und dem Röcheln des Augusts in der Eingangshalle: Die Frau und der Junge schätzten vollkommen stumm, krumm und reglos in der wachsenden Dunkelheit alles ab, überprüften alles, durchforschten alles, die ziellosen Tausendfüßler, die toten Käfer, die stillen Eidechsen auf den Erhebungen des Daches, die Nacht und die Milchstraße der Laternen des Martim-Moniz-Platzes, die kein Finger entwirrt, und ich, ein Weißer aus Coruche ohne Instinkte oder Geheimnis, zu weit entfernt von den Kastanienbäumen der Kindheit, grübelte über das Geld für den Inder nach und darüber, wie ich es klauen könnte, während ich Schritte und Gewisper und Herumschieben von Truhen hörte, und erinnerte mich an meinen Großvater, der die Dreiuhrnachmittagssonne mit dem Spazierstock abtastete, bis die Stimme von Senhor Francisco Xavier, indem die schimmligen Sandalen sich wieder näherten, verkündete, Ich habe ein Zimmer mit weiteren acht Familien aus Angola für Sie gefunden, da haben Sie echt Glück gehabt, alles Landsleute, alle solidarisch, alles Kumpel, da können Sie sich was erzählen, und was ist nun mit den fünftausend Escudos, mein Bester?

Diesmal folgte ihm nicht die lange Prozession seiner Nachkommenschaft, sondern eine winzige barfüßige Alte mit Haarknoten, in der Mitte gescheiteltem Haar und einem roten Punkt auf der Stirn, einem Spielkartenkaro zwischen den Kapellenbögen ihrer graumelierten Augenbrauen, und in deren Pupillen sich Becken voller Krokodile, Umrisse von Piraten und der im Gelbsuchtmeer von Diú untergegangenen Karavellen des Vizekönigs, D. João de Castro, unter einem Katastrophenhimmel widerspiegelten. Eine aus Malabar oder Timor mit dem ersten Pfeffer mitgebrachte mehrfach Hundertjährige, Geliebte bärtiger Entdecker mit fettem Weinfaßhusten, die mit Senhor Francisco Xavier in der vielfarbigen Sprache der unter den riesigen Bäumen in ihren Kupferpagoden schlafenden hölzernen Götzenstatuen redete, ein uraltes Seefahrerliebchen, das ungerührt blutrünstige Enterungen, Skorbutgeschwüre, balsamische Ausräucherungen und Melancholien von Vizekönigen miterlebt hatte, die auf den Westbalkonen ihre Ellenbogen zu den Schwalben hin aufstützten. Sie kümmerte sich nicht weiter um den Jungen und um mich, die wir die Dichte der Nacht an der Eile der Eulen maßen, sondern ging mehrfach auf die Mulattin zu und entfernte sich wieder von ihr, indem sie ihr Gesicht, ihren Körper, ihre Beine betrachtete, und ich fühlte mich wie an der Ribeira oder auf dem Markt von Cascais an jenen Morgen voller Stimmengewirr, Papageien, Streit, Geschacher, an denen ich, Hahnenfedern im Nacken, miterlebt hatte, wie die Sklaven aus einer kleinen Tür der Fregatten ausgeladen wurden. Der Dicke betätigte einen birnenförmigen Lichtschalter, und eine unvermittelte Helligkeit zeigte den geschmückten Innenhof, in dem Barsche, die lockeren Schiffsbrückenbohlen des Fußbodens, Putzbrocken, Stuckwunden, -flecken und -narben schwammen. Die Landstreicher auf dem Brachland kühlten allmählich ab, um schlafen zu gehen und rafften Zeitungen gegen den Sommertau zusammen. Herrenlose Hunde und aus dem Klerus ausgeschiedene Erzbischöfe mit Glaspailletenmitren auf dem Kopf taumelten flatternd wie Engel dicht an der Tür vorbei. Das Mädchen mit der Kiste kam wie eine Puppe maskiert aus dem Krämerladen, mit Clownswangen und den Hals in eine lepröse Pelzstola gezwängt, zum Rauchen in die Nacht hinaus. Senhor Francisco Xavier schrieb, an eine Ecke des Tresens geflegelt, mit den Frakturlettern von Zeitungsköpfen mühsam unsere Namen in ein liniertes Heft.

Ein Straßenköter heulte fünfzig Meter weit von uns, und ein zweiter antwortete ihm aus der Ferne mit einer schmerzlichen Klage von der Tankstelle her, wobei sein Rachen von der Betonmuschel einer Autowerkstatt verstärkt wurde, in der noch andere Stimmen waren, die von Autofahrern, Briefträgern auf Mofas, Polsterern und die des letzten Mechanikers, der sich an einem Wasserhahn einseifte, dessen Wasser sich glitzernd in die Risse im Boden ergoß: Ich weiß wie das ist, da ich jahrelang als Lehrling in einer Werkstatt in Sá da Bandeira zwischen dem Geruch nach Öl, Leder und Werg gearbeitet habe und unter der geronnenen Milch des Neons Elektrikern zugeschaut habe, die auf rußigen Tischen voller Abfälle und Ampèremessern Batterien reparierten. Ich habe da aufgehört, weil der Vorarbeiter mich dabei erwischt hat, wie ich gerade die Finger in der Jacke des Blechschmiedes hatte, wo ich nach ein paar unschuldigen Münzen für eine Packung Zigaretten fischte, und er hat mich unter Ohrfeigen die Auffahrt hinauf in den Regen der Straße gejagt. Der seinen lächelnden Götzenstatuen und deren ungeheuren Donnerschlägen durch den Glauben an die Evangelien entzogene Inder kam jetzt vom Tresen herüber, während das Doppelkinn seines Bauches über dem Gürtel wackelte:

– Hast du die Dukaten nicht, Jungchen?

Die im Deckenfutter konspirierenden Mäuse lösten oben einen Putzplacken, und da machte die Alte, mit offenem Mund, einen Satz wie eine behinderte Kröte, packte die Mulattin mit Krallenpinzetten und schleppte sie in die Tunnel der Pension *Apóstolo das Índias*, wo ein Kind im Salon im ersten Stock, der mit Fliesen aus dem 17. Jahrhundert dekoriert war, die Jagdszenen oder Madonnenwunder darstellten, wie am Spieß schrie. Und ich ertappte mich bei dem Gedanken, ob der Ziegenbock der Bettler womöglich im Stehen schlief, mit zitternden Knien in den Disteln des Brachlands.

– Du hast nicht einen armseligen Dukaten mehr, na, nun gesteh es schon dem Chef, freute sich Senhor Francisco

Xavier, indem er mir frohlockende Klapse auf den Rücken gab, als der Wind vom Ufer des Flusses her den heroischen Wachstuchduft des Wasserflugzeugs ohne Propeller hertrug, das jenseits von Beato auf der Mole der Sonntagsangler noch, wie man durch die schwitzenden Bullaugen erkennen konnte, mit den auf den Stühlen sitzenden Passagieren ausgestellt war.

– Laß nur, bei mir waren es drei Erstaufführungskinos mit jeweils vierhundert Plätzen, tröstete ihn Senhor Francisco Xavier. Zur Karnevalszeit veranstaltete ich im Foyer Bälle mit Kostümwettbewerben, Gratisgetränken, es gab Gasballons für die Kleinen, solche, die sich bereits am zweiten Tag nicht zwischen Decke und Fußboden entscheiden können, eine auf Mambos spezialisierte Kapelle kam aus Nampula, da war eine ganze Stange Geld im Handumdrehen weg.

Die Laternen von Arroios, die Laternen des Palastes der Königin glitzerten am Fuß des Hanges wie die Fackeln der nächtlichen Lustbarkeiten König D. Pedro I., und mein Sohn, der immer noch an meinem Ärmel klebte, immer noch an meinen Knien hing, immer noch in meinen Gürtel eingehakt war, starrte mich mit intensiven, erwachsenen und ernsten Augen an, in denen ich, seit er im Militärhospital geboren wurde, niemals den Mondschein irgendeiner Kindheit gesehen habe: Ein winziger Mann, der mir nicht und auch niemandem sonst aus meiner Familie ähnlich war, ein Gnom, der direkt von den schwarzen Großeltern aus dem Busch von Carmona gekommen war, die, in der Hand die Kalebassenpfeife, auf Bastmatten am Eingang ihrer Strohhütten saßen. Ich drückte mich schnuppernd am Türpfosten vorbei, doch die Nacht von Lixboa riecht nicht nach Kaffeepflanzungen, nach der Säulenvilla des Gutsherrn in dem mit dem hohen Gras verwobenen wilden Wein, nach dem Flekken des Forts São Paulo, nach dem weiten, tiefen Atem der Erde: Es riecht nach Butan, nach dem Rauch von Schmalzgebackenem, nach der Pest vergangener Jahrhunderte, nach Maultieren von Mönchen und nach dem Kot des kranken Ziegenbocks auf dem welligen Brachland. Die Glühbirne in der Eingangshalle brachte blinkend die Mücken durcheinander. Die Ampeln der Avenida Almirante Reis schoben den Verkehr in Richtung des Schmugglerplatzes Martim Moniz und der Gitarren der Bettler, die bis zum Delirium die Klagen vom Meer verlassener Kalfaterer wiederholen. Senhor Francisco Xavier rief mich vom Tresen her, während er mit ekklesiastischer Erhabenheit das Buch schloß, und da sah ich die Mulattin, gekleidet wie eine Marionette oder ein Zirkusclown, wie das Mädchen mit den Männerschuhen, das Kraushaar zu einem Knoten aus Schleifen zusammengebunden, silbrige Fingernägel, Lippenstift, grüne Augenlider und ein Komma des Erschreckens auf der in Falten gelegten Stirn.

Die Alte brachte ihr, eine Nadel in der Hand, eilig die Lameefalten der Hüften in Ordnung.

– Deine Frau wird da unten in einer Bar arbeiten, bis die Rechnung der Pension bezahlt ist, beschloß der Inder, indem er den Stoff an der Leistenbeuge eifrig rieb. Wenn alles gutgeht, mein Junge, dann sieht das bald besser aus als drei Kinos in Lourenço Marques.

Es ist ganz furchtbar einfach: Ich schleife den Schaukelstuhl mit dem geflochtenen Sitz mitten in die Eingangshalle, dorthin, von wo aus man die Tür sehen kann und die Dielen weniger ächzen, ich lösche das Licht und warte im Dunkeln schnaufend darauf, daß sie aus den Bars von Arroios oder von den Bäumen des Campo-de-Santana-Parks zurückkehren, erschöpft, mit zerzaustem Haar, die Schuhe in der Hand, mit von den Küssen der Freier verblaßtem Lippenstift, aus der Ferne von Hundegebell verfolgt, von ärgerlichen Autohupen und der Pikkoloflöte des Windes im Unkraut und den heruntergekommenen Häusern. Nach dem Abendessen halte ich es da, an der Zigarre nuckelnd, eine ganze Weile aus, und ab zwei Uhr, oder besser gesagt, nachdem der Patrouillenwagen die zerbrochenen Rolläden hat aufleuchten lassen und in der italienischen Botschaft verschwunden ist, stehe ich langsam auf, um meine Mutter und meine Kinder nicht zu wecken, die im selben Bett schlafen wie ich, steige, den Bauch mit dem Nest meiner Hand stützend, die Treppe hinunter und setzte mich hin und schaue auf die Ampeln und die Leuchtreklamen von Estefânia, Namen aus zerstörten Buchstaben und Dachstücken, die der tomatenfarbene Mondschein schärft und bloßlegt, denke an die drei Kinos, die ich niemals besessen habe, nur einen verwanzten Saal im Viertel halbseidener Pakistani, einen Saal, in dem man vor Schweiß und Elend und dem Geruch nach Curry nicht atmen konnte und in dem auf dem Bettuch der Leinwand Cowboys dem nicht synchron laufenden Geräusch von Hufen hinterhergaloppierten. Denke an Afrika, geliebte Brüder, und an die Villa mit Swimmingpool, der nur ein Betontank zum Wäschewaschen war, in dem neben dem Wohnwagen, in dem wir gelebt haben, ein Bodensatz Regenwasser vor sich hin faulte, dem Wohnwagen, den wir dem pleitegegangenen Zirkus abgekauft haben, der seine Giraffen und Löwen bei den Pfandleihern der Stadt hinterlegte, Tiere, die abgewetzt wie die Ellenbogen von Mantelärmeln in den Vitrinen zwischen Armbändern und Weckern lagen, oder dumme Auguste, die uns von den Regalen im Schaufenster aus mit riesigem, melancholischem Gelächter bedachten.

Dennoch hörte ich das Geräusch des Schaukelstuhls und die verschiedenen, seltsamen, vielfältigen, winzigen Geräusche des Hauses, das Gewimmel der Motten, das Schnarchen der Gäste, ich höre den noch dunklen Morgen mit dem Gewirbel der Vögel aus den benachbarten Verliesen kommen, während ich darauf warte, daß die Frauen von den Diskotheken der trüben Wodkas im Bairro das Colónias oder in der Rua Luciano Cordeiro den Hang hinaufkommen, daß sie schwindlig von falschem Wein in die Pension treten, daß sie, ohne mich zu bemerken an mir vorbeigehen, damit ich dann endlich den Arm zur letzten, zur betrunkensten und unvorsichtigsten ausstrecke, um sie gegen die Reliefs des Tresens zu pressen, ihr die Pailletten des Rocks zu heben und ihre

Schenkel kräftig, energisch wie ein Pflug zu beackern, während der Stuhl auf dem Boden schaukelt, vor und zurück geht der geflochtene Sitz, bis mein Rucken zugleich mit den Seufzern des Holzes aufhört, sie das Kleid mit dem raschelnden Geräusch von Papiernelken glattstreicht, das sich mit dem der Taubenflügel vermischt, und ich mich dann, den Hosenstall richtend, zurückziehe, um die Schnauze des ersten Hundes wegzuscheuchen, der aus der Nacht gekommen war, um von der Schwelle her in der Grabstätte der Herberge nach den schlafenden Mumien zu spähen.

Weder Kinos noch ein Swimmingpool: Nur ein abgewrackter Schuppen zwischen abgewrackten Schuppen, die die alte Kolonialstadt der Sklavenhändler umzingelten, und meine Frau, die einunddreißig Jahre und sieben Monate jünger war als ich und die ich bei meinem Gevatter gegen ein Flugticket nach Lixboa eingetauscht habe: Du behältst sie und das Mobiliar und gibst mir das Flugscheinchen. Mein Gevatter, der auf einem Kissen in Rettungsringform zur Linderung von Fisteln hockte, maß das Mädchen zögernd und starrte mich dann mißtrauisch an: Bei so vielen Leuten, die sich jetzt einschiffen, müssen in Europa Mordsgeschäfte zu machen sein. Und er meinte schließlich, er werde drei Tage brauchen, um bei seiner Nichte Rat zu suchen, die Karten legte und Sonnenfinsternisse voraussagte, und daß er so lange, um den Wert der Transaktion abzuwägen, meine Ehefrau auf Probe behalten werde, denn, Weiß ich denn, ob sie nähen kann, weiß ich denn, ob sie kochen kann? Sie ist noch minderjährig und hat keine Krankheiten, half ich ihm nach, ich habe teuflisch viel Zeit damit verbracht, ihr Gehorsam beizubringen, sie macht alles, was du ihr befiehlst, sie plättet die Wäsche, kann indisch kochen, hilft dir dabei, deine Fetische zu verkaufen, wo willst du sonst mit deinen achtzig Jahren noch so ein Mädchen herkriegen?

Nach drei Tagen (es regnete, obwohl es nicht besonders heiß war, nur die grämliche Ekstase der Narzissen und die fünfhundert Millionen üblichen Moskitos quälten meine Ohren), klopfte ich frühmorgens ans Zinkblech, nachdem ich mit den Sandalen durch zweihundert Meter Sackgasse geplatscht war: Mindestens eine halbe Stunde lang habe ich auf das gewellte Metall gehämmert, bis mein Gevatter aus dem sumpfigen Dünsten seines Schlafes, Wer ist da? rief. Durch die Ritzen zwischen den Blechplatten erahnte man die Dunkelheit im Inneren, das voller Bronchitis vom Gewicht der Möbel erdrückter schlafender Hühner und Menschen war, Ich bin es, fiepte ich, in dem Augenblick, als der Regen stärker wurde, der Himmel nach Schwefel und trokkenem Knoblauch roch und das Steingepolter der ersten Donnerschläge über die Strohdächer rollend explodierte, Mach deinem Mann die Tür auf, kommandierte mein Gevatter, dessen Stimme mit dem Siphon des Windes lauter wurde, und kurz drauf schob sich der Riegel in der eingeklemmten Schiene zur Seite, das Mädchen erschien barfuß, einen Topf in der Hand, und da war der überall in den Ecken allmählich Seegras ansetzende, beinahe kaum vorhandene übliche Hausrat, Drahtrahmen mit Farbdrucken von Schauspielerinnen im Badeanzug, der kunsthandwerkliche Kaffernplunder, den er den Leuten von Bar zu Bar, von Straßencafé zu Straßencafé ziehend aufs Auge zu drücken versuchte, Porzellanhähne, der zerborstene Betontrog zum Wäschewaschen, und mein Gevatter schwitzte im Bett den

Geruch alten Leders aus: Mich hat ein Malariaanfall erwischt, seit gestern weiß ich nicht ein und aus vor lauter Gekotze. Und meine Frau, man stelle sich das vor, die Tochter eines weißen Händlers, Tochter des Besitzers der einzigen Kantine in einem Kilometer Umkreis, half ihm mit kalten Umschlägen auf Brust und Stirn, viel unterwürfiger und dienstbeflissener als sie es je bei mir war, selbst im vergangenen Winter nicht, als ich mich sechs Tage lang auf der Matratze gekrümmt habe, um ein paar Blasensteine rauszuquetschen, wischte ihm, der ihr Urgroßvater hätte sein können, mütterlich die Tropfen von Bart und Schnurrbart, das Miststück. Gib dem Mann das Ticket, Lourdes, sagte mein Gevatter aus seiner Sterbegruft, und die Weiße steckte den Ellenbogen in einen Topf, wühlte in Schlüsselgeräuschen, und kam mit diesem Gang eines Tieres ohne Rasse auf mich zu wie damals, als ich sie zum ersten Mal gesehen habe, als sie im Garten durch den Koriander auf das Fertigbauhaus ihres Vaters zuging, groß, blond, kräftig, eine große, geschmeidige Stute, die, den Henkel eines Weidenkorbes in der Armbeuge, die verborgenen Stufen einer Wendeltreppe hinaufschritt und ohne mich anzusehen im Haus verschwand, was dazu führte, daß in meinen Knochen eine Art Aquariumsgas brodelte, eine Verwirrung wie jetzt, Mamma mia, als sie mir das Ticket reichte, im Vorbeigehen, in etwas gewickelt, das ich aus der Nähe als ein Handtuch erkannte, so wie ich auch ihren nackten Körper darunter bemerkte, die großen Brüste, den glatten Bauch, den rotblonden Schaum ihrer Körperhaare. Eine Ente stürmte ins Zimmer und versuchte vergebens aufzufliegen, fiel immer wieder auf einen zerfetzten Liegestuhl mit Baststreifen an den Armlehnen. Wenn du das Papier nach Lixboa hast, kannst du ja gehen, krächzte mein Gevatter aus den Decken hervor, unter denen er sich in überfluteten Haarsträhnen auflöste, noch dünner und noch totenkopfähnlicher als gewöhnlich, und ich dachte, während ich nicht aufhörte, sie zu bewundern, die gelassene Muskulösität ihrer Schultern und ihres Schamhügels zu taxieren, Ich will den Handel rückgängig machen, verdammt noch mal, ich will sie an der Mähne packen und sie mit mir nehmen. Ich habe es mir anders überlegt, sagte ich zum Kranken, ich bin es, der bei diesem Tausch den Kürzeren zieht, und mein Gevatter setzte sich fuchsteufelswild in den Bettüchern auf, ein Wikkel rutschte ihm dabei von der Wange, und er fixierte mich mit unwiderruflichen, roten, kleinen, vom Malarialeiden und von den unzähligen Lebensjahren trüben Augen, klapperdürr, zerbrechlich und unerwartet riesig in der unfaßbaren Kleinheit seiner Glieder, Gib deinem Mann, was abgemacht war, und komm her, und meine Ehefrau legte das Ticket auf eine Tischecke und näherte sich ihm, von dieser ungebrochenen Stimme eines hochmütigen Spatzen fasziniert, bis sie ihre Hüfte fast ans Ohr des Mannes lehnte. Die Ente quakte, einen Flügel im Segeltuch eingeklemmt, in Panik, hüpfte mit aufgerissenem Schnabel, konnte sich jedoch nicht befreien. Auf dem Fußboden lagen Schuhe, zerbeulte Kaffeekannen und Mangokerne, Spitzenhöschen, Fächerstäbe, Kistchen mit Knöpfen. Du mußt heute abend auf dem Flughafen erscheinen, sagte mein Gevatter, indem er sich vor Husten schüttelte, hast du übrigens schon die Abflugzeit gecheckt? Und sie, die dumme Gans, rückte ihm die Kissen zurecht, zündete die kaputten Gasbrenner des Herdes an, bereitete ihm einen Kräutertee, bewegte sich mit einer ehelichen Vertrautheit, die mir die Tür wies, durch die Mülldünen. Der Ente war es gelungen, sich von den Ketten des Stuhles zu befreien, und sie flüchtete unter beleidigtem Hinterngewackel unters Bett. Der Regen tropfte auf die Bettdecken, tropfte auf meinen Kopf, tropfte auf das Mädchen und den Alten und auf die Ente, die mich unisono mit der gleichen Feindseligkeit oder Gleichgültigkeit anstarrten, und ich erreichte das Flugzeug (es regnete noch immer) beim letzten Aufruf. Durch diese Tür hier, bitte. Ich ging zu Fuß, mit offenem Regenschirm auf die Treppe zu, die die Blitze zeigten, um jedoch gleich darauf wieder alles in eine traurige, gereizte Nacht zurückfallen zu lassen. Die Maschine fuhr schnell die Piste entlang, an der fast keine Lichter brannten, und stieg über dem glanzlosen Fleck des Meeres auf. Das heißt: Man konnte überhaupt nichts sehen, nur das eigene Spiegelbild in den Fenstern, doch ich wußte, daß es das Meer war, und erinnerte mich an die vielen Male, die ich als Kind diese Wellen angeschaut und an Goa gedacht hatte.

Ein Missionar, den ein Boot transportiert hatte, das vom Weg abgekommen war, und den Skorbut und Malaria hatten dünn werden lassen wie einen Abessinier ohne Bleibe, hatte sie vor dreiundfünfzig Jahren in Guinea verheiratet, das damals nur aus einer Wallfahrtskapelle ohne Majestät und einem Haufen Häuser um den Regierungspalast an der Mündung des Flusses bestanden hatte, viele davon aus Holz und Gras, mit Kindern und Krokodilen, die mit denselben Babyrasseln in denselben Wiegen aus Palmblattrippen spielten. Die Wasserschlangen wurden in der Feuchtigkeit der Seen dick, und die Dame in Trauer, die ihnen das Zimmer vermietet hatte, verbrachte ihre Tage damit, einen Fuß beschuht und den anderen unbeschuht, die Lackstiefelette in der Hand, Mücken an der Wand platt zu schlagen. Sonntags, wenn ihre Körper einander suchten und sich in den von der Hitze moosigen Bettüchern berührten, führte der ungleiche Gang der Dame im Stockwerk unter ihnen und die rächenden Schläge der Schuhsohle gegen die Backsteinwände dazu, daß sie die Lust verloren und, vom Licht geblendet, auf die Straße hinausgingen, sich auf eine der Bänke des kleinen Platzes mit Zwergmangobäumen setzten, deren Stämme im Nebel der Trockenzeit abstarben. Oder sie machten sich, von der tätowierten Neugier der Eingeborenen getrieben, bis zum Kai auf, um dem immer gleichen Anlegen der Emigrantenschiffe zuzusehen, dunkle Leute aus Trás-os-Montes oder der Beira, die, wächsern im wächsernen Abendnieselregen mit der Prozessionslangsamkeit von Beerdigungen vom Deck herunterstiegen. Während dieser dreiundfünfzig Jahre wurden mehr als ein Dutzend Kapellen gebaut, die sofort verfielen, ein Viertel für die Arbeiter der Fabrik für gongorische Sonette und für die arbeitslosen Chronisten, die sich Cedilles aus den Bärten flöhten, und ein ewig von Froschembryonen verstopftes Abwässersystem. Das Geschöpf mit den Mücken starb an der Galle, und die Insekten bewegten sich nun trotz der Geckos frei vom kaputten Wasserboiler zum Eckbord in der Küche, das unter den Portweinflaschen ein Emaillemedaillon zierte (Mädchen und Faune, die auf einer Wiese zu Mittag aßen). Das untere Stockwerk wurde erst von einem Gutsaufseher belegt, der hinter dem Rücken der Polizisten des Mutterlandes mit Siamesischen Zwillingen und Zinngegenständen handelte, darauf von einem Poeten mit gepuderter Perücke und Schnallenschuhen mit hohen Absätzen, der sich rühmte ein Freund des glorreichen verstorbenen Manoel Maria Barbosa Du Bocage zu sein, ich habe in den Cafés am Rossio erlebt, wie die schönsten Improvisationen meiner Zeit entstanden, und später, bereits in Kriegszeiten, von zwei vom Eingeweidefieber zerfressenen Offizieren, die alle zwei Jahre das Gesicht und die Tressen wechselten und aus dem Busch mit einem haarigen Pilz auf den Wangen zurückkehrten, denn alle wurden wir zu jener Zeit in Guinea immer magerer, sogar die Araukarien, sogar die Aluminiumwellen des Meeres, sogar der Wind in den Regenrinnen der Gebäude, der nur noch ein kristallisiertes leises Pfeifen war. Die Gewalt der Explosionen, der Mörser, der Bazookas und der Kanonen ohne Rückstoß ließ die Lagunen von Bissau erzittern und überlagerte die Märzblitze. Nachts durchstreiften Gruppen von Siedlern mit Pistolen die Gassen und verschreckten die Schatten, die schwarzen Frauen in den Hütten, die ihre Kinder mit ausgetrockneten Brüsten zum Schweigen brachten, wurden immer kleiner, und die beiden setzten sich nie mehr sonntags, von zurückgedrängtem Begehren geschwollen, auf die Bank des kleinen Platzes mit den Palmen: Sie hielten sich im Nachthemd im Schlafzimmer auf, untätig, ohne Ziel, von den Mücken quaddelig, und starrten unglücklich auf das wacklige Bett oder auf das Fenster zum Kai, wo anstelle von Siedlern jetzt Passagierschiffe und Karavellen mit Soldaten festmachten, die alle die gleiche erschrockene Unschuld in der Kindheit ihrer Augen hatten. Einmal hörten sie nachts zufällig in einem pfeifenden Sturmgebraus von der Revolution in Lixboa, Nachrichten, Kommuniqués, Militärmärsche, daß die Regierung ins Gefängnis geworfen sei, unbekannte Lieder, und tags darauf wirkten die Soldaten weniger angespannt, die Bombardierungen wurden seltener, Neger mit aufblitzenden Brillen und Feiertagshemden setzten sich in die Straßencafés und auf die Plätze an die Stelle der Weißen. Sie riefen uns zu einer Versammlung im Cine-Theatro der abgedroschenen Operetten und der Aufführungen der Feuerwehrleute, wo ein Artillerieoberst mit einer dreifachen Ordensschleife am Schlüsselbein auf die Bühne stieg, in deren Graben das Orchester die Nationalhymne verstimmte, und ihnen mit

Handkuß und einer unerklärlichen Großzügigkeit die Gelegenheit anbot, gratis nach Portugal zurückzukehren. Eine Nachbarin mit Gold in der Karies, die von einem Landvermesser geschieden war, der auf Knien Bäche und Hügel in Handspannen maß und von der mineralischen Reglosigkeit der Krokodile in die Irre geführt wurde, erzählte bis in alle Einzelheiten, daß es Racheakte, Exekutionen, Schießereien, Durchsuchungen geben würde. Die Offiziere mit den durchgepusteten Gedärmen verließen Hals über Kopf das untere Stockwerk und nahmen das Flugzeug nach Europa. Ganze wegen Amöben und Würmern sich in Krämpfen windende Bataillone, deren Untergefreite gleich nach der Blasmusik und dem Aufziehen der Fahne von Schlafkrankheit überwältigt einnickten, standen auf, um sich, ihre Waffen und ihre Toten tragend, zu den rostigen Schiffen zu begeben. Barfüßige Guerrilleros in Kampfanzug, mit Ketten um den Hals und dem kannibalischen Mundgeruch von Wildkatzen, spazierten in den Treppgäßchen der Stadt herum und metzelten Mulatten nieder. Ein bärtiger autoritärer Schwarzer mit Pfeife, der sie nicht einmal grüßte, belegte das Erdgeschoß, beschützt durch eine Bande von Menschenfressern mit Baskenmütze, die ständig präpotente Katarrhe spuckten, die das aus Macau stammende Service der verstorbenen Vermieterin mit den Pagoden auf den Tassen erschreckten. Nach Ablauf einer Woche wurden sie wieder ins Cine-Theatro gerufen, und man versprach ihnen Überfahrten ins Mutterland, nachdem drei Stunden mit wirren Erklärungen vergangen waren, während derer drei Majore in Kampfuniform, die hinter einem Tisch mit dem Wappen der Nation postiert waren, nachdrückliche Reden über den Faschismus gebrüllt hatten, der uns in der Bratpfannensonne des Konzentrationslagers von Tarrafal getötet hat, über die ekklesiastische Zensur der politischen Polizei, die so viele unserer Meisterwerke in den entlegensten Druckereien abgeschlachtet hat, über den Kolonialismus, den sogar der Papst in seiner Abschlußrede zum siebten Kongress der Christlichen Esperantisten mit den konsternierten Worten Unserer apostolischen Besorgnis verdammt hatte. Die Exfrau des Landvermessers schwor ihnen, daß die von den leeren Läden irritierten Neger auf den Herden der Feldküchen die Kinder aus der Stadt auf kleiner Flamme kochten. In den Krämerläden gingen die Seife und die Zigaretten aus, und so rauchten sie Maulbeerblätter und Herbarienseiten und raspelten sich mit dem Sandpapier vom Blechschmied den Ruß von den Fingern. Die Karavellen erreichten den Hafen leer und verließen ihn voll, konvex von Leuten und Kisten. Bissau entvölkerte sich von Weißen, und am Anfang der Regenzeit standen wir da und wußten nicht, was wir in einem Land von triumphierenden Wilden machen sollten, die mit dem Maschinengewehr die kleinen Fenster der Fassaden zersplitterten. Die Exfrau des Landvermessers, der damals damit beschäftigt war, die Grenze zur Elfenbeinküste in Zoll nachzumessen, hörte auf, sie mit ihren Warnungen vor Kochereien und Racheakten aufzusuchen, und sie erfuhren, daß sie sich mit einem gesprenkelten Guerillero aus Balama zusammengetan hatte, der sie, Kastrationen und Garrottierungen ausheckend, mit zwei weiteren Fullahfrauen in einer übelriechenden Hütte teilte. Ein Freund aus der Fabrik für gongorische Sonette namens Jerónimo Baia beschrieb ihnen entsetzliche Geschehnisse,

Sodomien, Vergiftungen, Kreuzreime, zusammengekoppelte Gefangene, die mit Gewehrkolbenhieben in den Busch getrieben wurden. Und als der Tee verbraucht war und sie täglich dasselbe Beutelchen an einem Faden baumelnd in das gekochte Wasser hängten, erklärte ihm die Ehefrau, ihm den Rücken zugewandt mit der gewohnt gelassenen Stimme, mit der sie achtunddreißig Jahre zuvor die Tochter als Kind begraben hatte, Ich gehöre nicht mehr hierher.

Der Mann schaute aus dem Fenster auf die Aallagunen von Bissau, auf das von Fischerbooten verlassene Flußdelta, auf die Dächer, auf denen die saitenlosen Gitarren der Donnerschläge tönten, und sah in der Scheibe einen Alten widergespiegelt, den er lange nicht erkannte, weil er sich nur im Spiegel zum sonnabendlichen Schnellrasieren gegenüberstand und dem Holz des Kinns mehr Aufmerksamkeit schenkte als der Glatze, den Falten und anderen Zeichen und Zerstörungen der Zeit, wenn er die Leguanhaut des Halses mit zwickenden Fingern glattzog. Die Grausamkeit der Jahre tat ihm weh wie eine ungerechte Strafe, und als er sich umwandte, um seiner Frau ins Gesicht zu sehen, die mit ferner Sehnsucht Tee aus dem Zahnfleisch saugte, empörte er sich abermals, als er entsetzt die nicht wiedergutzumachende Erosion feststellte, die die Zeit auch an ihr bewirkt hatte, indem sie ihre Beine mit Krampfadern marmoriert, ihre Augenlider vergrößert, die Taille aufgelöst hatte, und er gab betrübt zu, Wir gehören uns nicht einmal selber mehr, dieses Land hat uns das Fett und das Fleisch ohne Erbarmen und nicht zu unseren Gunsten weggefressen, denn sie waren immer noch genauso arm wie zur Zeit ihrer Ankunft. Am selbem Nachmittag stieg er zum zerschlissenen Damast und den Ölgemälden der Mutterlandsverteidiger im Regierungspalast hinauf, wartete auf einem riesigen Würdenträgerstuhl inmitten Dutzender Weißer und Mulatten darauf, daß sie seinen Namen sagten und ein Beamter in Wams und mit einem Dolch ihn im Keller des Gebäudes empfing, der mit Flipperautomaten und kaputten Billardtischen vollgestellt war, und er bat nach einem peinvollen Schweigen um zwei Plätze im Laderaum nach Lixboa. Als er in das Schlafzimmer trat, richtete seine Frau ihren Haarknoten mit einer Vielzahl von Klammern. Und da teilte er ihr mit, während er das Teebeutelchen für das Ende des Mittagessens in einen Krug tauchte, In zwölf Tagen geht unser Schiff nach Europa.

Im Verlauf dieses Zeitraums ging unaufhörlich ein Regenunwetter nieder, das auf dem Dach der Rolläden Cembalo spielte. Der Wind brachte die Zweige der Mangobäume durcheinander und verschob damit den Azimut der Vögel, und die letzten Soldaten brachen gebeugt unter dem Schleuderkurs des Wassers auf. Polypen und winzige Pilze sprossen in den Falten der Bettücher, den vergessenen Pantoffeln, dem Kabelzopf der Glühbirnen, auf dem uralten Foto eines Brautpaares vor einer Landschaft mit Birken: Wir beide, ich im Gehrock und du mit Schleier, seit vielen Jahren schon konnte man die Gesichter nicht mehr erkennen, auch wenn ich mich noch an den Schnurrbart des Fotographen erinnere, wie er in den Tüchern des Apparates verschwand, und an die Hand eines Ertrinkenden mit einem Ring mit rotem Stein am Zeigefinger, die uns angstvoll zuwinkte, Um Gottes willen bewegen Sie sich jetzt nicht, schau mal, das Vögelchen, das war's schon, und sie zutiefst verlegen vor jenem seltsamen Tier, das auf drei Füßen neben dem Zinkeimer für den Entwickler stand.

Wenn auch die Weißen immer weniger wurden, so nahm im Gegenzug die Zahl der Neger in den morastigen Häusern in den Röhrichtdickichten der Flüsse zu. Sie besetzten die Kasernen, die das Militär, von der Last des Krieges befreit und verlassen hatte, geschmückt mit kriegerischen Sprüchen und Drucken mit Frauen mit Strumpfhaltern und Hälsen, die opalin waren wie Art-Nouveau-Lampen; sie setzten sich, dem Regen gegenüber gleichgültig, die tschechoslowakische Automatikpistole auf den Knien, auf die Bänke der Anlage und jagten Hunde fürs Mittagessen; sie schoben an den Ecken Wache, tranken Permanganat aus Apothekendemijohns; gingen zwischen den Kretonnevorhängen des Regierungspalastes ein und aus, traten verächtlich auf die Fliesen der Macht. Das Räuspern und Spucken der Menschenfresser des Bärtigen pfiff im unteren Stockwerk Wut und Befehle, genau unter unseren liegenden Nacken, und die Frau sagte mit einem Raunen, das aus dem Inneren ihrer Enttäuschung und ihres Elends herrührte, Ich gehöre nicht hierher, und wiederholte leise, Ich gehöre nicht hierher, genau mit der Stimme der Braut auf dem Foto. Ein großes Passagierschiff näherte sich dem Kai und drohte Bissau mit der Klinge seines Bugs zu zerstören, auf dem eine aus Holz geschnitzte Nixe mit riesigem Becken den Schaum mit dem goldenen Vlies ihres Geschlechtes teilte: Wir gehören jetzt nirgendwohin, antwortete der Mann, indem er auf das von Wimpeln, königlichen Emblemen gekrönte Schiff wies, mit der Standarte des Admirals Afonso de Albuquerque am Hauptmast, die über den Gesimsen, den Kränen, den Ladebäumen und den Nadelfontänen der Palmen schwer zu erkennen war. Sie wickelten das Hochzeitsfoto und die kleine Schatulle mit den Perlmuttschwänen ein, in der sich tausendjährige Erinnerungen stapelten (ein Saphirring, ein Schnuller, kleine Fátimamedaillons, ein mageres Mädchenprofil), der Mann steckte das übriggebliebene Geld in die Strümpfe, die gewaschen werden mußten, und legte sich in langer Unterhose, im Bewußtsein des Regens, der seinen Schlaf trübe machte, aufs Bett und dachte an das Segelschiff, das sie nach Europa bringen sollte, mit seinem unter den dunklen, von Adamastoren und feuchtschweren Wolken schlaffen Takelwerk. Wie gewöhnlich in den letzten Nächten rollte die Ehefrau im Schlafzimmer noch stundenlang den grauen Star, während sie sich, von den Sehnen der mit den Sommersprossen des Alters gesprenkelten Pulse an die Eisen des Bettkopfes gefesselt, an die Hyazinthen der Beerdigung der Tochter erinnerte. Vergiß nicht die Nähmaschine, war das letzte, was der Mann hörte, bevor sie in ein Komagelee versank, in dem aus der Dunkelheit exhumierte Trugbilder der Vergangenheit schwebten. Und am trotz des graphitgrauen Himmels trockenen Nachmittag darauf kämpften sie sich durch die Menge der Schwarzen, die sich am Kai in der Hoffnung auf von den Schauerleuten verschmähte Fässer mit Fischen oder Konsolen und Schränke drängelten. Wegen des ausbleibenden Regens kamen Albatrosse und blinde Albinoneger aus den Grotten der Waggons, um in einem Wirbel aus Geschrei über den Fregatten zu kreisen. Die Steine im Hafen glänzten von Wasser oder bewegten sich voller Quallen, und plötzlich glaubten sie den bärtigen Nachbarn zu erkennen, der mit der Pistole

Neger verscheuchte, um die Treppe zum Deck freizumachen, auf der eine Reihe Passagiere, die genauso alt waren wie sie, hintereinander, auf die speckigen Geländer gestützt, hinaufstiegen. Das Meer dickte um die Propeller zu einem Schleim ein, der die Gier der Blinden und der Vögel erregte. Die Mangobäume und die Strohhütten von Bissau verschwanden aus den Bullaugen. Schiffsjungen in Streifenhemden hatten die Wanten geentert, um die Zirkuszeltplanen der Segel zu setzen. Die Frau hatte auf der unteren Matratze der Koje den Ellenbogen auf die Nähmaschine gestützt, die ein Streifen Sackleinen vor dem Kochen der Wellen schützte. Nach drei Monaten Reise erschien inmitten des Granits der Wolken eine matte, pfirsichfarbene Sonne, und kurz darauf sahen sie in der Ferne Lixboa mit seinem unaufhörlichen Gebrodel eines syrischen Marktes, den Mauern einer Burg, brennenden Judenscheiterhaufen, Prozessionen von Flagellanten, gleichzeitig herumfahrenden Sklavenkarossen, Kreuzern und Fahrrädern, Damen mit unveränderlich gütigem Lächeln und Metallabzeichen am Rockaufschlag verteilten sie auf Busse mit Drei-Dioptrien-Windschutzscheiben, die am Kai parkten und dann an den Macken der Straßenbahnen und den langwierigen Darmentleerungen der Maultiere entlang bis zur Eingangshalle eines Fünf-Sterne-Hotels nicht weit von einem klösterlichen Gymnasium und einer Reihe sterbender Akazien fuhren, an dessen Tresen, gleich an der Ecke bei den von Finnen in kurzen Strandhosen bewohnten Sofas, zur wie bei einer Fischversteigerung gesungenen Verteilung der Suiten geschritten wurde.

Nach dreiundfünfzig Jahren in einem Kabuff in Bissau, wo sie unter den Mücken und dem Nieselregen der kühleren

Jahreszeit gelitten hatten, fiel es ihnen schwer, sich das unendliche marmorne Dame-und-Mühle-Brett des Fußbodens vorzustellen, die Hibiskus-Wandbehänge, als Husaren der französischen Invasion verkleidete Pagen, Türen vorzustellen, die sich von selbst geheimnisvoll still wie Seesterne öffneten. Die Weltraumkabine des Fahrstuhls, der gewohnt war, leicht pfeifend durch Kometenbahnen zu gleiten, deponierte sie in einem basilikaartigen Flur, bei dem die Nischen der Seitenaltäre mit silbernen Zahlen versehen waren. Im Bett, das sie uns zur Verfügung stellten und das so groß war wie die Sandflächen von Bolama, schwammen Haifischmäuler auf der Wäschestärke der Bettücher. In der mit bemalten Fliesen ausgekleideten Sakristei des Nebenraumes stand neben einer Henry-Moore-Kloschüssel nur für sie eine päpstliche Badewanne, für uns, die wir in Afrika unsere Intimität mit der Intimität der anderen Gäste teilten, in Erwartung der Wasserspülung dessen, der uns mit seiner Notdurft zuvorgekommen war, die Darmflora zurückhielten. Jenseits der roten und weißen Vorhänge erkannte man die Gebäude von Lixboa, Kirchtürme, von der Pest isolierte Stadtviertel, enge kleine Gärten und den von den Unwetterwolken Guineas befreiten Himmel, in den von der Sonne mit Blattgoldstaub überzogene Heilige in Tuniken und gefalteten Händen in den Himmel aufstiegen und wieder herunterschwebten. Der Alte stellte das Hochzeitsfoto auf eine herzogliche Kommode und wagte nicht, die Braut mit ihrem Fischbeinkorsett auf dem Foto mit der Siebzigjährigen mit ihrem glanzlosen Haar zu vergleichen, deren Ticks und Gesten er fast so gut kannte, daß Worte beinahe vollkommen überflüssig waren. Und dennoch tastete er sich, auf dem Kissen vor einer Frisierkommode hingegossen, deren Spiegel ihn mit übelkeiterregender Wiederholung reflektierten, lange ab, um sich seines eigenen Alters gewiß zu werden, wurde sich der Backenzähne bewußt, die ihm fehlten, der Muskeln, die ihm unter schmerzhaftem Rucken gehorchten, des vom Klima Guineas verwüsteten Gesichts, seit sein Vater ihn im Alter von fünfzehn Jahren zu einem Vetter in die Tropen geschickt hatte, der als Feldwebel in einer Grenzgarnison an Branntwein und Syphilis zugrunde ging. Mittlerweile waren aus dem Foto des Paares ein Jodaquarell und aus uns nutzlose Mumien geworden, die entgeistert die zig auf Mahagoniborden unheimlich reglos wie Schachfiguren aufgebauten kleinen Flaschen in der Bar der Suite anschauten. Als es dämmerte, traten sie ängstlich in das Alcobaça-Kloster-Kirchenschiff des Speisesaales, angetan mit den Kleidern, die wir auf der Reise in einem Leinenköfferchen versteckt gehalten hatten: Meine Frau im prähistorischen Kleid ihrer ehemaligen Anstellung als Kassiererin in einem Schnallenladen, und ich im Anzug mit den breiten Aufschlägen à la Al Capone oder Tangotänzer, den ich das erste Mal bei der Taufe unserer Tochter getragen hatte, dazu die lächerliche schnürsenkeldünne Krawatte, mit der ich vergeblich versuchte, die beiden Hälften eines Kragens ohne Knopf zusammenzufügen.

Sie setzten uns an einen Tisch, an dem drei Pflanzer aus Carmona hockten, die den verlorenen Kaffee und die Erinnerung an die Prostituierten von Muxina beweinten, ein Nilpferdjäger, der imstande war, Jahrhunderte ohne eine einzige Bewegung an den Ufern der unwirtlichsten Flüsse zu überleben, und ein Fakir aus Goa mit asketischem Spitzbärtchen, der Schrauben und Muttern kaute, während er mit seinen Spargelfingern Brotkügelchen vollkommen rund drehte. Als die Suppe serviert wurde, erklomm ein Dicker mit Fliege den Hocker eines elektrischen Klaviers, zog die Manschetten mit beringten Fingern vor und begleitete die Hühnerbrühe mit Sechzehntelnoten. Zwischen den Anrichten tanzten Schildknappen mit Servierschüsseln auf den Handflächen. Die Jagdhunde des Infanten D. João verschlangen in den Ecken Hasen. Und der Mann bemerkte plötzlich, während seines Degenkampfes gegen die Brühe, daß fast alle Damen rot-weiße Gürtel, Umhänge oder Röcke trugen, auf denen sich der Druck der Vorhänge wiederholte. An einigen hingen noch immer die Messingringe und ließen ihre Glöckchen freudlos klingeln, und die jüngeren Mädchen, die Soldatenhuren, unbotmäßige Töchter von Postenchefs oder von den Fahrern der Klöster verführte Nonnenschülerinnen benutzten sie, indem sie sie durch die Lippe oder die Nasenscheidewand zogen wie damals, als ich sie zum ersten Mal sah und sie mit erschrecktem Geschrei um die Segelschiffe schwammen. Fast gegen Ende des Obstsalats aus südafrikanischen Konserven, die die demobilisierten Fallschirmspringer in den Lagerhäusern der Heeresbäckerei von Lixboa unter Uniformstücken, Kriegskreuzen und Katapulten hatten gären lassen, schritt ein Leutnant mit schütterem Haar durch die Wandbehänge des Saales, auf denen Hibiskusse Kopf standen und monströse Einhörner prangten, grüßte hierhin und dorthin, gab den Kellnern detaillierte Anweisungen, und nachdem er einen Augenblick mit dem Achtelnotenkünstler gesprochen hatte, der sich affektiert mit einem Taschentuch befächelte, stellte er das Mikrofon auf seine Höhe ein, blies einen unförmigen

Atemhauch hinein, sagte Eins zwei drei Test, trommelte mit dem Zeigefinger einen Steinhagelschlag darauf, flüsterte zu dem Pianisten mit der Fliege, der in Jabezeugungen zerfloß und die Hände über den Tasten in einem militärischen Akkord schweben ließ, und dann informierte uns eine göttliche, ungeheure, autoritäre, pompöse nicht nur aus den komplizierten Haarsträhnen des Leutnants, sondern aus allen Ecken des Saales, aus den Eckborden, den Vasen mit dem Blümchen, aus den Arzneipipetten auf den Tischtüchern und aus den Mäulern der phantastischen, ins Flechtwerk der Gobelins gestickten Tieren erwachsende Stimme, eine Stimme wie in einer Garage oder einer Schlucht, gewaltig wie die Bombardierungen und die Gewitter von Bissau, daß die Damen und Herren sich im Hotel *Ritz* allein dank der väterlichen Güte der revolutionären Behörden befänden, die sich um das Wohlergehen und die Ruhe ihrer Kinder sorgten, bis der durch die Hebammenhand des Militärs aus dem fauligen Leib des faschistischen Totalitarismus, der uns so viele Jahrzehnte lang die Luft genommen und unterdrückt hat, ins Leben geholte demokratische Staat Häuser oder vorgefertigte Hütten oder Wohnungen in den Siedlungen des sozialen Wohnungsbaus für Opfer der zum Glück ausgelöschten Diktatur würde bereitstellen können, und daß die unerträglichen Übergriffe wie das Grillen von Sardinen in den Waschbecken, das Verstopfen der Abflüsse mit Fasanknöcheln, die Zubereitung von Gesottenem und Gebratenem in den Duschwannen, der Verkauf der von französischen Architekten entworfenen Wasserhähne an die hinfälligen Antiquitätenhändler in der Rua de São Bento ebenso wie die Nutzung der bedruckten Vorhänge des Hotels, ich wiederhole, der bedruckten Vorhänge des Hotels zu privaten Zwecken, um daraus Blusen und Maurenkonkubinenaccessoires herzustellen, sage ich; im Namen des Klassenkampfes, Kameraden, und des von der politischen Avantgarde des Heeres geleiteten Aufbau des Sozialismus mit Abschlagen der linken Hand, dem Herausreißen der Eingeweide aus dem Rücken oder der Verbannung nach Macau bestraft würden.

Nach dem Abendessen stellte sich der Mann, indem er sich aus der präsidentiellen Herrlichkeit des Fensters lehnte, dem nur ein Zierteppich und eine Rede fehlten, zum ersten Mal der auspuffkohledunklen Nacht von Lixboa mit seinen Bäumen, die sich der unerklärlichen Atmosphäre der Träume entsprechend zusammenrotteten und trennten, und er wunderte sich, daß er weder Negerhütten noch Missionen mit hungrigen Novizinnen vorfand und daß der Geruch nach den wurmstichigen Schienbeinknochen des Manioks auf den Bastmatten fehlte. Der Lichthof um die Straßenlaternen hinderte ihn daran, den Himmel zu erkennen, unter dem die sumpfigen, im Nebel der kühlen Jahreszeit verborgenen Seen Guineas von seltsamen Fischen, Guerrilleros und Röhricht überquollen. Ihm fiel der Satz seiner Ehefrau ein, Ich gehöre nicht mehr hier her, und er dachte an ihr Elefantenalter, daran, daß sie Rentner waren, kein Geld, keine Familie, keine Möbel hatten, von einer kleinen Pension abhängig waren, die sie niemals bekommen würden und die in bürokratischen Geheimfächern oder Schubladen im Palast der Neger verlorengegangen war, in dem Schmetterlinge und Wespen sich in den Schränken vermehrten und die Erschossenen in den Dahlien der Gärten versanken, ihnen war nichts geblieben außer ihnen selbst, der Nähmaschine, die die Wunden der Zeit nähte, außer dem Kästchen mit den Intarsien, das weiß Gott wo abgeblieben war, nein so etwas Dummes, und außer dem gesunden Menschenverstand zu sterben, die ganze Packung Beruhigungspillen zu schlucken, die der Arzt der Füseliere ihm gegen die Migräne der Alpträume verschrieben hatte, Pillen, die nach Kreide schmeckten und einen in die endlosen Wasser des vollkommenen Vergessens stürzten. Er wollte gerade seine Frau fragen, Wo hast du diese blöden Pillen hingetan, ich sehe sie nicht, wo sind diese verdammten Pillen für totale Abwesenheit, als er hörte, wie sie ihn aus dem Schlafzimmer, aus den absurden Damaststoffen, den unglaublichen Seiden, den Straußenkissen und den unbezahlbaren Möbeln rief, die vorangegangene Gäste mit dem Taschenmesser zerkratzt hatten, und er traf sie in siegreicher Pose, eine Hand auf die rostige Nähmaschine gestützt in einem Gewirr von Fäden und achtlos auf dem Boden verstreuten Stücken von Überdecke, Vorhangstreifen und Gardinenresten an. Sie trug eine Bluse und einen Rock, beide rot-weiß, genau wie die der anderen Gäste, und einen Gürtel, bei dem wie bei den Tricks der Zauberer die Messinggardinenringe ineinander verwoben waren. Ihr Lächeln war zumindest so fröhlich, schelmisch und jung wie auf dem Hochzeitsfoto und in den ersten schwierigen, bangen Stunden in der Unruhe der Bettücher.

– Sie haben mich zu gegrillter Katze im Badezimmer vom Stockwerk über uns eingeladen, sagte sie und zeigte auf das Telefon, diesen Bakelitfrosch, der stets bereit war, sich mühsam auf einem lackierten Möbeldeckel fortzubewegen. Möchtest du mitkommen?

Ihr erster Freund in der Pension *Apóstolo das Índias* schlief drei Matratzen weiter und hieß Diogo Cão, hatte in Angola als Kontrolleur der Wasserwerke gearbeitet und abends, nachdem die Mulattin zur Bar aufgebrochen war, setzte er sich mit mir und dem Jungen auf die Stufen der Pension und schaute der Raserei der Tauben auf den Rippen der Dächer zu, verkündete mir, bereits mit unsicherer Stimme, während er an einer im Jackenfutter verborgenen Flasche nippte, er habe vor dreihundert oder vierhundert oder fünfhundert Jahren die Karavellen des Infanten entlang der Küste Afrikas befehligt. Er erklärte mir, welches die beste Art sei, Meutereien abzuwürgen, Fleisch einzusalzen und gegen den Wind zu kreuzen, und wie schwer das Leben in dieser Zeit epischer Oktavreime und zorniger Götter gewesen sei, und ich tat so, als glaubte ich ihm, um seinen empfindlichen Säuferzorn nicht zu reizen, bis zu dem Tag, an dem er vor meinen Augen seinen Koffer öffnete und ich unter den Hemden und Westen und von Erbrochenem und Bodensatz von Wein befleckter Hose auf schimmlige alte Karten und ein sich auflösendes Logbuch stieß.

Morgens, solange die Mulattin von Anis betäubt schlief und hin und wieder Negerhüttenworte knurrte, suchte ich in der Umgebung nach einer Arbeit, um die wahnsinnigen Zinsen des Dicken zu befriedigen: Ich bot mich im satanischen Gehämmer, mit in den Schläfen pochendem Blut in den Schmiedewerkstätten als Lehrling an oder als Kaufmannslehrling bei den Fleischern mit den ausgeweideten, wie Mädchen blondbewimperten Ebern; ich versuchte Vorarbeitern mit Karomützen zu beweisen, daß ich beim Aufhacken des Teers der Straßenbaustellen genauso geschickt wie die Kapverdianer war, oder Gesundheitsinspektoren mit Mundgeruch nach kranken Oktopussen davon zu überzeugen, daß ich die städtischen Pissoire besser im Griff hätte als die wackligen Rentner, die Ätzsoda in Steinrinnen kippten, in denen Schaum gärte und brodelte. Ganz allmählich weitete er, wobei ihm der Junge immer am Hosenboden hing, seine nutzlose Suche auf entlegenere Bereiche der Stadt in die Nähe des Leprastadtteils aus, wo die Karossen der Stadtverwaltung den ganzen Tag lang mit den Achsen mahlten; er bot sich an, die Massengräber auf den Friedhöfen von den unbequemen Knorpeln der Toten zu befreien; er wollte unbedingt, eine Schirmmütze über den Augen, in den Parks am Fluß auf Autopottwale aufpassen, an den Zweimastern des Königreiches entlangpatrouillieren und zusehen, wie sie langsam zu Korvetten wurden; er durchstöberte die Gassen am Cais do Sodré, bettelte bei den Pikbubenportiers der Nuttennachtclubs um Arbeit; aß Reisküchlein in einsamen Imbissen, in denen eine einzige Fliege beharrlich auf dem Tresen summte; gab dem Kleinen einen Mandarinenlolly und drängte sich als Fremdenführer auf, um Deutschen das Panaroma ärmlicher Hühnerställe und ruhigen Elends von Lixboa und die Katzen zu übersetzen, die die Sonne wegleckten, die sich ihnen auf die Kruppe gesetzt hatte; er bat, beinahe gratis die Arbeit annehmen zu dürfen, von den Pantomimen im Coliseu Ohrfeigen zu bekommen, während die Trapezkünstler glitzernd und jungfräuliche Talkumwölkchen verpuffend unter der Kuppel kreiselten; und er kehrte immer wieder entmutigt in die Herberge zurück, um die Mulattin, die von prächtigen Schuppen bedeckt, den Hügel herabstieg, mit einem zerstreuten Kuß zu streifen, in die Eingangshalle, wo der Hexenschuß des Senhor Francisco Xavier, des Schutzheiligen von Setúbal, wie ein Metronom auf dem Schaukelstuhl ächzte, und um sich schließlich auf die Stufen neben den trunkenen Seefahrer zu setzen, der mit einem Stückchen Holz den möglichen Breitengrad der zu findenden Inseln in den Boden ritzte.

Von der Treppe aus erlebten sie nicht nur das Herannahen der Nacht, die die Käfige auflöste und die Hunde wiedererweckte, sondern auch den Aufbruch der Tagiden, Tejonymphen in Lamé, die die Mutter des Inders durch das Unkraut den Hügel hinunter zu den Diskotheken von Arroios, zur Fassade der Morgue und zum Entensee im Campo de Santana scheuchte, magere Göttinnen, die über die Steine und die Wurzeln in der Erde stolperten, gefolgt von ihren Kindern mit nacktem Bauchnabel, die nach ihnen riefen, es aufgaben, kleinlaut in die Pension zurückkamen wie besiegte Hunde zu den Toren der Landgüter, und meine Ehefrau schwankte zwischen ihnen auf den übertrieben hohen Absätzen, machte die goldenen Schuhe endgültig unbrauchbar, die mich der Dicke zu zahlen zwang, um die Schulden zu erhöhen und uns ewig an seine unfrommen

Zuhälterverpflichtungen zu binden, so daß meine Schulden so kräftig wuchsen wie die Haare in der Nase und die namenlosen Blumen auf den Dächern, bis der Kontrolleur der Wasserwerke mir das noch zu zahlende Geld mit Blicken zusammenrechnete wie einer, der Minenräumboote am Horizont zählt, Das macht so und soviel, und mir, während er Branntwein aus der Flasche nuckelte, riet, Die einzige Lösung ist, diesem Neger, der mit dem Körper deiner Alten schon zwei Häuser in der Rua Morais Soares und die Pacht für einen Lebensmittelladen in Penha da França verdient hat, ein Messer in den Bauch zu rammen, diesem immer reicher werdenden Hornochsen, und ich habe nichts als die Berechnung meiner Inseln und meine nutzlosen Tagebücher in einem Reich, in dem die Seeleute sich arbeitslos an den Billardtischen, den Pornokinos und den Straßencafés kratzen und darauf warten, daß ihnen der Infante Don Henriques aus Sarges schrieb und auf die Suche nach nicht existierenden Archipelen schickte, die irgendwo im unendlichen Meer dümpelten. Wir zogen ängstlich den Vorhang zur Seite, und er gleich, Findet mir Madeira, und was blieb uns anderes übrig, wir fanden es, Landet in Brasilien und bringt es her, bevor ein idiotischer Venezianer es mit nach Italien nimmt, und wir haben es ihm in den Algarbe gebracht, wo er im Kreise von Physikern und Bischöfen sein Nachtmahl einnahm, dieses merkwürdige Monster mit seinen Karnevals, Papageien und gefleckten Leoparden, und als er es sah, so blödsinnig groß, von siebzehn Galeonen und vierhundert Ochsengespannen gezogen, einmal abgesehen von den Mauleseln und maurischen Sklaven, löste er sich von den Seinen und fragte leise, denn er war ein Mann von besonnener Natur und klugem Verstand, Was soll ich denn damit, wo ich doch schon genug Ärger an der Hacke habe?, und daher befahl er uns, es während der Siestastunde wieder dorthin zurückzubringen, wo wir es gefunden hatten, ohne auch nur einen einzigen Papageien zu behalten, woraufhin wir sogleich die Pellagra und die Toten vergaßen, die wir hinnehmen mußten, um es recht zu machen, und dem Pagen, der, indem er auf das Fenster wies, fragte, Mein Herr, welche Nation ist das?, antwortete er ohne zu zögern mit seiner heiseren Stimme eines vor Anker gegangenen Admirals, Das ist eine Sandbank bei Ebbe, du Dummkopf, du erkennst ja nicht einmal die Küste, und mit vielen Ave Marias und unter großen Mühen kamen wir dem nach, um das er uns gebeten, nämlich Brasilien wieder nach Amerika zu ziehen, damit, wer es später einmal finden würde, seinen Ärger daran habe, nur gelang es uns nicht, die unglaublichen Papageien festzuhalten, die kreischend, wie aufgeregte bunte Badehandtücher flatternd, über die Plätze von Lixboa flogen. Papageien auf dem Hahn der Wetterfahne der Kathedrale, auf den spitzen Hüten der Hofdamen, auf den Zinnen von Óbidos und auf den Spitzen der erigierten Penisse, Papageien, die in einer Emigrantensprache redeten, so ähnlich wie die Frauen der Pension, wenn sie bei Anbruch der Nacht nach Arroios herunterstiegen, wo sie Likörgläser mit Apothekenalkohol und staubtrockene Greisenmonologe erwarteten, zwanzig oder dreißig Nixen, hüftwackelnd, alsenglänzend und mit platinblonden Haaren in der Dunkelheit, die Herde des Schutzheiligen von Setúbal, der ruhig seine Pfeife rauchend hinter uns auf dem Stuhl in der Eingangshalle saß. Zwei Häuser in der Morais

Soares und ich habe nichts zu Abend gegessen, dachte Pedro Álvares Cabral, zum Teufel mit der Freiheit, wenn das die Freiheit ist, will ich meine Cabarets in Loanda wiederhaben und meine räudigen Morgenröten in der kühlen Jahreszeit, will ich meine elenden Negerslums, will ich meinen Afrikamisthaufengeruch von damals wiederhaben, als ich weder Hunger hatte noch mich schämen mußte. Der Junge leckte in eine zuckrige Orangenaura gehüllt einen feierlichen Lolly, Diogo Cão schwankte vor Müdigkeit im abgetragenen Mantel eines Angestellten des öffentlichen Dienstes mit noch ausstehenden Gehaltszahlungen, und daher würde ich bald schon den Seefahrer mit seinem Hustensaftatem und Kongobüffelemphysemen ins Schlafzimmer tragen müssen und dann darauf warten, daß die Mulattin erschien, wenn die Lichter gelöscht wurden, sich der schwindelerregenden Pailletten des Dekolletés entledigte und sich zu unserem Sohn und mir ins Bett legte und meinem männlichen Drang und den Bedürfnissen meines Blutes gegenüber gleichgültig einschlief und möglicherweise vom Inder gegen das, was vom Tresen noch übrig war, gepreßt worden war, He, komm her, meine Schöne, zeig mal, was du unter diesen lieblichen Tüchlein hast. Ich habe sie gleich nach dem Wehrdienst bei einem Ball im Eisenbahnerclub kennengelernt, sie wollte Friseuse lernen, wohnte bei der Patentante in Vila Alice, und wir gingen miteinander nicht wie ein Weißer mit einer Mulattin, sondern wie ein Weißer mit einer Weißen, saßen beide steif, respektvoll, würdig, den Blick auf den Boden gerichtet auf einem kleinen Sofa unter dem wachsamen Auge der Patentante, die ohne Unterlaß nähte, Fähnrichsblousons und -hosen flickte, während sich ein winziges Hündchen um ihre Pantoffeln gewickelt hatte. An der Wand hing ein Kalender, der im Juli neunzehnhundertfünfunddreißig stehengeblieben war, Daguerrotypien, die der Schimmel verschlungen hatte, Öllämpchen, kleine Heilige, ein Schaf aus Ton graste mitten auf dem Tisch sein Häkeloval ab, bis ich genug Geld für eine Wohnung im Cucaviertel zusammen hatte, mir fünf Tage Urlaub nahm und dich mit zwischen ein paar Bettücher wie diese nahm, auf denen ich mich in Erwartung deiner verzehre, von der Bronchitis des Seemannes und von Luv und Lee übermannt, die ich nicht kenne und die mir angst machen, von Sturmböen, von unberührten steilen Felsenlandzungen, nach denen aufgeregt zitternde Kompasse suchten. Der Schaukelstuhl ächzte, die Kinder begannen ihr übliches Weinen im ewigen Dunkel der Pension, und da hob ich, so gut ich konnte, den Admiral der verlorenen Inseln von den Stufen, der mit fauliger Stimme Weinspucke und Schiffsjungenlieder sabberte, durchquerte die Eingangshalle mit dem Helden der Meere, der an meinen Schultern hing, sagte Senhor Francisco Xavier gute Nacht, der den riesigen Bauch hin und her wackeln ließ, stieg die Treppe hinauf, zog ihm den sperrigen Mantel, die Krawatte, das Hemd aus, und als ich ihn ins Bett steckte, stieß ich auf einen toten Papagei, der auf dem Kopfkissen vor sich hin trocknete.

Trotz der Sehnsucht nach Loanda und dem Haus im Alvadeviertel mit seinem eingezäunten Garten ringsherum und Nachbarn, die Ingenieure waren, einmal ganz abgesehen von der beinahe nie benutzten, für Ferien in Europa bestimmten Wohnung an der Costa da Caparica, wohnte Manoel de Sousa de Sepúlveda in Malanje in einem Reihenhaus einhundert Meter von der Kaserne entfernt, um die Militärkolonnen bei ihrer Ankunft an der Grenze zu überwachen: Diese Nacht sollten kleine Soldaten mit erschreckten Augen oder vorsichtige Leutnants an seine Hintertür klopfen (angespannt im Wohnzimmer, das Radio war ausgestellt, hörte er ihre Stiefel auf dem Backsteinbelag des Hofes), ihm durch die Küche, den Flur, den Bogen zur Dunkelheit des Schlafzimmers bis zu dem mit der Sanftheit eines Oratoriums beleuchteten Arbeitszimmers mit einem mit dunklem Stoff bezogenen Schreibtisch folgen, auf dem die Instrumente des Gottesdienstes aufgereiht wurden: zwei Waagen, Pinzetten, Glasplatten, Lupen, Fläschchen mit Reagenzien, ein Mikroskop, ungewöhnliches Werkzeug, numerierte Kästchen. Die Soldaten zogen zusammengefaltete Papiere aus der Brieftasche und schütteten Geglitzer winziger Steine auf den Filz, die bei den im Rio Cambo auf der Suche nach den im Sand auf dem Grund nach schlafenden Kristallen tauchenden Schwarzen gegen Tuben mit Antiinsektensalbe oder Chininampullen eingetauscht worden waren. Manoel de Sousa de Sepúlveda, der glatzköpfig und verwitwet war (seine Frau erholte sich auf dem Friedhof von Lobito von ihrem Rheumatismus unter einem Engel aus Grabmarmor mit ausgebreiteten Flügeln, der auf ihrer Brust saß, um so unzeitigen Wiederauferstehungen zuvorzukommen), ließ sich auf den Schemel eines Laboratoriums für klinische Untersuchungen fallen, schaltete eine Lichtquelle ein, die durchscheinender war als der Gesichtspuder der Witwen, deckte das linke Auge mit einer Uhrmacherlupe ab und begann mit der Liturgie der Überprüfung von Diamanten, die fast ausnahmslos Scherben von Menagen oder Kohlestückchen waren, welche von ihm mit einer verächtlichen Abschiedsgeste mit dem Spatel weggeschoben wurden, während die kleinen Soldaten voller Panik oder die Offiziere mit der besorgten Zigarette am Kinn an seinen priesterlichen Gesten hingen und dieser Messe aus Reagenzien und Pinzetten zuschauten und glücklich zum wappenbewehrten Tor der Kaserne davongingen, wenn einer der Steine in einem Damastetui verschwand. Manoel de Sousa de Sepúlveda räumte dann die Pretiosen in ein von einem Rüschenvorhang verborgenes Tabernakel und wartete darauf, daß Freitag ein Freund, der Inspektor bei der PIDE war, ein possenreißender Witzbold mit Schnurrbart, zum gewohnten Kaninchenabendessen kam, damit er ihm die Schmuggelware zuschob, die der Polizist, nachdem er seine Kommission in den Tiefen der Hose versenkt hatte, durch einen vertrauenswürdigen Kurier nach Sambia bringen ließ, und der Glatzkopf erhielt einen kleinen Scheck aus Holland oder Belgien, sobald das Steinchen in die Finger eines verwandten Steinschleifers in Amsterdam gelangt war, der seinen Goldschmiedeladen im Stadtteil der schlecht beleumundeten Frauen hatte, die kürbisgleich wie fleischige Buddhas in ihren Schaufenstern hockten. Doch wichtiger noch als die Steine und in dem Maße immer wichtiger, wie der Staub der Einsamkeit die Kleider der Verstorbenen in den Schränken schimmeln ließ, war es, die Gartenschere aus der Schublade zu holen, den Strohhut von den Antilopenhörnern der Garderobe zu nehmen, das Gesicht trotz des Schattens der Hutkrempe mit einer dunklen Brille zu verbergen und mittags, mit zufälligem Scherenschnappen, so zu tun, als würde er den Buchsbaum an der Mauer schneiden, den Schülerinnen zuzusehen, wenn sie aus dem Lyzeum kamen und die Straßen hinaufstiegen, ohne auf ihn zu achten, in tuschelnden Gruppen zwischen den Bäumen des öffentlichen Parks verschwanden und die aphrodisierende Spur von Gleichungen zweiten Grades hinter sich ließen, die die Trompeten des Bataillons in kriegerischer Eile wegfegten. Wenn er ins Wohnzimmer zurückkehrte, lächelten ihn vom Konsoltisch her die Fotos der Toten bar jeder Eifersucht unverändert verständnisvoll an, und der Schellfisch mit Brunnenkresse, den er allein in einem Kabuff mit schweren, dunklen Möbeln wie aus einer alten Abtei schluckte, hatte den wirren Geschmack von Grammatiklektionen. Und er schlummerte dann in einem Ohrensessel ein, wo ihm im Traum dreizehnjährige Mädchen nackt durch den Kopf geisterten.

Eines Morgens setzte ihn der Schuhputzer vom Café, die

Stimme dicht an den Schuhen, während er mit dem Tuch zum Polieren der Schuhspitzen flappte, davon in Kenntnis, daß in Lixboa merkwürdige Dinge vorgegangen seien: Die Regierung habe gewechselt, es sei davon die Rede, den Negern die Unabhängigkeit zu geben, man stelle sich das vor, die Kunden der cremegefüllten Blätterteigschnitten und der getoasteten, butterbestrichenen Weißbrotscheiben waren empört. Die Rückkehr von Kolonnen aus der Baixa do Cassanje, die ihr kriegerisches Aussehen verloren hatten und sich friedlichen Transportvehikeln angeglichen hatten, nahm an Häufigkeit zu: Es hätte den Schuhputzer nicht gewundert, Kinderwiegen und Klaviere durch die Hügel in Richtung Loanda fahren zu sehen. Beim Barbier, beim Notar, in der Apotheke hörte Manoel de Sousa de Sepúlveda das gleiche, und er postierte sich mit glänzenden Schnürsenkeln, den Strohhut auf dem Kopf als Wache in den Buchsbaumhecken des Gartens und beobachtete die Kasernen der Armee mit schwarzen Brillengläsern. Er beobachtete die ungewohnte Lebhaftigkeit im Kommandogebäude, die Schützeneinheiten, die Zivillastwagen mit Pulverkisten und Gewehren beluden, den Wirbel kreischender Hauptleute, Krankenpfleger, die Wasserfilter und die Pomade gegen Geschlechtskrankheiten einpackten. Wegen eines komplizierten Hubschraubergeschäftes war er zur Zeit der Entkolonisierung in Belgisch Kongo gewesen und hatte gelernt, Unbehagen und Angst in der Luft zu erschnuppern, den überhasteten Aufbruch der besiegten Krieger, Menschen, die auf Befehl, von wem wußte man nicht, auftauchten und verschwanden, in den Eingeborenendörfern konspirierten, mit schwarzen Priestern redeten, auf dem Filz der

Billardtische unschuldige Fragen über die Bande spielten. Daher verkaufte er für einen Apfel und ein Ei das Haus, den Inhalt der Schränke und die Kleider der Ehefrau an den Besitzer des chinesischen Restaurants, bewaffnete sich mit der Schere, um sich ein letztes Mal an den Lyzeumsschülerinnen von Malanje zu berauschen, wanderte in einer traurigen Hyperbel durch die Zimmer und verabschiedete sich vom zersprungenen Spülbecken und den Guachen auf dem Flur, füllte eine Truhe mit Wäsche, setzte sein Knie darauf, um die Verschlüsse zu verriegeln, und am nächsten Morgen ward er in Südafrika gesehen, wo er das Flugzeug nach Lixboa nahm.

Kaum hatte er seinen Fuß ins Mutterland gesetzt, das auf einem Gummilaufband tänzelnde Gepäck eingesammelt, rief er von einem Tabak- und Souvenirladen (Seegrasfischerboote aus Filigran, Püppchen aus dem Minho, Miniaturportweinfläschchen, kleine Fässer mit Zuckerei und Hähne aus Barcelos) seinen Bruder an, der in Lixboa wohnte, und verkündete ihm, Ich bin hier, aber da er die Antworten nicht hören konnte, rannte er eine Gruppe australischer, über kleine Märtyrermedaillons, opalisierende Marienstatuen und andere Kostbarkeiten mystischen Plunders debattierende Nonnen um, rundete sich in ein Taxi und wies es an, zum Jardim das Amoreiras seiner Kindheit zu fahren. Der Strohhut und die Brille mußten noch dort liegen, wo er sie auf dem kleinen dreibeinigen Tisch in der Eingangshalle zurückgelassen hatte und sie unter der Garderobe aus Hörnern nach Terpentin rochen, vor der die Verstorbene erschreckt über so viel Horn sich immer bekreuzigt hatte, wenn sie mit dem Einkaufsnetz ins Haus trat.

Der Bruder, ebenfalls glatzköpfig, ein seßhafter Zollagent, den tropische Abenteuer nie verzaubert hatten, wohnte noch immer im Erdgeschoß, das den Eltern gehört hatte und in dem Manoel de Sousa de Sepúlveda eine langweilige, langsame Kindheit zwischen einem Vater, der Kurzwarenhändler gewesen war, und einer unendlich dicken, sich nur mühsam bewegenden Mutter erlebt hatte, die in Asthmaerschöpfung von einem Stuhl zum anderen kugelte.

Jetzt, dreißig Jahre später, waren die Alten mit ihren Doppelkinnen und ihrem Geruch nach Einfaßband gestorben, von einer Beulenepidemie Hals über Kopf dahingerafft, doch die Anlage hatte sich nicht verändert, war von zwei- und dreistöckigen Häusern umgeben, in denen gewiß noch die Geschöpfe von einst lebten, Geometrienachhilfelehrer, ehemalige Marineoffiziere, die große chinesische Vasen für die nassen Regenschirme an den Eingang stellten, Uhrmacher mit chirurgischen Fingern, Händler von Münzen, Briefmarken und Stichen aus dem achtzehnten Jahrhundert, Wesen mit Spazierstock, die sich im Sommer nachmittags unter die kühlen Baumreihen in die gelbe Mondhelligkeit der Platanen oder unter die Bögen des Aquädukts setzten, die dort hinunterlaufen, über die abschüssige Straße der Trambahnen springen. Sonst waren da noch barocke Bars und teure Restaurants, die sanften Exzesse des Cognacs, und um neun Uhr abends wirkte die Anlage beinahe wie ein gemaltes Bühnenbild, das auf die Aufführung wartete, die es nicht geben würde und deren betagte Statistin das vor brüderlichem Pipistrullen fröhliche Hündchen von Baumstamm zu Baumstamm führte, die Fontäne an einer Kieselkreuzung, wenige beleuchtete Fenster, einer erschreckten

Rose gleich der sich auflösende Lichtschein des Sonnenuntergangs im September: Meine Kinder- und Jugendjahre hier, heimliche Zigaretten, heftiges Onanieren, Leidenschaften für unerreichbare Nachbarinnen, und die Angestellten der Stadtverwaltung spülten in lachsfarbener Weste mit dem Schlauch die verlorene Kindheit weg.

Der Bruder empfing ihn ohne Lächeln, die Serviette am Hals, grummelte im Haus der Vergangenheit, in dem sich im Durcheinander von Kulissen die Dekorationen alter Aufführungen häuften, der ausgestopfte Hals eines mottenzerfressenen Stiers, dreckige Teller, Porzellan, Bügel, der Fußboden war mit Zeitungen ausgelegt (Entschuldige, aber wir streichen das hier gerade), das Büro, so wie er es immer gesehen hatte, neu war nur der Fernseher auf einem Tisch, und im Eßzimmer stritten, von einem Öldruck mit Hasen, Radieschen und Fasanen überwacht, der Glatzköpfige und seine Frau kreischend über den Teigtaschen.

Manoel de Sousa de Sepúlveda setzte sich an die Ecke des Tischtuchs auf einen mit Ziernägeln versehenen Stuhl, schiedsrichterte die Beschimpfungen, während er wie von ungefähr seinen Blick über die lila verglasten Türen der Anrichte, die Lampe aus Schmiedeeisen mit Spinnenweben an den Ketten, die matten Gefühle von einst streichen ließ, als der Vater noch lebte und den Mahlzeiten in Museumsstille vorsaß. Unter dem Vorwand, urinieren zu müssen, wanderte er durch die Zimmer, stolperte über Fäden, zog entlegene Silhouetten aus der Erinnerung hervor und hätte beinahe den Fuß in eine zwischen zwei Schränken offen stehende Mausefalle gesteckt, in der auf einem Haken ein Stück Brotrinde gespießt war. Unterwegs nahm er seinen

Koffer mit, durchquerte das Knistern der Rüben im kleinen Hintergarten, ging um das Haus herum und erreichte den von den Fassaden der ehemaligen, in den Rechenkaros ihrer Bettwäsche Träume von deskriptiver Geometrie schnarchenden Geometrienachhilfelehrer wie mit Mauern umschlossene Anlage. In der Rua das Amoreiras, in der es noch keine Betrunkenen gab, handelte er mit dem Licht eines Taxis, das in den Schienen tanzte, den Preis für eine Fahrt an die Costa da Caparica aus. Und während der Reise erkannte er freudlos die beinahe menschenleeren Plätze und Boulevards von Lixboa, die monoton aufeinanderfolgten wie Stoffbahnen, die abgewickelt werden: Düstere Läden, in die Dunkelheit eingepaßte Statuen, zerrupfte Büsche, die Básilica da Estrela für irgendeine Totenwache geöffnet, und dann, an der Brücke entlang, die im Fluß ankernden Galeonen mit den Gewürzen, eine Karavelle mit der Cholerafahne, und die Steinmetze des Jerónimosklosters, die im Laufmaschenaufnehmerinnenlicht der Fackeln die Spitzen des Hauptbogens klöppelten.

Am gegenüberliegenden Ufer war Manuel de Sousa de Sepúlveda, als er an den Tankstellen vorbeifuhr, über das riesige schlafende Tier der Costa da Caparica in der Entfernung überrascht, über die vielen Gebäude, Hotels, Ladenschilder, das matte Glänzen der Cafés. Nachdem er die Eisenbahnschienen überquert hatte, traf er auf Trauben von ausländischen Urlaubern und Emigrantenautos, Boutiquen, Diskotheken, ein unbekanntes Fieber und wahrscheinlich, nein, bestimmt kein Mädchenlyzeum, keine Hüften von Dreizehnjährigen auf dem Nachhauseweg. Das Taxi fuhr um einen Verkehrskreisel in der Nähe der Dünen und Holzhütten und hielt hundert oder zweihundert Meter weiter längs an der Fluchtlinie einer Straße vor dem Geruch des Meeres und einer Sandfläche, die von dem blauen, auf dem rostigen Skelett des Gerüstes sitzenden Niveaball gekrönt war. Die im Metall des Wassers widergespiegelten Stangen der Sonnendächer ähnelten den Geweihen eingegrabener Rentiere, einem Heer von schiffbrüchigen, vom Kurs abgekommener Rentiere ohne Fell, die die Zunge der Ebbe an die Küste gespuckt hatte.

Der Fahrer (nur Schultern, nur Nacken, nur Hände, nur heruntergelassene Augenlider, am Rückspiegel die Nischenheilige) knipste die kleine Deckenlampe an, damit er sich nicht beim Wechselgeld irrte (Schild am Armaturenbrett: ICH BIN HERZKRANK, DAHER BITTE ICH SIE HERZLICHST NICHT ZU RAUCHEN), und die Wechselfälle des nach Nappa und ranzigem Öl stinkenden Wageninneren tauchten wie uralte Episoden aus der Dunkelheit auf, was wir, mein Gott, nur vergessen wollen, Wiegendüfte, wäßrige Gesichter, die Angst im Schlaf zu sterben, die Mutter, die die Schwellung der Krampfadern in die Anrichte schleppte, oder zeitnaher die Jahre von Loanda und Malanje, der Todeskampf der Ehefrau, die leuchtende Pupille der Diamanten auf dem Filz, das Whiskylachen der Inspektors der PIDE, der seine Schnauze in den Kaninchenreis gesteckt hatte. Im Anschluß an sein Haus war eine Reihe Gebäude gebaut worden, und der Niveaball war der einzig sichtbare Stern über dem Schwarz des Meeres.

Er überquerte die Straße, drückte auf einen Knopf, und die Eingangshalle des Gebäudes bevölkerte sich mit Stufen, die Marmor nachahmten, mit Wandleuchten und in die

Helligkeit von Sonnenfinsternissen getauchten Pflanzen, bei denen die Blätter in den Blumentöpfen unecht, ockerfarben und breit aussahen, wie die, die man in den Läden für Fischfutter kauft, kleine Dosen mit Schwimmflossen auf dem Papier der Etiketten. Und es gab die beiden vertikalen Särge der Fahrstühle, die wie fromme Seelen von Etage zu Etage auf dem Weg zur Dachterrasse hinaufstiegen, von der aus man den Tejo und die Lastschiffe sehen konnte, auf denen König Fernando den Hof von Almada nach Lixboa transportierte, den Leuchtturm, endlose Dünen, die Locklichter der Fischer und die windige Stille des Himmels.

Er landete im siebten Stock in einem Tunnel, der eine Plantage von Fußmatten war, begleitet vom entsprechenden Mülleimer, den die Portierfrau noch immer nicht eingesammelt hatte, und stolperte mit dem Koffer an den Panzerschranktüren entlang, die in meiner Augenhöhe ein Spählöchlein besaßen, damit die Bewohner mich klein, gekrümmt, mit absurden Gesten von der Linse verformt sehen konnten, wie ich das Gepäck auf den Boden stellte, den Schlüssel herausholte, in die winzige Wohnung trat, die einen Balkon über den Wellen und den Kanus besaß und die ich vor zwölf Jahren in Hinblick auf die Rente kaufte, auf ein Alter des entspannten Faulenzens auf Polstersesseln vor den Sommersonnenuntergängen, frei von afrikanischem Sumpffieber, zur Mittagszeit einsam im Unterwasserfrieden der spanischen Galeonen geknabberter Meerestiere.

Er schob die Tür am Griff auf, packte wieder den Koffer, schaltete das Licht ein und stand vor fünf oder sechs auf dem Fußboden ausgebreiteten Matratzen, vor von Leichenhallenlaken bedeckten Gestalten, Konservenbüchsen, Weinflaschen und einem Mann im Unterhemd mit zerzausten Haarsträhnen, der sich barfüßig mit Besitzerempörung von einem Sofa erhob. Was fällt Ihnen denn ein? Was fällt Ihnen denn ein?

Ein Kind brach im angrenzenden Raum in gräßliches Geschrei aus, und einige der Lakengestalten erhoben sich ihrerseits und gähnten: zwei blonde Jungen mit sommersprossigen Lämmerlippen, eine Neunzigjährige, die ein Wolljäckchen gegen die Brust gedrückt hielt, ein kleiner Junge, der mich aus dem Sumpf seiner Augenhöhlen anstarrte. Der mit den Haarsträhnen, der nun stand und dem die Hosenträger an der Hose herunterhingen, zeigte mit quadratischem, anklagendem, riesigem Finger auf mich und sagte immer wieder unendlich beleidigt, Was fällt Ihnen denn ein?, was fällt Ihnen denn ein? Und Manoel de Sousa de Sepúlveda bemerkte, daß sogar auf dem Balkon Leute in Wollhemden schliefen, mit denen sie sich vor dem Morgentau schützten, auf Kissen, Decken, Strohsäcken, Bastmatten, auf aufblasbaren Schwänen, die Nasen an den Fensterscheiben plattgedrückt wie Geisterheilbutts. Meine Masken aus Lunda waren von den Wänden verschwunden, mein Mahagonischrank hatte sich in Luft aufgelöst, wo ist mein Leopardenschild, ich sehe es nicht, wo sind meine Elfenbeinelefanten, sie haben sie mir gestohlen, wo sind meine Regale mit den Fossilien, meine äquatorialen Käfer, meine Bilder mit den Brandrodungen, denn was ich hier jetzt vorfinde, sind nur Wäscheleinen, an denen Zigeunerblusen trocknen, Löcher im Putz, Teller mit Resten vom Mittagessen, ein Geruch nach saurer Milch und Dritter-Klasse-Abteilen, die Neunzigjährige mit der Wolljacke, die Blut in einen Nachttopf spuckt.

Die blonden Jungen mit den Lammlippen (wo sind meine österreichischen Stühle, das Aneroidbarometer, das ich von meinem Vater geerbt habe, meine von einem Tropfen Säure blitzschnell getöteten Schmetterlinge aus Moçâmedes), rutschen auf den Matratzen auf ihn zu, jeder mit seinem Flaschenhals in der Hand, von dem mit den Haarsträhnen angestachelt, der sich mit der Hand auf die unschuldigen Brusthaare schlug und die Heilbutte vom Balkon als Zeugen seines Unglücks herbeirief:

– Hat man so etwas schon mal erlebt, verdammte Scheiße? Hat man so etwas schon mal erlebt? Wenn das kein Hausfriedensbruch ist!

– Die Wohnung gehört mir, sagte Manoel de Sousa de Sepúlveda zu den Schleimauswürfen der Neunzigjährigen (und mein Fernglas zum Schülerinnenbelauern, und die Bonbons, die ich in Badajoz gekauft habe, um sie in Versuchung zu führen, und die unwiderstehlichen Locken der Perücke zum Jüngeraussehen?), während er zurückwich, über eine Flasche stolperte, sich auf einen Schemel stützte, um sich wieder aufzurichten, murmelte, nachdachte, mit der versagenden Stimme der Niederlage murmelte, Ich habe sie vor mehr als elf Jahren gekauft, ich bin gerade aus Afrika zurückgekommen (und meine dunkle Brille und mein Sonnenhut, und der Schulschluß der Lyzeumsmulatinnen und meine Diamantenhochämter?), morgen bringe ich die Urkunde mit, und Sie können sie sich alle ansehen.

Die Heilbutts vom Balkon drückten die Fenster ein, um in das Zimmer zu gelangen, kamen wie die Schmuggler auf den Fischkuttern aus dem verräterischen leichten Hauch des Meeres, der nach Langusten und Ertrunkenen roch. Ein Gegenstand ging krachend zu Bruch, ein Kind brüllte noch lauter, und eine Frauenstimme warnte uns aus dem Schlafzimmer, Wenn ihr nicht gleich ruhig seid, müßt ihr den Kleinen die ganze Nacht ertragen. Der mit den Haarsträhnen, der das Durcheinander dirigierte, breitete seine dicken Arme ärgerlich zu mir hin aus:

– Bringst die Urkunde? So'n Scheiß? Bringst die Urkunde? Ich will die Urkunde gar nicht sehen, steck sie dir sonstwo hin: Wir haben jetzt Demokratie, du Schwachkopf, die Häuser gehören denen, die drin wohnen, die Zeit der PIDE ist vorbei.

– Der Typ sagt, er kommt aus Afrika und weiß nicht, was der Sozialismus ist, entschuldigte mich einer der Blonden, während die Alte mit welker Pupille weiter in ihren Nachttopf spuckte.

– Ich hab euch ja schon gesagt, daß ihr den Kleinen ertragen müßt, drohte die unsichtbare Frau aus dem Bett meiner Rentnerjahre und vom Elektrowecker her, der um neun Uhr Liebesballaden in meine komatösen Ohren wisperte. Der erste, der hier Lärm macht, kann sich um seinen Durchfall kümmern, bis er schwarz wird.

Der mit den Haarsträhnen suchte einen Möbeldeckel für seine Hinterbacken, saugte an den ihm noch verbliebenen kohlefarbenen Zähnen und ließ den Blick über seine wiederauferstandene Herde schweifen, die sich in Laken gewickelt wie die Umrisse von Toten bewegte und den Geruch nach Abflußrohr verströmte und das wurmstichige Pfeifen der Dunkelheit mit sich trug: Es war das Volk, Leute mit eingefallenen Wangen aus den Slums in Fonte da Telha, die Strohfächer über der Sardinenglut bewegten, Leute, die dem Meer drei Quadratmeter für eine Hütte aus Brettern raubten, die über verkohltem Fisch und Kohlspitzen unordentlich übereinanderstanden, aus dem Sand und den Nardenblütenblättern des Ufers wuchsen, Streuner in zerfetzten Jacken, Deserteure ohne Ziel, die bäuchlings in den Büschen lagen, vom Harz klebrige Waldprostituierte, Überlebende der zerschmetterten Karavellen und Soldaten ferner Garnisonen, die auf den Bänken an der Costa da Caparica Läuse zerquetschten und von Massakern an Indonesiern und Expeditionen nach China träumten und die Polizei mit nicht mehr gebräuchlichen Schießprügeln bedrohten.

– Sieh mal an, einer der nicht weiß, was Sozialismus ist, dieser Analphabet, bedauerte der mit den Haarsträhnen in aufrichtigem Beileid und zeigte mit dem übernächtigten Staunen seiner Kollegen, die, von den Pagenschwertern der Flaschenhälse der Blonden geschützt, während sie Krusten, Narben, Triefaugen kratzten, Interesse an meinen Schuhen, meiner Hose, meiner Krawatte, am Koffer entwickelten. Er ist gerade aus Afrika gekommen, der Arme, er ist seit Ewigkeiten nicht hiergewesen, hat unsere schwarzen Kameraden ausgebeutet, glaubt, das hier ist seine Wohnung. Das hier gehört dem Volk, mein Freund, das gehört der ruhmreichen Avantgarde des Proletariats, das hier wurde revolutionär besetzt, verstanden?, und wenn Sie zur Stadtverwaltung gehen, werden Sie meinen Namen als Besitzer und Geschäftsführers dieses Rehabilitationszentrums für Rükkenkranke finden, und dieses Rindvieh ist so blöd und redet hier was von Urkunden.

– Ruhe, verdammt noch mal, ein bißchen mehr Rücksicht, heulte die Frau im Schlafzimmer. Immer wenn der

Kleine gerade eingeschlafen ist, fangt ihr wieder an rumzuschreien.

Und als einer der Blonden mit den Lammlippen sich an seine Rockaufschläge hängte und die vom Balkon fragte, Habt ihr schon die schnieke Garderobe dieses Schwachkopfs gesehen?, befand sich Manoel de Sousa de Sepúlveda in Malanje und schnitt gerade in Erwartung der Mädchen aus dem Lyzeum die Büsche im Garten. In der kühleren Jahreszeit in Malanje, asthmatisch schnaufend um die Bäume gewickelt, forschte er die Straße durch einen Spalt in den Brillengläsern aus und stellte sich vor, daß die Glocke zum Schulschluß läutete, die Bücher eilig zugeklappt wurden, böswillige Kugelschreiber herunterfielen und verlorengingen, die Straße aus gestampfter Erde bis zur Kaserne und hinter der geteerten Auffahrt mit Villen, und ich verstümmele wahllos Zweige und Blätter, an Hunderte von Beinen und jugendlichen Taillen gefesselt, die sich entfernen.

– Habt ihr die Garderobe dieses Schwachkopfs schon gesehen?

Er stellte sich den Salzlakenieselregen von Malanje vor, der die Stirn der Spiegel in Falten legt und die Tücher in den Truhen stinken läßt, er stellte sich den breiigen Himmel vor, die wie Rochen im fasrigen Sargasso der Mangobäume verborgenen Vögel, die unter ihrem tragischen Engel vergessene Verstorbene, die Schülerinnen, die tuschelten, sich umarmten und auf dem Weg zum Mittagessen stritten, und die Schere schnitt das Nichts, schnitt die Luft, schnitt und schnitt, Sprühregentropfen hingen an einem rostigen Hindernis, und daher merkte er kaum, daß sie ihm den Koffer wegnahmen, (Ist in dieser Scheiße irgendwas Brauchbares drin?, interessierte sich der mit den Haarsträhnen, während er eine Strähne schüttelte, die ihm die Nase verfolgte), eine Meute pockennarbiger Bettler prügelte sich um die Jacke und die Schuhe, die Brieftasche, die sie ihm zurückgaben, war um das Geld und die holländischen Schecks erleichtert, und so bemerkte er kaum, wie die Neunzigjährige, mit dem Zahn klappernd nach ihrem Anteil suchte, bis sie ihn zur Tür jagten, in den Fahrstuhl steckten, ihn stufenweise ins Erdgeschoß zurückbeförderten, während die von der Fonte da Telha sich oben erbittert um die Aufteilung des Schatzes stritten, und er zögerte, gedankenverloren an die Briefkästen in der Eingangshalle gelehnt, im Kopf die Trompeten der Kaserne, im Licht der Wandlampen, des Nebels von Angola und der Blumentöpfe, ging ziellos, nachdem er blindlings durch die verlassenen Straßenrestaurants der Meeresspinnen geirrt war, in denen die letzten Kellner Hocker und Tische stapelten, den von Restaurants und Fischpavillons gesäumten Boulevard zum Strand hinunter, um sich unter den blauen Niveaball zu kauern, dessen Buchstaben vor dem Wasser der Costa da Caparica kaum zu erkennen waren, das von einem feinen Schaumschmuck weiß verziert wurde.

Manoel de Sousa de Sepúlveda bemerkte, daß es tagte, als die Sonne aus afrikanischem Dunst die Dächer, die Balkons hinter ihm, die Bretter des Marktes, die Wellen der Ebbe herauslöste, an deren Saum ein Rudel Hunde trottete und Exkremente von Dünen, aufgelösten Stiefeln, zerfledderten Körben, den Widerschein eines Glases einatmete, der wie ein Gerstenkorn am Lidrand brannte. Es mußte fünf oder sechs Uhr morgens sein, und so weit das Auge reichte, sah man keine Spuren von Menschen auf dem Sand: Nur eingefallene Hütten, eine Schmalzgebäckbaracke, einen Wohnwagen, dem Teile fehlten und an dessen Fenstern kleine Rüschengardinen hingen. Fünf Uhr morgens, und die nun größer gewordenen Wellen lenkten die Straßenköter zu mir, die die traurigen Bögen ihrer Schwänze hin- und herschwenkten. Ein magerer, schwarzgekleideter Zigeuner sprang aus dem Wohnwagen und ging rauchend, in der Hand einen Eimer, zum Wasser hinunter. Die Hunde wurden immer größer, atmeten schwer wie zornige Spanferkel. Ich setzte mich bequemer gegen den Niveaball und hielt den Hemdkragen fest um den Hals, als schwebte ich weit über der Angst, sehr weit über der Furcht, den Gallensteinen, dem salzlosen Essen und den Schülerinnen von Malanje. Ein Totenengel mit hängenden Fledermausflügeln zerdrückte mir den Bauch, ein traumloser Siestafrieden wuchs in seinem Körper. Der Zigeuner kam vom Meer zurück, die Bronchitis der Hunde sang in meinen Ohren. Manuel de Sousa de Sepúlveda schloß die Augen, während die Sonne sich anschickte, ihn langsam farbig anzumalen.

– Ich werde ein wenig schlafen, dachte er, während er die Fußknöchel im Stand versteckte. So oder so habe ich nichts mehr, was man mir stehlen könnte.

In der zweiten oder dritten Woche und nach vielen Entdekkerkaravellen voll ängstlicher Pupillen und an den hohlen Magen gepreßtes karges Gepäck sah der Mann namens Luís davon ab, weiter auf den Kühlschrank und den Ofen zu warten, die bestimmt von den Kaffern in Loanda gestohlen und an die Deutschen der Farmen in Gabun verkauft worden waren, und beschloß, daß der Vater, der im Sarg in Würmergebrodel kochte, sich mit einem heimlichen nächtlichen Begräbnis im Schatten würde zufrieden geben müssen, den die Friedhöfe an den Mauern vergessen, dort, wo das Unkraut höher ist als der Blick der Totengräber. Einer der Wächter, der mit ihm bis zum Abend geredet hatte, während er den Manövern der Galeeren und dem Einlaufen der von fremden Winden gevierteilten Karavellen zusah, die vom Beischlaf der Nixen betört Geister mit Dreispitz befehligten, bot ihm die Reste seines Henkelmannes mit dem Abendessen, oder besser gesagt, mit Fett vermischte Kartoffeln, Bananenblütenstiele und am Aluminium des Bodens klebende Hähnchenknochen an, das Essen eines Seemanns an Land von der Ehefrau auf einem vom Rotz der Kinder verglasten Balkon in Beato gekocht. Die Galeonen hangelten sich aus freien Stücken mit gerupften Segeln im Morgen den Fischkutteröltejo hinauf, ihr eigenes Elend, einen neugeschlüpften Pinguin von der Magalhães-Straße in einem Kompottglas und Kisten voller Aschenbecher made in Hong Kong von Sacavem zum Palast zu bringen. Hier und da wurden, um das Volk milde zu stimmen, Ketzer auf kleinen Kasperletheaterbühnen verbrannt. Der eine oder andere Spanier wurde aus Langeweile getötet. Und dazu kamen die Rippenfellentzündung der Lokomotiven, die üblichen Möwen und in den Büschen die Anthrazitstückchen der Mäuse, die von den Schiffen geflohen waren, wo sie sich von Pfeilwurzkeksen und Korsarenmumien ernährt hatten.

Der Hauptmann, der sich in den Pausen zwischen seinen dienstlichen Rundgängen an den Schreibtisch setzte, um unter großem Zigarettenverbrauch die grammatisch grausamen Dienstanweisungen zu dechiffrieren, lieh dem Mann namens Luís einen Pappkarton, in dem er in einer Ecke den Müll der Seefahrtabteilungen, Journale der Monarchie, Passatwinde, nutzlose Briefe, die nach dem verlorenen Norden suchenden Kompaßsonnenblumen verwahrte, damit aus seinem Dienstbereich nicht ein Typ mit einem Sarg auf dem Rücken herausginge und auf der Suche nach einem Friedhof, in dem er die losen Oberarmknochen des Toten vor Anker gehen lassen könnte, durch die Stadt vagabundierte. Sie kippten den Sarg an einem Hang neben den Eisenbahnschienen aus, auf dem ein Rollstuhl, ein Rad in der Luft, schräg im Unkraut versank, und zogen den Leichnam in den Lichtschein einer nahen, vom Karnevalslumpenflug der Fledermäuse, die ihre treffsicheren Mündchen auf verirrten Insekten gerichtet hielten, umringten Straßenlaterne. Sie richteten das Kruzifix auf dem Deckel auf, während ein Lastkahn mit Zwangsarbeitern den Tejo nach Belém auf dem Weg eines unwahrscheinlichen Epos durch ein Meer von zornigen Neptunen hinunterglitt, sie füllten den Kartonboden mit Sägemehl auf, damit der bereits flüssige Vater nicht durch die Pappritzen tropfend entwich, nahmen jeder eine Ecke Laken und legten den schlechten Geruch, der von noch mehr Sägemehl und Lumpen und Nylonpaketschnur gedämpft wurde, in den Karton, während die aus den Passagierschiffen von Bord gegangenen Spitzmäuse und die Straßenköter, die nie an Bord gingen, näher kamen, die Haare der Schnauze zum Satin des Sarges reckten, der den Quallengeruch einer alten Plazenta ausdünstete, bis der Wärter, dem die Hunde auf den Geist gingen, dem Sarg einen Fußtritt versetzte, der darauf von der Kaimauer ins Wasser des Flusses fiel, und sie sahen zu, wie er sich in Bretter, Spitzen, Baumwollpolster und Stearinplacken verwandelte, bis alles an der Mündung vom Schiffsbruchspeitschenhieb einer Welle verschluckt wurde. Eine Karosse mit Komödianten zog in zweihundert Meter Entfernung unter dem Höllengelärme von Schalmeien zu einer Taufe im Palast, und inmitten der Teufel und Hirten schritt gestikulierend der Goldschmied Gil Vicente.

Und da klemmte sich der Mann namens Luís den Vater unter den Arm und machte sich, von Sägemehl bestäubt und von einem enttäuschten Zug von Hunden gefolgt, auf direktem Wege zum ersten zur Verfügung stehenden Friedhof von Lixboa und zu den barocken Wohnhäusern der Grabstätten auf, die von Schwärmen von Verwandten mit Batteriestaubsaugern gereinigt wurden. Er stieg, die Heuschrecken mit den Ärmeln verscheuchend, durchs Buschwerk hinauf und verschwand zwischen den Baumtuffs, geriet an der Ecke eines Vieh- oder Güterwaggons außer Sicht, tauchte am Bahnsteig des Bahnhofs und den Neonstäben über den leeren Bänken wieder auf, löste sich endgültig bei der Avenida Vinte e Quatro de Julho in Luft auf, die an der Flanke des Tejo entlang verlief und sich bei der Statue des Königs weitete, der auf seinem Platz der Ministerien vor dem Anleger der Cacilhas-Fähren einsam hoch zu Roß sitzt.

Der Mann namens Luís wechselte den Vater zum anderen Arm über, um den Ellenbogen zu entlasten, ehrlich, ich hätte nie gedacht, daß Lixboa so ein Labyrinth aus Fenstern mit schmalen, von den Säuren des Tejo angefressenen Balkons ist, die heiligen Kühe dieser Trambahnherden, diese Kolonialwarenläden mit ihren Mandeltütchen und Likörflaschen, ehrlich, ich hatte mir Obelisken, Säulen und Märtyrer aus Stein, von der ziellosen Brise des Abenteuers durchwehte Plätze vorgestellt, statt dessen fand ich gichtige Gassen, Gäßchen mit Rentnern und widerlichen Läden, ehrlich, ich hatte mir eine Bucht voller nach Zimt und Muskat duftender Karavellen mit gesetzten Segeln vorgestellt, und am Ende traf ich nur auf eine Nacht von vergessenen Häusern, die zu einem auf dem Gipfel hängenden Karpatenschloß, einer Ruine mit Zinnen, hinaufklettern, in deren Efeu die stockenden Schreie der Pfauen schlafen.

Er trabte die Avenida Vinte e Quatro de Julho entlang, um die Schienen und den Fluß, der voll verblaßtem Glitterstaub die Flut erwartete, nicht aus dem Blick zu verlieren, rechts von ihm ohnmächtige Lokomotiven und die Lämmerwellen und die Schornsteine der Kreuzer und links zweideutige Parkanlagen und Straßen voller Sanatorien von

Leuten, die am Fenster die Melancholie der Lungen ersticken, weil er gelernt hatte, daß Lixboa sich in den toten Stunden in schlafwandelnder Stummheit zusammenkrümmt, wenn es hin und wieder vom Geschepper der Krankenwagen oder den Reden eines in ein Beet gekippten Betrunkenen verstümmelt wird, der die richtige Lage für das Sodbrennen des Faßbodensatzes suchte. Straßen mit Brunnen für die Maultiere der Maultiertreiber von den städtischen Scheinwerfern taghell beleuchtet wie Boxringe, Straßen mit blätterhustenden Maulbeerbäumen, schiefen luziferischen Kellern, der Thunfischölgeruch des Alten und kein Friedhof, sondern schielende Gebäude, noch mehr Schornsteine, noch mehr Züge, und ganz allmählich, während er sich dem Cais do Sodré näherte, Bierlokale und Cafés voller Schmeißfliegen mit Dominotischen für die Schauerleute, und auf der anderen Seite des Boulevards wandelten von sittenlosen Automobilen gesuchte Frauenmänner mit malzfarbenen Perücken, mit ihren Dekolletés und Kaninchenstolen an die Rettungsringe ihrer Lacktäschen geklammert, in denen sie die Puder zum Verbergen des Bartwuchses und die Pinsel zum Make-up-Auffrischen und Malen von farbigen Akzenten über den ausgezupften Augenbrauen verwahrten. Oben auf einer kleinen Treppe versammelte eine Alte liebevoll streunende Katzen um ein Päckchen mit Trüschen.

Direkt vor dem Platz vervielfältigten sich die kleinen Kneipen mit dem Zinktresen, an dem die Frauenmänner sich gegen das Warten von innen mit Rotweinflammen erhellten, Bars krummbeiniger Huren, an deren Tür schnurrbärtige Knappen Totenwachengespräche wisperten, und ich vagabundierte mit Würmern unter der Achsel durch die

Stadt, hatte seit mehr als einem Monat kein Bad genommen und die Wäsche nicht gewechselt, war von Durst vertrocknet, hatte mich von Resten ernährt, ich, auf der Suche nach den Zedern eines Friedhofstores, nach einem Stadtteil voller im Dunkeln verstreuter Kreuze mit Bewohnern, die auf Eichenborden zerfransten. Der Mann namens Luís mischte sich unter die Wiederauferstandenen, die die Dunkelheit von Lixboa bevölkerten, Schreiber ohne Falkenfedern auf dem Barett, in Ungnade gefallene Haudegen, die in einem Winkel ihre Bettlersuppe aßen, Rabbis mit fettigem Bart, junge Kerle von den Segelschiffen, die an den Tischen Schmuggeluhren und Füllfederhalter an fünfzigjährige, vor dem Lindenblütentee des Rentenalters thronende Matronen verkauften, maurische Schuhputzer mit Hosentaschen voller Bürsten und Tüchern unter Treppennischen. Feuerwehrballblaskapellen verstimmten sich im Gitterwerk der mit Taschendieben und Polizisten gespickten Gassen. Die Frauenmänner stritten mit den Fahrern der Wagen um Preise, steckten ihre riesigen Köpfe in den Fensterspalt, trabten gemächlich zu einer nahen Pension, drei Stockwerke mit Waschbecken und rotem Licht oben an der Treppe, das den schielenden Maulwurfsaugen der Ankommenden half. Und Diskotheken, die Schiffskesseln ähnelten, und der Schweiß des Tejo, der wirbelnd aufflog und den Launen der Strömung entsprechend die Ahnung von Sielen und verlorener Orte mit sich trug.

Von einem Schwarm Meeraale mitgerissen, die die Pelargonien auf den Balkons mit ihren Zähnen entblätterten, schwamm er an den Ministerien des Terreiro do Paço vor dem Fluß entlang, wo Krüppel unter den Arkaden auf der

Fiedel Sambas spielten, und das Wasser weitete sich vor den Stufen, die zum Meer hinunterführen und nach den Kurzwarenläden und Schattenmorellenlikörhöhlen der Rua Augusta. Die Transvestiten blieben endgültig mit ihren Glasperlen und Kokottenstolen zurück, denn dieser Platz gehört zur Schlafenszeit der Stille eines antiken Glassturzes und den Akkordeons der Blinden. Einer von ihnen ging, das Instrument auf dem Rücken, den kleinen, eiligen Spazierstock schüttelnd vor mir her nach Santa Apolónia, dem Bahnhof der Waggons der Frankenreiche, deutschen Landen und Belgien mit einer Reihe auf Reisende und Koffer wartender Taxis, die um das riesige Gebäude herumreicht, das monströser ist als eine Kaserne oder ein Gefängnis und in dem sich die Geräusche auf dem Zement brachen. Dort drinnen bei den kochenden Fontänen der abfahrtsbereiten Lokomotiven gab es eine Zirkuskuppellampe, ein ruhiges Café mit Tischen und Stühlen davor, Emigranten nickten auf speckigen Paketen ein, und ein alter Beamter fegte die Kippen vom Boden in eine Aluminiumschaufel. Einen Augenblick lang verlor der Mann namens Luís den Blinden mit der Musik aus den Augen, der mit der Spazierstockspitzenantenne durch den Bahnhof taperte, so daß er sich schließlich an einen Tisch vor das Café setzte und den verbeulten Vater auf einen nahen Stuhl stellte, die Verkäuferin von Zeitungen und Zeitschriften ansah, die die Banknoten aus dem Portemonnaie unter der Schürze zählte. Wenn er an eine der Türen gelangte, würde er bestimmt den Tejo sehen, das heißt, Torpedoboote, Tümmler und Schauerleute in bedruckter Bluse und Einschiffungsgebrodel, die Fabriken von Barreiro, die sich in dem Maße abzuzeichnen begannen, wie die Linie des Horizonts klarer hervortrat. Ein Kellner in weißer Jacke, auf der die Zirrhose des Fluors Flecken und Risse hervorhob, beugte sich wie eine verärgerte Pietá zu mir herunter, und ich bestellte ein Viertel Heilwasser, dessen Bläschen auf dem Grund tanzten wie Insekteneier: Vielleicht gab es einen gefälligen Friedhof irgendwo zwischen dem Durcheinander der Taubenschläge und Dächer von Lixboa, in dem Fernsehantennen in den Grabsteinen der Toten stecken, und da glaubte er den Blinden mit den Sambas zu erkennen, der von der Lebendigkeit des Spazierstocks geleitet am Bahnsteig des Schnellzuges nach Porto entlangtrottete, doch bei näherem Hinsehen war es nicht er, sondern irgendein Weichensteller mit Mütze auf dem Kopf und einer Art Kuhfuß, der dazu diente, die Richtung der Züge zu verändern. Der Kellner ohne Kunden im Café setzte sich an einen Tisch in zwei Metern Entfernung, zog die Zigaretten aus der Tasche, und der Mann namens Luís war über dessen Filibustergesicht und dessen weichen, in runden Falten zusammengefallenen Körper überrascht, der auf den Kollegen von der Morgenschicht wartete.

Die beiden sahen nebeneinander, vom Toten getrennt, der Ankunft des Trupps der Reinmachefrauen zu, der, in Pantoffeln schlurfend, in einer Art Hotelschwingtür verschwand. Ein paar Bettler in Stiefeln ohne Schnürsenkel mit Plastiktüten an den Fingern legten sich auf eine Rippenbank, um von ihren endlosen mit ausgestreckter Hand gemachten Pilgerreisen auszuruhen. Ein Zug fuhr heulend in einen Tunnel im Hintergrund ein, und ich dachte, Demnächst machen die das Licht aus, und ich schaue auf die blasse Morgenröte in den Fensterscheiben der Eingangshalle, die häßlichen Bürohäuser dort draußen, die von Treibhausoberlichtern gekrönt und von Beerdigungsmotten bewohnt waren. Wir, der Kellner und ich, blieben in diesem unendlichen Raum von Waggons in einer Dachbodenstille sitzen, die der Spazierstock des Blinden ohne Unterlaß, mal näher, mal ferner klimpernd durchmaß. Die Lampen verblaßten etwas, und jenseits der Seiteneingänge ohne Schiffe und Vögel schwoll gratig und faltig wie der Grund von Kochtöpfen der Fluß an. Eine Stimme kündigte den Mikrofonen den D-Zug aus Paris an, und ein Getümmel von Emigranten auf Urlaub humpelte von der Reise betäubt und verblödet zu den in abnehmender Mondsichelform aufgereihten Taxis vor den Bürogebäuden. Der Mann namens Luís erkannte den Blinden im Gedränge der Reisenden gleich vor einem Herrn in Regenmantel, der ein Kind am Arm schüttelte, er hörte das Morsen der Spazierstockspitze auf dem Zement, doch der mit dem Regenmantel löste sich, als er bei ihm vorbeikam, in einer Gruppe vor Müdigkeit schwankender Leute mit Koffern auf dem Rücken in Luft auf. Der Kellner vom Café, der den Kugelschreiber und den Rechnungsblock vergessen hatte, stand wie ein sich entfaltendes Akkordeon auf und verschwand seitwärts in einer Art Besenkammer oder Küche: Ich möchte wetten, der macht gleich das Licht aus, dachte ich, ich möchte wetten, daß er jetzt, wo die Franzosen gekommen sind, alles verrammeln wird, die Riegel vorschieben, die Schlösser noch einmal überprüfen, weggehen, mich und den Blinden in dieser Garage aus Echos und Dampf zurücklassen wird. Da schob ich die Flasche Heilwasser an eine Ecke des Tisches, packte den Kugelschreiber und den Block des knochenlosen Kellners, ruckelte mich auf dem Stuhl bequem zurecht, stützte den linken Ellenbogen auf die Tischplatte und begann, wobei die Zunge herausschaute und die Augenbrauen einander vor Anstrengung berührten, mit dem ersten heroischen Oktavreim des Gedichts.

Gott weiß, daß ich es nicht wollte. Gott kennt das Innerste meines Fleisches, den Grund meiner Sünden und das Labyrinth meiner Absichten. Gott hatte mich seit Indien begleitet, wo mein Vater mit einem Schiffchen auf dem Kopf als Bote beim Hafenzoll arbeitete und meine Mutter im Schuppen unter dem Regen die Schildkröte fürs Mittagessen kochte, und er begleitete mich weiter durch die Jahre hindurch, wenn er die Palmen am Strand während der Monsune mit einem einzigen Finger seines Windes bog und mitten am Tag vollkommene Nacht herabkommen ließ, die die Leguane und die Frauen verwirrte. Gott hat mich mit sich als Diener eines Marquis nach Moçambique gebracht, der in einem Zweimaster mit von den Fächern der Hofdamen geblähten Segeln ins Mutterland zurückkehrte, der voll orientalischem Krimskrams war, den anschließend skelettöse Gurus in den Tunneln der U-Bahn verkauften, die neben einer Flöte und einem Kästchen mit Zigarettenpapier auf dem Boden saßen. Am Vorabend des Aufbruchs von Lourenço Marques schlief ich in dem in einem Armenviertel gelegenen Zimmer einer Chinesin ein, die ich zwei Stunden zuvor kennengelernt hatte, wie sie mit kurzen Schrittchen über einem Boulevard im Stadtzentrum levitierte, und als ich aufwachte, sah ich durch ihr stummes Lächeln, durch das Fenster die Fächer der Hofdamen am Horizont wedeln und einen hundertjährigen Mandarin auf einem Kissen kniend aus einer Tonschüssel aus Barcelos Käfer zu Mittag essen. Einige Monate hindurch, liebe Christenmenschen, trank ich Tee und kaute Geckos in diesem Zimmer, in dem alles (Schüsseln, Haushaltsartikel, Bilder, Menagen mit Sojasauce) sechzig Zentimeter über dem Boden endete, außer den Rissen in den Wänden und den Papierfransen der Lampenschirme, und in dem der Mandarin sich morgens und abends ehrerbietig verbeugte, bevor er vor unseren Füßen die Schlafmatte entrollte, auf deren Stroh allmählich verblassende Drachen ihre Zunge heraussteckten.

Die Armensiedlung fast direkt am Meer war von Wasservögeln bewohnt, die sich auf dem Blech der Dächer niederließen und von Leuten aus Macau, die in weiten Oberkleidern auf der Straße Essenzen verbrannten, die den auf dem Grund von Tellern zwischen Pagoden und Trauerweiden wohnenden Göttern mit Zöpfchen am Nacken geweiht waren. Der einzige Weiße im Viertel verkaufte Bibeln, erotische Postkarten und Plattenspieler von Haus zu Haus in der Stadt, hieß Fernão Mendes Pinto, besaß eine Hütte im Sand, die mit Abfall der Tagundnachtgleichenstürme und Erinnerungen aus Malaysia vollgestopft war, setzte sich ans Wasser und brach angesichts der Dämmerungen in Rührung aus und machte mich zum Geschäftspartner im Evangelienhandel, und eines Tages, als ich wegen einer bösartigen Nebenhöhlenentzündung früher ins Armenviertel zurückkam, traf ich ihn nackt und widerlich auf der Chinesin, dem durchsichtigen Fröschchen, an, das mit unveränderter Sanftheit zur Decke lächelte. Der Mandarin betrachtete, von Räucherstäbchen umgeben, durch die Löcher im Lehm den Nieselregen. Fernão Mendes Pinto, der seine Arbeit nicht unterbrach, winkte mir keuchend guten Abend zu, und erst als er die lange Unterhose anzog, noch mit zerzaustem Bart und unsicherer Hand, interessierte er sich für die Anzahl der verkauften Episteln. Drei, sagte ich im Weihrauchnebel hustend, und mit meinem Anteil von Null Komma zwei am Gewinn ließ ich mich auf eigene Rechnung in Beira nieder, nachdem ich monatelang, von den Pfeilen der Heiden verfolgt, durch die Sümpfe an der Küste gewatet war, bis ich inmitten einer Lindenplantage auf eine lianenumschlungene Steinsäule mit dem portugiesischen Wappen traf. Umrisse in Lumpen irrten durch elende Strohhütten, und da zerriß, aus dem Landesinneren kommend, ein Pfiff den Urwald in zwei Hälften, und aus beklemmendem Emphysem atmend und über die Bäume schwarzen Rauch ausstoßend, erschien der Fünfuhrtriebwagenzug.

Mit dem Triebwagenzug kamen ununterbrochen Politiker, Steinsetzer, Bürgermeister und Steuereinzieher. Tags darauf donnerte die lokale Radiostation (die im Morgengrauen von heimlich in den Waggons gestapelten Maurern gebaut worden war) die Stadt mit einem Schlagerprogramm zu, das von einem Sirup gegen Bandwürmer bei Kindern gesponsert war. Ein plötzliches Dorf mit Häusern, Supermärkten und Kinos machte die Dünen glatt und verbreitete sich mit Terrassen in den Busch. Sie stellten die Säule, nachdem sie sie von Blättern gesäubert hatten, in den Keller eines Museums in den Schatten von Wachsbüsten erinnerungswürdiger Entdecker. In einem verlassenen Logger richteten sie einen Schiffahrtsclub für paranoide Kommodores ein, nachdem sie ihn von den Skeletten der Kalfaterer befreit hatten, die als Staub in sich zusammensackten, sobald der Piaçababesen sie berührte. Die mit Schüssen domestizierten Heiden arbeiteten als Kaufmannsgehilfen oder Heizer, oder sie fuhren mit dänischen, von Eisberggespenstern umringten Kanus zum Fischen. Zirkusse entstiegen den Güterwaggons, und Seiltänzer bauten über den ananasfarbenen Schuhen der dummen Auguste ihre Netze auf Plätzen auf, die den Eukalyptusbäumen und dem hohen Gras geraubt worden waren. Hin und wieder besuchte der Gouverneur, von schnurrbärtigen Offizieren assistiert, die armen Stadtviertel und versprach Abwasserleitungen und fuhr dann mit einem Zicklein in den goldbetreßten Armen beim Klang der Hymne in einem riesigen Auto mit einem Paar Fähnchen auf der Kühlerhaube wieder davon.

Damals wohnte ich schon im Wohnwagen im Armenviertel auf der anderen Seite der Bucht, die die Winde des Meeres mit ihrem Hauch von toten Pottwalen und dem Duft der zarten Haut von Nixenbrüsten nicht erreichten und wo ununterbrochen sanfter Waisenregen fiel. Ich hatte die heranwachsende Tochter des weißen Händlers geheiratet, nachdem ich ihn in einem möbellosen Zimmer mit der Überredungskraft von einem halben Dutzend Banknoten und der Mitteilung überzeugt hatte, die Kriminalpolizei interessiere sich ganz sicher für ein paar zwischen Nampula und Beira verkaufte Wilde, und nach drei Jahren, fast genau auf den Tag, passierte das mit den Kommunisten der Soldatenrevolution, und ich wurde mit meinem Holzgötzengevatter handelseinig, übergab ihm meine Frau, erhielt ein Flugticket, verließ den verflohten Keller der Pakistanis und nahm einen Sitzplatz ins Mutterland.

Anfangs wußte ich nicht, was ich in einem Ort, der Lixboa heißt, machen sollte, wo es keine Affen am Strand und keine Nilpferde in der Badewanne gab, in einer Hauptstadt, geliebte Kinder, die weder Tabak noch Baumwolle hervorbringt, die älter und ruhiger ist als eine bettlägrige Tante, in einer Stadt, deren Dachluken und Fenster kretonnewimpernklimpernd zu einem Ankerplatz von Wasserflugzeugen mit einer Mannschaft aus Gagos Coutinhos in gefütterten Pelzmänteln flugs die Hänge hinauf- und herunterkletterten. Ich lag auf einer Parkbank und konnte nicht einschlafen, es fiel mir schwer, mich an die Abwesenheit der Spinnenkrebse der Monsume zu gewöhnen, die nun von Kathedralenkuppeln, Feuerchen von Heiligen und Pantoffeln Gichtbrüchiger ersetzt wurden. Er begann darauf hier und dort, sonntags in der Nähe der Kirchen, in Soutanenlumpen und Schiffbrüchigenkleidern zu betteln, die er auf dem Terreiro do Paço anderen Vagabunden abgetrotzt hatte, als die Wellen die durch Bananen und durch Ameisenbärenfleisch hervorgerufenen Diarrhöen zermürbten, aus Brasilien zurückgekehrten Karavellen an der Kaimauer zermalmt hatten.

Am Vortage irgendeines anderen Tages, als er nachts in Campolide Papier und Hühnerknöchelchen in Mülleimern suchte, traf er erneut Fernão Mendes Pinto, der gerade aus dem verworrenen Keller einer Diskothek von Kapverdianern herauskam und gleich unter dem Lacktäschchen von der Achsel einer in Acrylfüchsen versunkenen Mulattin hing. Er lebte jetzt von einer Konstellation von Gasthäusern und Pensionen für in Ungnade gefallene afrikanische Edelleute und hatte vor, seine Geschäfte auszuweiten, indem er die übel beleumundeten Viertel wie Intendente, Avenida Almirante Reis und Casa da Moeda in der Nähe der Hurenbars und zwielichtigen Dancings ausbeutete, in denen die Lichter im Rhythmus der Musik Teile von fischähnlich aus einem Henkelkorb herlugenden Gesichtern aus der Dunkelheit emporsteigen ließen. Er erklärte mir dies alles in einem ersten Stock in Arco do Carvalhão, wo Häkelrechtecke auf den Sesseln lagen und ein Fischer aus versilbertem Metall in Schottenbluse auf einer Kommode seine Netze einholte, während die Mulattin, die ein ganzes Sofa mit den Schuppen ihrer Hinterbacken besetzte, ihre blutegeldicken Finger gespreizt wie die der Frösche in den Waschtrögen hielt. Außer dem Fischer standen überall orientalische Reisesouvenirs herum, japanische Laternen, aus Felsenstalaktiten modellierte Götter, ein Stück der linken Lunge Buddhas in einem Laborröhrchen mit einem Aufkleber aus Pflaster und die Haarsträhne eines etruskischen Prinzen in einem Kupfermedaillon. Fernão Mendes Pinto zeigte ihm das bereits mit der Maschine geschriebene Bündel seiner umfangreichen Reiseberichte (irgendwann gebe ich den ganzen Kram einem Verleger), holte die Flasche Drambuie aus einem Schrank voller knorpeliger Quallen unter dem rührenden Ölbild eines weinenden Jungen, und beim achten Drink bot er dem Schutzheiligen von Setúbal an, eine seiner Geschäftsfilialen in einem heruntergekommenen Gebäude hinter der Militarakademie zu leiten, und ich gebe dir weniger als eine Woche um sie auf Vordermann zu bringen.

Senhor Francisco Xavier begann damit, die Nachkömmlinge, die er von unzähligen Konkubinen bekommen hatte, in diese sogenannten Wände zu verlagern, und dies aus Zügellosigkeit und Unwissenheit, meine geliebten Brüder, denn Gott hat mich lange schon zu seinem Erwählten gemacht, eben jene Nachkommen, die zusammen mit meiner sanften, verständnisvollen Mutter unter dem Aquädukt Königs D. João V., das das Wasser nach Lixboa brachte, schliefen und ewig von den Tropfen erkältet waren, die sich vom Stein lösten, um ihnen auf perfide Weise längs der eiskalten Bewässerungsrinne des Nackens herunterzurinnen. Freunde ohne Arbeit, Trunkenbolde ohne einen Heller und Mülltonnendurchsucher halfen ihm, die Wände mit Pappstücken und Ziegelresten zu reparieren, stahlen Betten, WCs und bauchige Matratzen aus den Lagern der Schrotthändler, trugen sie in einer Schmugglerprozession durch die nächtliche Stadt an der Ungläubigkeit der Barportiers vorbei, die von den schwebenden Nachttischen erschreckt wurden. Vier Tage später durchquerte er zu Fuß die Stadt, den Mantel an den Fersen, um Fernão Mendes Pinto davon zu informieren, daß dank eines halben Dutzend der Heiligen Jungfrau und den kleinen Hirten von Fátima abgegebener Versprechen die Pension *Apóstolo das Índias* bereit war, eventuell auftauchende Sünder aus den Tropen aufzunehmen. Er traf den Bukanier mit Brille und im Morgenmantel neben der kleinen Statue aus Nazaré und seiner unzähligen Nutzlosigkeiten sitzend die Aufzeichnungen seiner Heldentaten mit einem Vierfarbendrehbleistift zu redigieren. Der Industrielle reinigte mit langsamem Löschpapier den Filter seiner Zigarettenspitze.

– Sehr gut mein Mönchlein, sagte er, der gerade mit den Schicksalswendungen eines chinesischen Massakers beschäftigt war. Am Samstag werden mindestens sechs Flugzeuge und zwei Fregatten aus Guinea landen: Wegen dieser schwachsinnigen Demokratie hauen sie wie die Ratten vor den Niggern ab.

Er selber wollte in Begleitung der Mulattin mit den Besitzerinnen der Nachtclubs von Arroios reden, Zahlen auf Papierservietten zusammenzählen, damit sie eine zukünftige Herde Tagiden akzeptierten, er lieferte mir sieben Dutzend Lamékleider und drei Dosen Pomade gegen Geschlechtskrankheiten, Make-up, Puder, Lidschattenstifte und Haarklammern, befand kopfnickend die Zimmer für gut und erklärte im Weggehen, während er, den Steinen Fußtritte versetzend, den Hügel hinunterging, Ich will, daß übermorgen mindestens fünfundzwanzig Nutten da unten arbeiten.

Falls noch Beweise für die endgültige Gewißheit nötig gewesen wären, daß Gott mit mir ist, ist die Tatsache einer, daß ich am Montag achtunddreißig mit Pailletten und Stolen verschönte Afrikanerinnen in die Diskotheken der Avenida Almirante Reis und des Martim Moniz Platzes geschickt habe, einmal abgesehen von denen, o Diener Gottes, die ihre langsamen Hüften in den Parks und Hinterhöfen der Stadt von Belém bis nach Ajuda verteilten und auf dem Bürgersteig geduldige Malboros rauchten. In kurzer Zeit und dank des Segens unseres Vaters nahm eine riesige Herde zum Glauben Bekehrter alle Stadtteile Lixboas bis hin zum Hafen in Alcântara ein, wo im Juli die Luft aus Cellophan war, und überfiel mit ihrem unwiderstehlichen Parfüm die Oberfähnriche der Marine der Natotruppen oder die vom Beriberi und einzigartigen Landschaften verwirrten Besatzungen des Christopher Kolumbus. Und dennoch trug Senhor Francisco Xavier trotz der Blüte seines Unternehmens den Gedanken, seine Frau aufgegeben zu haben, die ihn in Moçambique gegen einen Hundertjährigen eingetauscht hatte, der nach Stall roch, wie ein Geschwür in sich.

– Warum fährst du nicht hin und holst sie? An einem der ersten Freitage im Monat, an dem sie Buchführung machten und die Prozente teilten, unter dem wachsamen Auge des Fischers, der auf seinem Möbel die Netze einholte. Wer weiß, vielleicht ist der Alte längst tot?

Senhor Francisco Xavier kaufte einer Zigeunerfamilie, die den Paço da Rainhna mit einem Zug zerfledderter Karren mit vor Hunger zittrigen, zwischen den Deichseln hustenden Maultieren durchquerte, einen kolonialen Anzug und einen Korb Wäsche ab. Eine der jüngsten Mulattinnen schenkte er einem Hauptmann von Vizekönig D. João de Castro, der in der Absicht nach Indien aufbrach, Diú zu erobern, und während sie die Karavellen mit Pulvertonnen und großen Bronzekanonen mit von Goldschmieden mit beharrlicher Pingeligkeit handgearbeiteten martialischen Reliefs beluden, verbrachte er einige Zeit im Stadtteil Intendente, wo er mit zerstreuten Nutten über Asien redete, die mehr Interesse an den Autos als an der langweiligen Theorie der Katapulte hatten, und irgendwann gelang es ihm, einen Platz auf einem Fischkutter zu bekommen, der einige Male in Afrika hielt, um die an der Pest gestorbenen Mastwächter im Sand zu beerdigen und Päckchen mit Erdnüssen, ein halbes Dutzend lebender Kühe und einen Kolonialtrupp geschreckter, mit gepanzerten Tigerfellen und Curare-blasrohren bewaffneter Eingeborener an Bord zu nehmen. Senhor Francisco Xavier entzog sich dem Kommen und Gehen der Schauerleute und fuhr von einem ungeheuer großen Schwarzen auf den Schultern getragen, der Jahre zuvor Mouzinho de Albuquerqe allein durch die Anwesenheit seines Bizeps beschützt hatte, nach Beira. Während einer qualvollen Reise, die fünf Monate und drei Tage dauerte, begegneten sie zerzausten Besatzungen, die sich auf dem Strand nach Nissen absuchten, Missionaren, die den Hottentotten das Geheimnis des Schnees erklärten, indem sie sich ungewöhnlicher Vergleiche bedienten, einem der Heiligen Drei Könige, der sich auf seinem Kamel verirrt hatte und vergebens am Himmel des unzählbaren Geglitzers den Stern von Bethlehem suchte, auf dem Rücken eine Truhe voller Mottenkugeln und Mäntel, und an den Riffen gekreuzigte Nixen mit Venusmuscheln anstelle des Herzens, bis sie das zum Keramikmeer der Regenzeit geneigte Beira erreichten, die Palmen der Gassen, die in den nach Salpeter und Dampferschmiermittel riechenden Hafen mündeten, von der Stille vergangener Zeiten, von den Parasiten und Larven der Rosenstöcke bewohnte Häuser mit Säulen, einmal ganz abgesehen von den Lokomotiven, die die Vorhänge des Busches zerrissen und neben uns wie Rhinozerosse fauchten. Senhor Francisco Xavier entließ den Schwarzen, der sofort bei den Leuchtkäfern der Tavernen des Arbeiterviertels verschwand, wo er mit sechs Frauen auf einmal schlief, und machte sich zum trostlosen, fern der Wellen liegenden Ödland der Wellblechhütten und Zirkuswagen auf, die das neue Gebäude bereits aufzufressen begonnen hatten, und suchte dort nach den zwei Handbreit Garten meines Gevatters und dem von den Mahlzähnen der Schnecken zerschnippelten Rübenkraut. Seine Sohlen, o Volk Gottes, erkannten humpelnd die Mulden in den Fußwegen. Jungen mit fadenförmigen Gliedmaßen vergnügten sich im Rinnstein mit geheimen Spielen. Der feine Regen pickte lautlos das Gras auf den Dächern.

Der Schutzheilige von Setúbal drehte auf dem Ödland mehrere Runden, weil ihn kürzlich entstandene Häuser, unerwartete Treppchen, Gesichter und Misthaufen verwirrten, die er nicht kannte, hinter dem letzten Zelt die Andeutung eines Friedhofs, auf dem im Gras acht Reihen Holzkruzifixe standen. Er fragte hier und da und näherte sich dem Geruch nach Melissenkraut und junger Stute seiner Ehefrau, die er schließlich in einem Waldweg streunender Katzen fand, wo sie eine Segeltuchkonstruktion bewohnte, in deren Inneren die Weiße barfüßig, mit vom Rauch geschwollenen Lidern blinzelnd die Suppe in einem ekelerregenden Topf umrührte. Dosen mit Begonien welkten, noch mit den alten Etiketten von Kakaopulver versehen, in einem Fensteroval. Das Brett mit dem Plunder meines Gevatters bedeckte sich in einer Ecke mit Larven. Als ich die Tür aufstieß und die Gelenke der Türangeln nachgaben und ausrenkten, sah mich die Frau unbeeindruckt, mit dem Kochen der Suppe beschäftigt, an.

– Du bist das?, sagte sie, während sie mit der Ferse die Neugier eines Huhns wegschob.

Sie war in diesen Monaten so sehr gealtert, daß sie jetzt den Großmüttern aus den Alben ähnelte, deren wirre Runzeln und unerklärliche Pupillen aus fernen Ländern von der anderen Seite des Mondes zu kommen scheinen, wo die durchsichtigeren Gegenstände sich von innen nach außen gekehrt verstehen und eine verwickelte Sprache ohne Vokale benutzt wird. Der Kontakt mit meinem Gevatter (der im übrigen auf einem Bord in Sepia in einem Rahmen wiedergegeben war, der diagonal durch den schwarzen Trauerflor zerschnitten wurde) hatte ihr das Fleisch gelb, die Haut trübe und am Zopf der Pantoffeln mit Überbeinen hart gemacht, und Senhor Francisco Xavier stand vor einem Wesen ungewissen Alters, das Brei mit dem Schwamm ihrer Gaumen kaute, sich über die Hühner ärgerte, die ihre Eier im Stroh der Matratzen vergaßen. Sie hatte die majestätischen Schenkel und Nieren von einst verloren, und Büsche grauer Haare blühten auf ihren Beinen. Der Regen fiel noch immer in den Gassen voller Katzen, in denen der eine oder andere dumme August des Zirkus der Chinesen sich schwindlig vor Trunkenheit in den Lackgamaschen verhedderte.

Senhor Francisco Xavier zog unter dem Bett, das noch nach den Wechselfiebern des Toten stank, die Truhe eines Karavellenobermaats hervor und suchte in der Hütte wahllos die mottenzerfressenen Kleider der Weißen zusammen, die ihn über dem Feuer in leerer Reglosigkeit anstarrte. Er raffte Röcke, Schnürstiefel, zwei Blusen, eine Haarbürste, der Borsten fehlten, ein Emaillezigarettenetui mit Schildpattringen und -armreifen darin, ein Kettchen mit der rostigen Nase von João de Brito zusammen, kippte alles in das Sergefutter der Truhe und rückte die dicken Metallschließen zurecht. Dann hielt er der Ehefrau einen Pullover und eine Hose hin und befahl ihr, Zieh dich an, nahm einen Schirm, dessen Griff ein Hundekopf mit Elfenbeinaugenbrauen war, spannte die zerbrochenen Speichen auf, und als er eine halbe Stunde später, das Kleeparfüm des Winters tropfend wieder zurückkam, hatte er das Haus und die Pluderfiguren einem Trapezkünstler aufs Auge gedrückt, der noch ein bißchen Geld für den Nachtwein hatte. Die Ehefrau erwartete ihn auf der Truhe sitzend mit neutraler Ruhe auf den müden Wangen.

– Wohin gehen wir?, fragte sie mit der Stimme einer Kranken, in der sich die Silben mit Larventrägheit in die Länge zogen.

Während er den Stengel des Schirms über dem Kopf hielt, betrachtete der Schutzheilige von Setúbal mit verächtlichen Blicken den zirkumflexförmigen Mund, den kraftlosen Busen, den hängenden Bauch und die Hüften eines Schafes, bevor er sich feierlich auf einen Lederschemel fallen ließ:

– Nach Lixboa als Nutte arbeiten, informierte er sie, während dreckiges Wasser ihm an den Rockschößen herunterrann. Vielleicht macht ja meine Mutter noch was aus dir.

Als Vasco da Gama, das Suecaspiel in der Tasche, mit dem Bus in Vila Franca de Xira ankam, um eine Anstellung im Sohlengeschäft zu suchen, traf er statt auf Bäume und Häuser und Straßen, an die er sich nachts in Afrika mit der pingeligen Genauigkeit des Heimwehs erinnert hatte, auf einen Ort, von dem nur noch Dachfirste und die Pagode des Musikpavillons übrig waren, versunken in der riesigen Ausdehnung stehenden Tejowassers, das, vom Novemberregen angeschoben, Landgüter, Kühe und Mauern ertränkte. In den Gipfeln der Pappeln lagen Familien einander in den Armen, sahen aufgetriebene Leichen von Kommoden, Maultieren und Hunden, Kontrabässe von Musikern, die für immer die Noten vergessen hatten, Frauen mit reglosen Fingern in Nähgesten und Krüge, auf denen Erinnerung aus Loulé stand, in Schlammstrudeln vorübertreiben, während sie auf die unwahrscheinliche Hilfe der Feuerwehrboote warteten. Der Bus kam, nachdem er Wasserfällen, Nebenbächen und herabgestürzten Steinen ausgewichen war, sicher auf einem Hügel zum Stehen, auf dem ein richtungsloser Nordost die Wurzeln der Büsche mit schweligen Gerüchen verbrannte, die Fahrgäste stiegen aus, mit den Sohlen die unterschiedliche Höhe der Stufen abtastend, und der Rentner, der die Spielkarten in der Tasche mit den Fingern prüfte und sofort, allein durch deren Inspiration, die Trumpfbuben von den wertlosen Dreien unterschied, setzte sich auf einen Stein und wartete darauf, daß der Fluß langsam die Stadt in einem Rückstrom verließ, der dem Verschlucken von Spucke glich, damit das Blasorchester im Musikpavillon einen unterbrochenen Walzer weiterspielte, die Leute wieder durch die Straßen gingen, die Apotheken und Kräuterläden die Luken mit Drahtgeflecht von den Schaufenstern nahmen und der Kalender von irgendeinem rein zufälligen, von dem auf einem Zahlenmosaik plattgedrückten Daumen des Vorsitzenden des Gemeinderates blindlings ausgesuchten Sonntag an wieder ruhig funktionierte. Der Neffe vom Laden würde auf der Veranda erscheinen und ihn mit den altbekannten förmlichen Augen eines genesenden Ponys begrüßen, er würde die Grundschule wiedererkennen, die Musikakademie, die Stierkampfarena, den Marktplatz, das Aquarium mit den grauhaarigen Tritonen des nicht vollendeten Meeresmuseums, dessen Projekt vor Jahrhunderten in der Schublade der zu bearbeitenden Schriftstücke gestrandet war, in die der Abteilungsleiter zwischen Ingenieursgutachten seine Verspersalami steckte, er würde die ganze Nacht lang im Café im Stadtzentrum auf ein grimmiges Biscaspiel mit dem Notarsangestellten verbringen, der unter dem abgestellten Radio und einer Traube schreckensstarrer Zuschauer als Zeugen seine Asse meinen vorwegnahm und meine Damen erbarmungslos vorausahnte.

– Scheiße, tröstete er sich, indem er haßerfüllt das Zurückweichen des Tejos überwachte: Wenigstens haben sie mich zum Grafen ernannt.

Und er erinnerte sich daran, wie man ihn in den Palast gerufen hatte, um ihm eine Flotte zu übergeben und ihn nach Indien zu schicken und ihm zur Unterstützung ein Bündel Landkarten mit erfundenen Kontinenten gegeben hatte, Stapel erlogener Berichte zu Fuß Reisender und einen Kapuziner mit einer Geißel und einem Rosenkranz in der Faust, dem die besondere Aufgabe zuteil war, die Sterbenden zu segnen. Er erinnerte sich an den Restelo am Morgen, als die Segelschiffe ausliefen, an den Hofstaat, der auf einer Tribüne unter einem Baldachin mit Fransen saß, um dem Auslaufen zuzuschauen, an die Hofdamen, die er in den Gärten des Palastes blindlings kniff, wobei er ihren Geruch nach Bimsstein mit der Passionsblumenessenz der Königin verwechselte. Er erinnerte sich an die Bischöfe mit den goldenen Paramenten, den apostolischen Nuntius und dessen dunkle Brille eines schweigsamen Mafioso, an die dekolletierten Botschafterinnen ferner Länder, an den Markt, der mit angehaltenem Atem dem Lichten der Anker beiwohnte. Er erinnerte sich an die Raben, die die Hymne von 1826 in den Tavernen sangen, er erinnerte sich an das Volk, ach, das Volk, das grün-rote Fähnchen schwenkte, an die Alte, die mir einen knochigen Prophetensegen zuwarf, als sie schon zu den Strömungen der Mündung kreuzten, doch er mußte einunddreißig Tage auf dem Stein auf dem Hügel warten, gegen sich selbst mit einer Unzahl von vorbedachten Fehlern und aufschiebenden Manövern spielen, ohne dabei jemals zu siegen oder besiegt zu werden, bis der Tejo in sein Bett zurückkehrte und Vila Franca ganz aus dem Schlamm, zwischen den dahintreibenden Leichen und den abgeknickten Maulbeerbäumen auftauchte, so wie er es in den fünfzig Jahren Afrika in sich bewahrt hatte, während er den aquarellmalenden Bettler in der U-Bahn längst vergessen hatte, der ihn und die anderen Kapitäne im Augenblick der Abreise uniformiert wie die Handballmannschaften vor den entscheidenden Spielen gezeichnet hatte.

Mit dem Zurückweichen der Überschwemmung nahm der Ort, von dem man nur Teile durch die ockerfarbene Schicht Wasser hatte sehen können, übergangslos seinen Alltag wieder auf, und auf halber Höhe des Hanges begann Vasco da Gama die Hämmer und die Motoren in den Werkstätten zu hören, das Geräusch des Pausenwäldchens der Schule und der Schreibmaschinen in den Behörden, während gleichzeitig ein betagtes Mitglied des Blasorchesters die Stufen zum Musikpavillon hinaufstieg, sich auf einen Eisenstuhl setzte, eine uralte Klarinette aus dem Etui zog und allein mitten auf dem Musikpodium einen Walzer spielte, der so leicht war wie der Saum eines Kleides, hin und wieder hob er das Kinn zum Dirigenten, den es nicht gab. Die aufgequollenen Ochsen erlangten ihren normalen Umfang wieder und weideten am Fluß, an dem die Ruderboote der Aalfischer anlegten und wo die Tejonymphen am Abend ihre Flußtanghaarknoten richteten.

Vom beharrlichen Walzer der Pikkoloflöte gerufen, kam der Graf wie die Toten der Träume in die Stadt, erkannte Türklopfer und Einzelheiten an granitenen Türumrandungen wieder und wunderte sich über die Stadtviertel, die während seiner Abwesenheit als Seefahrer im Orient entstanden waren, bescheidene Häuserblocks, die nach Kichererbsensuppe und Pfandhaus rochen, aus den Fugen geratene Schaukeln in Gärten mit Margeriten und Häuser ohne Firstbalken für die Rülpser der Betrunkenen. Stromkabel durchzogen den Himmel mit Linien für die Achtelnoten der Vögel. Und ganz neu waren die aus Guinea und Angola gekommenen Schwarzen, die in Briefträgeruniformen in die Pedale von Postfahrrädern traten.

Der Schusterladen, der, als er emigrierte, ein Winkel war, den er dem Koitus der Fledermäuse abgetrotzt hatte, nahm nunmehr einen ganzen Häuserblock mit Schaufenstern ein, die ein Neonschild überragte, und drinnen knieten zig Verkäufer wie Vasallen vor den Socken der auf Thronen aus gelbem Samt wie Kürbisse hockenden Kunden. Eine würdige Dame machte klingelnde Berechnungen an der Registerkasse, deren Schublade wie unter Teufelsanwandlungen aufsprang. Der Neffe, mit Gehrock aus Covilhã-Wolle und Tränenperle auf der Krawatte, angezogen wie zu einem Beerdigungsunternehmerball, präsidierte, die Hände hinter dem Rücken, über herumschwebende Damenstiefel und trieb nur widerwillig diesen schwertragenden, ländlichen Urgroßvater vor sich her, um ihm ein Zimmer im hinteren Teil des Ladens zu zeigen, in dem eine Luke an der Decke klebte und ein spärliches Fädchen Licht, wie Wasser, das sich ausbreitete, in den Spalten des Fußbodens spazierte, unter der Voraussetzung, daß er die Familie nicht entehrte, indem er auf den Straßen Vila Franca seine altertümlichen Neptunskoteletten zeigte. Vasco da Gama war nicht beleidigt (Sogar der König, dieser Dummkopf, hat nicht damit gerechnet, daß ich zurückkomme), prüfte mit dem Knie die Drahtmatratze des Betts, häufte auf dem Nachttisch die für die stürmische Überfahrt langer Nächte auf See notwendigen Kekse auf, und achtundvierzig Stunden später wurde er in einem Imbiß gesichtet, wo er den Leichtsinn der Bauern mit einer Sueca rupfte. Er gewann auf diese Art und Weise einen Pflug, achtzehn Pferde, eine Batterie Legehennen, abgelegtes Zaumzeug, eine gebundene Berbergrammatik, eine möblierte Wohnung in Caneças, verschiedene Schattensonnenplätze bei Stierkämpfen nach freier Wahl und den Krankenwagen der Feuerwehr, den diese mit Spenden finanziert hatte, als er beim letzten Stich den Chef der Körperschaft um einen halben Punkt mit einem magischen Fünferpasch schlug. In den Momenten, da der Neffe die Tiere in einem Pandämonium von Kuhglocken durch die Drehtür des Ladens kommen sah, welche die Verkäufer und die Käufer auf Strumpfsocken erschreckte, die eiligst auf die höchsten Regale kletterten, als er das fürchterliche Heulen des auf dem Gehweg geparkten Krankenwagens hörte, auf dessen Wagendach sich die Lampen in endloser Angst drehten, schlug er dem Seefahrer vor, ihm den Erlös seines Gewinnes unter der Bedingung abzukaufen, daß dieser sogleich eine zweite Reise nach Indien unternahm, in der Hoffnung, der Achtzigjährige würde, von einem Schwarm unersättlicher Nymphen verbraucht, auf der Ilha dos Amores dahingerafft werden.

Der Graf jedoch, der genug von Stürmen und Pellagra und es satt hatte, die Geschlechtsleiden von Goa mit Säurebädern zu behandeln, die ihm die Haut vom Skrotum ätzten und ihn wochenlang am Gehen hinderten, hatte die Stadt seiner Jugendjahre liebgewonnen, die die Fluten des Tejo mit Zaubertricks verdeckten und freilegten, und die Leitkühe, die beim Höllenlärm des Krankenwagens auf Absätzen, Schuhspitzen und in Seidenpapierpäckchen herumtollten. Er machte es sich zur Gewohnheit, nachmittags auf den Plätzen des Ortes zu Pferde zu promenieren, Karten zu zeigen und Auswärtige zu Blattduellen herauszufordern, und wurde auf diese Weise Besitzer einer Butangasfabrik, des Elektrizitätswerks von Cartaxo, der Zementmischer des Distrikts, des Bestattungsunternehmens, von sieben Viehzuchtbetrieben, des Misericórdiahospitals und des größten Teils der Läden zwischen Tomar und Santarém. Er faßte den beängstigenden Plan, sich mittels des Glücks der Trümpfe Portugals Majorat für Majorat und Stadt für Stadt zu bemächtigen, und seine überspannte Jurisdiktion erstreckte sich bis nach Portalegre, wo er das Gericht und dreiviertel der Stadtverordneten in der Hand hatte, als König D. Manoel I. ihn, von der Sorge der Cortes gedrängt, nach Lixboa bestellte und ihm mitteilte, daß er ihn zum Leiter einer Expedition sudanesischer Biologen ernannt habe, die mit dem Unterseeboot an den Nordpol geschickt wurden, um die genetischen Gesetze der Fortpflanzung von Pinguinen zu erforschen.

Vasco da Gama hatte zweiundvierzig Jahre nicht mit dem Monarchen gesprochen, und nachdem er ungezählte Monate im Wartezimmer zugebracht hatte, inmitten von Managern mit Weste, Astrologen mit Sternenumhang, Vertretern politischer Minderheits- und Mehrheits- und inexistenter Parteien, einer italienischen Journalistin und einer mit dem Puder des morgendlichen Mehls bestaubten Delegation der Bäckergewerkschaft Leseringzeitschriften gelesen hatte, traf er auf einen gealterten Fürsten, der mit dem Szepter die Fliegen vertrieb, eine Blechkrone mit Glasrubinen auf dem Kopf trug, den Apfelmusatem eines Diabetikers hatte und auf der Bank eines gotischen Fensters hockte, das zu den Galeonen seines Schwadrons geöffnet war, die er mit Grippemelancholie lustlos betrachtete. Das Jerónimoskloster, das seit Jahrzehnten vollendet war, verwandelte sich umgehend in ein archaisches Denkmal, das für Sonntagsheiraten und pathetische Feiern verstorbenen Ruhmes beliebt war, bei denen in seinem Inneren Tanzschuhe unter Getöse auf den konkaven Fliesen dröhnten. Am Ende des Raumes debattierte eine Gruppe Adliger aus dem Minho ernsthaft über die schleichende Entwertung des Escudos. Eine herrliche Sonne beschien die Dächer von Santa Catarina, die ungeordnet wie bei einer Weihnachtskrippe in ein durchscheinendes, von einer Autobahnbrücke durchquertes Tal kullerten. Die Enten zogen, vor der Bitternis des Herbstes fliehend, in Dreiecksformation nach Süden. Taubenschwärme kamen und gingen unter Taftgeraschel. Ein dreijähriger Infant zog ein Blechauto über den Teppich. Der Admiral küßte die Hand des Königs, und dann schauten sie beide schweigend auf die Morgentautextur des Septemberabends.

– Vergiß die Sache mit den Pinguinen, sagte der Fürst, indem er die Schmeißfliegen vertrieb und unter der lächerlichen Krone Greisenflüssigkeit ausschwitzte. Tatsache ist, daß du mir gefehlt hast.

Der Rentner dachte, daß sich fast alles in Lixboa verändert hatte, seit er das Schiff nach Angola bestiegen hatte, um inmitten der heftigen Einsamkeit der Schwarzen zu leben. Eine Epidemie von Flußbeschwerden hatte die Tejonymphen praktisch ausgerottet, von denen nur noch ein kleiner Schwarm grauhaariger Nixen übrig war, die sich von den Abwässern in Chelas oder den Ablagerungen der

Eisenhütte ernährten, die durch ein kompliziertes Netz von Kanälen in die Wellen gelangten. Das Volk verließ auf der Suche nach einer Arbeit in einer Autofabrik oder einer Fabrik für Plastikformen die Burgen und zog nach Luxemburg oder Deutschland. Die Grafen waren Geschäftsführer in venezolanischen Banken. Die Offiziere der Schule von Sagres rauchten Heroinzigaretten und betrieben Bars in Albufeira. Und wenn die Kastilier das Königreich überfallen würden, träfen sie nur auf gleichgültige Engländer in der Bucht von Estoril, auf Wachen, die am Tor des Generalstabs des Heeres vor Müdigkeit umfielen, und auf schwarzgekleidete Frauen in den verlassenen Dörfern, wo sie Röcke um die Holzschemel ausbreiteten und in sich selbst hinein in eine absolute Leere blickten.

Die Biologen reisten schließlich ohne den Grafen in einer Fregatte ab, die, auf der Höhe von Schottland von einem bösartigen Kliff zertrümmert, an dem Tag vom Radar verschwand, als Vasco da Gama und der Monarch, indem sie die von Pistolen geschwellten, von den Amerikanern monatsweise vermieteten Leibwächter überlisteten und sich über Entdeckungen und Göttinnen redend allein nach Marvila aufmachten. Sie waren so alt geworden, daß die Leute in der Stadt, die sie nicht wiedererkannten, verblüfft die zwei Greise verfolgten, die die bizarren Kleider eines beendeten Karnevals trugen, einen Blechdolch im Gürtel, spitze Samtmokassins, gestreifte Wämse und lange Haarsträhnen, die nach Oregano aus der Speisekammer rochen und auf denen Parasiten anderer Jahrhunderte sich massenhaft vermehrten. Die Kinder von Penha de França und von Beato umringten sie spöttisch mit belustigter Neugier. Die

Gemüseverkäuferinnen erstarrten mitten im Ausrufen ihrer Ware erschreckt zu Kristall. Die Farben der Ampeln gerieten durcheinander, wenn sie vorbeikamen, und führten zu einem Verkehrschaos aus Taxis, Kaleschen und Lastwagen, die sich einander haßerfüllt beschimpften. Sie machten für ein Sandwich und ein Bier in einem Imbiß neben einer Tankstelle unter den Bäumen halt und sahen über den Dächern ankernde Segel und Passagierdampferstandarten, auf die es ewige Möwen abgesehen hatten, dieselben, die schon die Eroberung Lixboas durch D. Afonso Henriques miterlebten. Der König und der Seefahrer, die den Zug der Arbeitslosen nicht beachteten, die sie verspotteten, über das Szepter und die Krone lachten, gingen am Tejo entlang nach Cabo Ruivo und zum den Wellen entrissenen Wasserflugzeug, das noch immer mit von den Vögeln verschmutzten Stoffetzen und den Mumien der Passagiere hinter den Fenstern der Bullaugen auf seiner Kalksteinerhebung stand. Etwa zehn zerlumpte Kerle streckten Krabbennetze zu den Seespinnen des Ufers aus. Tejonymphen, die wegen ihrer Bandscheibenvorfälle kaum noch schwimmen mochten, flöhten sich in der Nähe des Gepränges der Petrochemie mit ihrem Muschelgeruch nach Ammoniakeingeweiden. Die beiden wählten schließlich einen in den Fluß ragenden Damm jenseits von Chelas, wo sie nichts weiter als etwas beunruhigend herausgeputzte anonyme Greise waren und wo sich verendende Hütten mit Moos und Bachstelzenmist und dem Dachbodenlicht des Vergessens bedeckten. Man erkannte den Süden von Barreiro und Alcochete, das Christusdenkmal, die Eisenbögen der Brücke und das undurchsichtige, trübe Waschzuberwasser. Hinter ihnen lagen in der bunten

Unregelmäßigkeit Lixboas außer den Baracken der Armen, die jedes Jahr in den Regenmonaten auseinanderfielen und zerfledderten, die Lagerschuppen, in denen die Kapitäne der Galeeren indianische Sklaven, Rhinozerosse, von holländischen Messerhieben amputierte Edelleute und Fässer voller Tritonenschuppen aufs Geratewohl anhäuften. Vasco da Gama und der Monarch entschieden sich für eine Böschung am Fluß, D. Manoel hatte die Blechkrone und den Hermelinmantel abgelegt und der Seefahrer sich des Gewichts seines Schwertes entledigt, und jetzt endlich fühlten sie einander in ihrer Hinfälligkeit und ihrer Müdigkeit nach so vielen Trennungen, Mißverständnissen, Schmollereien und Ritterintrigen gleich.

Die Pinguinfregatte hatte lange schon mit ihrer Ladung von kittelbekleideten Biologen, Brutkästen mit ultravioletten Strahlungen und wissenschaftlichen Atlanten die Mündung verlassen, der Hofstaat wisperte fern von ihnen im Restaurant der Tauffestmahle im Castelo São Jorge, der Pöbel sammelte Steine und kochte Sonnenblumenöl in Kaffeekannen zur Verteidigung der Stadt auf, und wir saßen dort allein in der Stille und dem Frieden des Abends, schauten uns die Tejonymphen an, hatten keine Kraft mehr, gegen die Gezeiten zu kämpfen, und wurden allmählich vom süßen Gefühl der Dunkelheit durchdrungen. Seiner Majestät greise Hahnenaugenlider trafen auf meine, die ebenso faltig und geschwollen waren, und für einen Augenblick überkam mich der absurde Gedanke, daß wir ein einziger Mensch waren, der sich, verblüfft über den Kragenschmuck, die goldenen Ohrgehänge und Schnallen, im Spiegel betrachtete, dicht am Wasser hockte, in Sicherheit vor den Höflingen und Schmeichlern, verletzlicher und zerbrechlicher als ein in Ungnade gefallener Schiffsjunge. Ich schickte mich an, dem König meine Jahre in Afrika zu erzählen, die Einschiffung der Soldaten, von den Guerrillas, die aus dem Landesinneren kamen, um Loanda zu besetzen. Ihm vom fettigen Bauch der Bucht zu erzählen, von den Wolken weißer Vögel im Januar, vom Duft der Mulattinnen um vier Uhr morgens, Mein Herr, wenn Ihr sie ausprobiert hättet, würdet Ihr es nie vergessen!, von den jähen Wundermorgenröten der Tropen. Ich wollte ihm, während die Tejonymphen eine nach der anderen im Bitumen der Wellen verschwanden, von meiner Rückkehr nach Lixboa im Laderaum voller mit Erbrochenem nasser Bettücher und voll nervenzerreißendem Elend erzählen, als Seine Hoheit sich erhob, um ein zu einem Baugerüst gehörendes herumliegendes Brett und Ziegelsteine heranzutragen, die von der Mauer eines Wachpostens übriggeblieben waren. Zweihundert Meter von uns entfernt zündeten die Wachen auf den Karavellen die Laternen an. D. Manoel legte das Brett auf die Ziegelsteine und wischte sich die Hände am Wollsatin der Hüften ab:

– Hol die Spielkarten raus, sagte er. Ich würde gern sehen, ob du immer noch beim Suecaspielen schummelst.

Anfangs mochte er den Largo de Santa Bárbara nicht, weil man dort weder das Meer sehen noch das Hündchenjaulen der jungen Walrösser hören konnte, die Elefantenmuscheln an den Felsen suchten. Doch wenn morgens, während er zu Bett ging, die Sonne die verglasten Balkons des Bairro das Colónias in Brand steckte, begann Manoel de Sousa Sepúlveda sich an das Fehlen der Wellen und an die Autobusse und Kutschen der Vicomtes zu gewöhnen, die die im Miasma der im Tejo versunkenen Galeeren ankernden Schiffe ersetzten.

Um zehn Uhr abends trat er in die Bar *Dona Leonor* (eine Hommage an die Ehefrau unter ihrem Steinengel im Lande der Menschenfresser) und dirigierte vom Tresen aus ein Rudel schmachtender Mädchen und schamloser, vom Alter hochroter Siebzigjähriger, deren Arthritis Schenkel erklomm, die in von Schlachterfleisch überquellenden Seidenstrümpfen steckten. Auf der Kommandobrücke des Tresens, von Spiegeln, Flaschenhälsen und Gläsern geschützt, pantschte Manoel de Sousa de Sepúlveda Cocktails, indem er ihnen ein Drittel Sirup aus der Apotheke oder ein Maß Antiglatzenlotion vom benachbarten Drogisten hinzufügte, hatte den Finger am Puls der Trinkereien, um Beschädigungen des Velours der Bänke zu verhindern, regelte der Temperatur der Gäste entsprechend die Lautstärke der Musik, und um drei Uhr morgens, wenn Afonso de Albuquerque oder D. Francisco de Almeida, die Zigarettenspitze zwischen den Zähnen, die Impotenz ihrer Bärte über die Tische schleifen ließen, legte er alte Seemannslieder auf den Plattenteller, um die Säuernis der abgesetzten Vizekönige zu lindern. Um fünf Uhr weideten Mastwächter und Bankangestellte in der aus zwei übereinander angeordneten Stockwerken bestehenden Bar, auf deren Polstern hingestreckt die vom Mumps ihrer Kinder geschafften Mulattinnen von Senhor Francisco Xavier ihren Winterschlaf hielten, die Ohren der Frauen ab, von Resopalzwischenwänden verborgen, zum Klang kriegerischer Märsche, deren Molltöne gedämpft ins entfernte Moçambique und Japan gelangten. Um halb sechs, wenn die erste Helligkeit mit den Straßenlaternen kämpfte und die Vizekönige Gläser umstoßend die Strategie von Trafalgar diskutierten, hatte der stets einen Schal tragende Padre António Vieira, nachdem er aus allen Kabaretts von Lixboa geworfen worden war, einen imposanten Auftritt, trug seine Betrunkenenpredigten vor bis er, mit missionarischem Eifer Worte des Propheten Elias jaulend, zwischen zwei schwarzen Frauen auf ein Sofa sank. Um sechs Uhr sammelten die Kellner die kleinen Teller für Erdnüsse, Popcorn und Kartoffelchips ein, leerten die Aschenbecher, fegten die Scherben zusammen, die Kunden erblindeten, aus dem Schlaf gerissen, angesichts der geöffneten Fenster der leeren Diskothek, während die Mulattinnen den Hang zur Pension *Apóstolo das Índias* hinaufkletterten und mit brünstigen Polizisten zusammenstießen. Auf der Avenida Almirante Reis warteten kältestarre Tippsen auf den Bus in die Baixa. Eine Trompete weckte die Kadetten der Militärakademie, die von auf ihre Soldatenlaken hingegossenen nackten Sylphiden und vollkommenen Bauchnabeln träumend ihre Phimosen hochkrempelten. Die Müllwagen käuten Unrat wieder, bewegten sich mit wogenden Halbachsenhüften zu den Ställen der Ratsverwaltung. Ein unbarmherziger Nieselregen bleichte die blauweiße Markise des Nachtclubs. Manoel de Sousa de Sepúlveda, der, in Mantel und Frackhose, von Luken geschlossener Geschäfte umringt, in der Tür stand und Padre António Vieira pompös wie einen Papst Arroios segnen und die Vizekönige mit hoppelnden, unsicheren Tanzschritten davongehen sah, verspürte wie immer jenes resignierte Angstgefühl, das nur mit dem zu vergleichen war, das er Monate zuvor an der Costa da Caparica an die rostigen Stangen des Niveaballs gelehnt durchlebt hatte, während die Wellen der Morgenröte den Strand entlangtrabten und Zigeuner ihm ihre Trauersilhouetten zuwandten. Er fühlte sich so allein, daß er dem Taxi den doppelten Preis für die Fahrt anbot, damit es ihn flugs in die Erdgeschoßwohnung am Campo Pequeno brachte, in der er lebte, und wo er sich dann hastig auszog und stundenlang auf dem Rücken liegend, an die Decke starrend, verschreckt den Geräuschen der Nachbarn lauschte.

Er hatte die Bar aufgemacht und die Wohnung gemietet, mit einem Scheck aus Belgien, den er aus Versehen in einer anderen Tasche verwahrt hatte, und den die Bank eine Woche lang anzweifelte, weil er ihr von einem barfüßigen, halbnackten Kerl gebracht worden war, der die Sommersprossen seiner Brust mit den Fetzen des Hemdes zu verdecken suchte. Doch im Monat darauf zahlte er, gewaschen und rasiert in einem piekfeinen englischen Anzug und einer Seidenkrawatte, den Kaufpreis für die Diskothek an die Enkel des ehemaligen Besitzers, der wegen einer gelegen kommenden Thrombose in ein Behindertenheim abgeschoben worden war. Er tauschte die zerfetzten Gardinen gegen Kirchenrosetten aus, brachte rotierende Girlanden an, die die Tangos begleiteten, rekrutierte Türsteher und Kellner unter vertrauenswürdigen Schauerleuten, die gewohnt waren, mit Hafenprügeleien und erinnerungswürdigen Streiks umzugehen, setzte sich mit Fernão Mendes Pinto und Senhor Francisco Xavier wegen der Einzelheiten der Anwerbung und des Unterhalts eines ordentlichen Kontingents an Mulattinnen ins Benehmen und möblierte die Wohnung am Campo Pequeno mit neuen afrikanischen Fossilien und neuen Menschenfresserwurfspießen, die er bei den Antiquitätenhändlern von Lixboa aufgetrieben hatte. Da es ihm nie gelang, seine zahlreiche Sammlung Flußmuscheln, in denen Nixen leise undeutliche Sehnsüchte sangen, wiederaufzubauen, ersetzte er sie durch Fotos von Herren mit Koteletten und Damen mit schrecklichen Augenbrauen, die er auf Provinzmärkten kaufte, um sich selber die Vergangenheit zu erfinden, die er verloren hatte und für die er sich genüßlich die überflüssigsten Einzelheiten ausdachte und so den Jardim das Amoreiras und den Vater mit seinem Kurzwarenladen verbannte und sich eine Vergangenheit aus Kuraufenthalten in Caldas da Rainha in Begleitung einer Großmutter namens Elisa fabrizierte, die immer mit strategischen Bonbons versehen war und ein Nierenleiden hatte. Er behielt nur den Namen Manoel de Sousa de Sepúlveda (obwohl er in Zeiten mystischen Eifers vorhatte, ihn in Fernando de Bulhões zu ändern) und den ausgestopften Stierkopf aus dem wahren Haus seiner Jugendjahre, den sein Bruder ihm erleichtert darüber gegeben hatte, sich von diesem Klotz am Bein befreit zu sehen. Er mußte ihn der Marienkäfer, die in den Nasenlöchern nisteten, und der Falter wegen, die ihm die gespannte Haut am Kinn wegfraßen, mit Sulfat behandeln und ihn auf dem verglasten Balkon zwischen nasser Wäsche und der Spülmaschine in die Sonne legen, um ihn von der letzten Insektenplage zu befreien. Er dachte, während er auf dem Sessel im Wohnzimmer seinen Brombeerlikör trank, verwundert, daß er jahrelang in diesem Geruch gelebt hatte, als würde er im klebrigen Sarg einer verwesten Novizin atmen. Er erinnerte sich an seine Mutter, die ihre Echsenknöchel von Seufzer zu Seufzer schleppte, an den Vater, der Libellen aus dem Mund ausstieß und an den Bruder, der von phantastischen Echsen bedroht schlief, begriff, daß der Stiernacken, den ein Bandarillero-Onkel bei einer Pfandauktion erstanden hatte, nicht nur ihr Herr, sondern auch Herr des ganzen Hauses gewesen war und ihre trivialsten Gesten mit seinen provozierenden, dummen Glaspupillen ausgespäht hatte. Damals entstand zwischen ihm und dem Stier an der Wand ein Kampf, der sich bis zum Tod des Edelmannes hinziehen sollte, in dem sie sich mit vorgetäuschter Gleichgültigkeit von Schrank zu Schrank maßen, sich gegenseitig in vollkommener Reglosigkeit beobachteten, sich über dem bedruckten Mittagessentischtuch heftig haßten. Wenn er aufwachte und urinieren mußte, mit beiden Händen den Schlauch der Blase hielt, war es das Tier, das ihn zwang, durch seinen Harnleiter Unrat auszuscheiden, der scharf war wie Chlorwasserstofftropfen und sich den Weg durch sein Fleisch mit einer so widerwärtigen Heftigkeit bahnte, daß es in seinen Eingeweiden noch stundenlang widerhallte, bis er, des Leidens überdrüssig, den Kopf ohne weitere Erklärungen Padre António Vieira schenkte und sich acht Monate darauf gezwungen sah, ihn aufgrund testamentarischer Bestimmungen zusammen mit einem Christus und einer Reproduktion der *Guernica* wiederzuholen, die gerührten Knie an das Bett des gelehrten Priesters gelehnt, der am Tertianfieber gestorben war, das er sich in Urwäldern aufgesackt hatte, in denen die Blütenblätter Hyänenreißzähnen gleichen und Gummibäume mit ihren Blättern die letzte Spur von Heimweh ausradieren.

Während er sich eine Zeitlang von der Gegenwart des unglückbringenden Stierkopfes entledigt sah, der verhindert hatte, daß sein Vater reich wurde und ihn Nacht für Nacht an die Zeitung der Resignierten gefesselt hatte, wuchs sein Wohlstand mit der unglaublichen Geschwindigkeit einer Epidemie. In einem halben Jahr wurde er Besitzer der Bars in Areeiro, Paço da Rainha, Arroios und der Avenida Almirante Reis. Er zog Gewinn aus den Pensionen der Umgebung, in denen die Pensionsmütter die Begeisterung der Kunden mit dem Getrommel ihrer Fingerknöchelchen an den Türen beschleunigten; er herrschte über die Tavernen des Morgengrauens, die die Depression der Morgenstunden aufzulösen helfen; er erstreckte seinen Einfluß bis hin zum Martin Moniz, wo er zum Gesellschafter der Handwerkerläden wurde, die einem zu Weihnachten Talmischmuck zum Klang von Aufziehglöckchen aufdrängen; sogar die Nymphen von Santa Apolónia und vom Cais do Sodré, die im Morgengrauen im Gips des Flusses verschwinden, zahlten ihm fünfundzwanzig Prozent ihrer Einnahmen in Maravedis, ganz zu schweigen von denen, die ihre welken Dekolletés zu den Kilometersteinen der Autobahnen schleppten und den Lastwagenfahrern die tote Lust ihres Geschlechts anboten. Er lieh Vizekönig D. João de Castro Geld zur Urbanisierung Goas, gab Luís de Camões die Möglichkeit, eine Taschenausgabe der *Lusiaden* mit nackten Tänzerinnen auf dem Umschlag in einer Krimireihe herauszubringen, er half dem Dichter Tomáz António Gonzaga bei der Verbesserung seines Sklavenhandels, und griff in den Rosenkrieg ein, wobei er in der Hoffnung das Linguaphone-Englisch einer rotblonden Gräfin zu ehelichen, die Partei beider Familien ergriff. Und täglich um neun Uhr, nachdem er die Kasse überprüft und das Geld verwahrt hatte, legte er sich mit dem Gefühl ins Bett, irgend etwas Obskures an irgendeinem gewohnten Platz vergessen zu haben, als hätte er die Tür zugeschlagen und das Schlüsselbund drinnen steckenlassen.

Obwohl er Millionär und sehr vertraut mit dem König, unserem Herrn, war, der ihn während der Vorführung der Theaterstücke des Goldschmieds Gil Vicente neben sich setzte, der hin und wieder, die Taschen voller Notizen und Versen in der Bar erschien und ausnahmslos die am schlechtesten gekleidete und häßlichste Nutte aussuchte, die der Stadtheilige von Setúbal in dieser Nacht geschickt hatte, war Manoel de Sousa de Sepúlveda, der den Vorsitz im Aufsichtsrat einer Versicherung innehatte, in der Schweiz Dollars anhäufte und Afonso de Albuquerque mit du oder Eh, komm her, Vize, ich hab deinen Bart heute noch nicht gesehen, anredete (und der andere sich erhob, sich zögerlich in seinem Wams näherte) trotz der Freundschaft, die er in einem Urlaub an der Algarve mit einem britischen Martin Luther, dem Ehemann einer ehemaligen Nonne mit lächerlichen Hütchen, geschlossen hatte, gelang es ihm nicht, die letzte Diskothek am Largo de Santa Bárbara zu kaufen, die ihm noch fehlte, einen Keller mit einem Luftloch auf der Höhe der Knöchel der Passanten, feuchter und ungemütlicher als die Katakomben der Kirchen, in denen Vampire ihre Eier in die Stolen der Priester legen, und zwei oder drei Göttinnen, die im Dunkeln rauchten, mit der Zigarettenglut die in dunklen Wassern ziellos dahinsegelnden Kunden riefen, die der verstimmte Gaumen eines Akkordeons aufmunterte.

Der Besitzer, ein kleines Männlein mit Leninmütze auf der Glatze, hörte auf den Namen Nuno Álvares Pereira und war in seiner Jugend Kronfeldherr des Reiches und anschließend Dominikanermönch gewesen, bevor er, der in einem eiskalten Kirchenschiff mit klappernden Backenzähnen gesungenen Messen und Te Deums müde, die Sandalen, die ihm die Füße verletzten und die Kutte, die ihm Nesselfieber verursachte, ohne ihn vor der Kälte zu schützen, dem Orden zurückgab, den weltlichen Regenmantel wieder hervorholte, seinen Schwiegersohn, den Duque de Bragança, um ein Darlehen bat, den Nachtclub *Aljubarrota* an der Ecke der Avenida Almirante Reis mit der ersten Gasse am Platz kaufte, sich am von der Tür aus entlegensten Tisch eingrub, in Begleitung einer wäßrigen Kaffeelimonade die Dunkelheit betrachtete und den Ermahnungen der

Tochter gegenüber immun dem Orchester zuhörte, das auf einer schrägen kleinen Bühne die Cantigas de Amigo König D. Dinis I. spielte.

Manoel de Sousa de Sepúlveda besuchte ihn mehrfach in seiner Wohnung in der Rua Barão de Sabrosa mit dem ewig wieder aufgeschobenen, hartnäckigen Vorhaben, die Diskothek des Mönchs und sein blutleeres Luftloch und damit das Monopol über die Walzer und Tangos von Lixboa zu bekommen. Der ehemalige Abt wohnte in einem Conciergenkabuff unter einer Treppe mit einem kleinen Wohnzimmer mit humpelbeinigen Kommoden und signierten Porträts von Marquis, einem winzigen Schlafzimmer, in dem die tausendjährigen Augenhöhlen eines Kakadus hin- und herwanderten und mit einem Waschtrog unter einem Zinkdach, wo hinter einer Spiegelscherbe sich Tausendfüßler und Chamäleons in lautlosen Kämpfen wälzten. Der Kronfeldherr lauschte, auf einem Küchenhocker sitzend, die flaue Kaffeelimonade in der Hand, seinen Argumenten in unerschütterlicher Reglosigkeit, blickte ihn mit der Härte eines Soldaten an, der gleichzeitig das Herumfuchteln seines Gegenübers und Ritter in langen Gewändern im Galopp auf einem Brennesselfeld betrachtete. Er lebte zu viele Jahre, als daß er an die Zaubertricks eines Händlers oder Manöver schmeichlerischer Verführung glaubte, und seine übermäßig von Grünalgen befallenen Knochen machten ihn den Gedankengängen und der Schmeichelei gegenüber immun und nur noch durchlässig für die Sentimentalität der Liebesklagen eines Königs, der in Odivelas begraben lag, in der Schule, in der die Töchter der Militärs die rechten Nebenflüsse der Flüsse Europas und das unlösbare Geheimnis der Logarithmentafeln lernten. Manoel de Sousa de Sepúlveda, der anders als in Malanje keine Zeit mehr hatte, die Mädchenschulen auszuspähen, stieß immer wieder auf negative Antworten des Kronfeldherrn, der ihm hin und wieder befahl still zu sein, weil er einem unhörbaren Klang vom Garten her lauschen wollte:

– Hören Sie?, fragte ihn der Soldat, während er das Geld in den Wäscheschubladen suchte. Das sind die Trompeten des kastilischen Heerlagers.

Um ihn besser umstimmen zu können, saß auch er mit lauwarmer Kaffeelimonade in der Hand jede Nacht im Club *Aljubarrota* herum, führte zwischen zwei müden Boleros unwiderlegbare und nutzlose Argumente an, auf die es keine Antwort gab. Eines Tages, im Morgengrauen, als der ehemalige Mönch zum tausendsten Mal von den spanischen Posaunen redete, versetzte Manoel de Sousa de Sepúlveda, vom grundlosen Widerstand und den senilen Halluzinationen entnervt, dem Tisch einen verzweifelten Hieb:

– Was heißt hier Posaunen, brüllte er fuchsteufelswild. In welchem Jahrhundert glauben Sie leben wir denn?

Die Mulattinnen erzitterten erschreckt in der Zierde ihrer Dekolletés. Das staubige Licht des Luftlochs ertränkte die Ziehharmonika, und in der Tageshelligkeit konnte man das heruntergekommene Mobiliar, den gelben Putz, die unsichere Decke, den unglücklichen Glanz der Papiersterne erkennen. Der Barmann, dessen Gesichtszüge viele Stunden Gin zerknittert hatten, machte sich ohne Uniform, mit dem verirrten Gang eines Käuzchens ohne Peilung zur Straße auf. Die Frauen glitten wie Blutegel zum Tresen der Garderobe hinunter, um ihre Kaninchenmäntel zu holen.

Die Lichter gingen eines nach dem anderen aus, von der Messerbrise der Morgenröte gelöscht, und Manoel de Sousa de Sepúlveda sah sich von dem unbezwingbaren Soldaten besiegt, den nicht einmal das Tonnengewicht des Morgens niederdrückte.

– Ich habe Ihnen ein Bombengeschäft vorgeschlagen, sagte er zum Kronfeldherrn, der die Kaffeelimonade auf den Resopaltisch stellte und die billigen Zigarillos in der Tasche verstaute. Aber Sie verstehen nichts von Geld.

Nuno Álvares Pereira verrammelte das Lokal mit einer Kette, und beide gingen in Richtung Campo de Santana an der menschenleeren Stadt entlang, die von städtischen Beamten mit kleinen Sicheln von Müll und Maulbeerblättern gereinigt wurde, die der sachte Wind verteilte. Der Soldat, in seiner Joppe mit Fellkragen, bewegte sich, von Lordose gebeugt, mühsam voran wie die Betschwestern der Messen, und in der Nähe des Conde Redondo, auf dem graue Umrisse trotteten, zog er am Ärmel von Manoel de Sousa de Sepúlvedas teurem Mantel aus Emirkamel:

– Hören Sie sie denn jetzt nicht, die Spanier?

Und sein Gesicht war so ernst und angespannt und sein Ausdruck so entschlossen über dem schlaffen Haufen seiner Schultern, daß Manoel de Sousa de Sepúlveda sich horchend auf dem Schotter aufpflanzte, um vom Sitz der Kriminalpolizei herüber das Klirren der Rüstungen zu hören, die ins Land einmarschierten.

Vom Hotel *Ritz* mit seinem Luxus einer Moschee oder eines französischen Bordells aus verbrachten sie uns in eine Pension in Colares mit vielen Fähnchen verschiedener Länder an den Fassaden und Bettüchern, die diejenigen, die vor ihnen aus Afrika zurückgekehrt waren, ebenso zerrissen hatten wie sie die Wände beschmutzt hatten und mit dem grünen Schlamm ihrer Stiefel auf dem Dach herumspaziert waren, und dann in eine andere, zweistöckige Pension, hundert Meter weiter, in deren Schwimmbecken sich Milchkartons und Bonbonpapier häuften. Als sie das Hochzeitsfoto an ein Regal und die Nähmaschine hinter die Schleier des Vorhangs stellten, war dem Mann so, als wohnten sie auf einer Erdbebenruine oder den Resten eines aufgegebenen Friedhofs: Die zerbrochenen Lüster lösten sich von der Farbe wie noch nicht ganz geweinte Trauben der Trauer; in das Holz der Schränke hatten Messer geschnitten; die Narben der Lampenschirme, die fast nur noch aus Drahtstäben bestanden, zeugten von unbarmherzigen Kämpfen gegen arabische Gespenster; die Fahrstühle, die direkt zum Paradies fuhren, in dem der heilige Georg, als Gonçalo Mendes da Maia gekleidet, seinen Styropordrachen auf einer Terrakottawolke zermalmte, waren jammernd, als hätten sie sich etwas verstaucht, zwischen den beiden Stockwerken kaputtgegangen.

Von der zweiten Pension, in der man nachts den Trächtigen-Hündinnen-Duft des Meeres einatmete, das in der Ferne über den Eukalyptusbäumen als dunkler Nebel zu erkennen war, der sich mit dem Himmel vermischte und in dem die großen Totenschiffe gewichtslos dümpelten, brachten sie uns mit mehr als zwanzig weiteren Familien in ein unbewohntes Haus in Ericeira, das zu den Klippen des Ozeans hin offen war und in dem die Feuchtigkeit in kleinen wasserfarbenen Vögeln kondensierte, die die Wellen von Fels zu Fels spuckten. Es mußte einem Oberst gehört haben, denn es roch nach Kasernenessensresten, und als sie die Nähmaschine unter dem Diwan versteckte, entdeckte die Frau Infanteriegamaschen, die, bereits ohne Schnallen, Schimmelkrusten ansetzten, und Radieschenstengel auf dem Fußboden. Ein aus einer Modezeitschrift Anfang des Jahrhunderts entsprungener Herr mit Mittelscheitel und gestutztem Schnurrbart steckte sie wahllos in Zimmer zusammen, die zu einem unregelmäßigen Turm mit zu den Klippen, zur Nacht und zur Mündung des Lisandro hinausgehenden Balkons übereinandergestapelt waren, er ordnete an, daß man ihnen morgens einen Kaffee und bei Anbruch der Dunkelheit eine Suppe servierte und entschwand auf Nimmerwiedersehen auf der Straße nach Lixboa an Bord eines Jeeps, der von einem Seemann gesteuert wurde, der erdverbundener war als ein Maulwurf, der seit langem schon die Windseite des Abenteuers verlernt oder sie nie gelernt hatte.

Zu jener Jahreszeit, fast im Oktober, gab es noch ein

halbes Dutzend Leute, die Ferien in Ericeira machten, und ein paar Sonnensegel am eisigen Strand vor den Gassen mit ihren alten, Pissoirs ähnelnden Villen, die von wildem Wein und Skorpionen eingenommen waren. Der Wind trug das Glockenspiel von Mafra herüber, das wie der ferne Blick in Luft aufgelöster Großeltern klang. Der Oktober und sein Rauch gab ihnen das Gefühl, in einer beinahe aufgegebenen kleinen Stadt zu sein, mit engen Fußsteigen, auf denen selten Schiffsjungen auftauchten, mit Fischkuttern, die nie in See stachen, und so alten Menschen wie sie selbst auf dem Vorplatz der leeren Kirche, in der holzgeschnitzte Heilige sich in düsteren Drohungen vorbeugten. Die Kälte ließ die Nadeln der stillstehenden Nähmaschine rosten, obwohl die Ehefrau von allen Hemden und allen Jacken die Knöpfe nur aus der Gewohnheit heraus abriß, sie wieder anzunähen. Regenversprechen, das die Simse der Dächer entzweite. Die Bäume welkten auf dem Platz dahin, warfen wahllos die ausgebreiteten Glieder von vier oder fünf Zweigen in Panik hoch. Der Morgenkaffee schmeckte nach dem Schlamm, der, den Seufzern des Wassers entsprechend, in den eingedellten Abflüssen der Bidets aufstieg. Das Hochzeitsfoto war inzwischen zu einem vollkommen undeutlichen Fleck ohne Umrisse außer dem vorgestellten Lächeln der Frau geworden, die aus Scham und Überraschung errötete. Der Mann erinnerte sich an das letzte Mal, als er ihre Stimme gehört hatte, in Bissau, als sie ihm nach dreiundfünfzig Jahren Afrika sagte, Ich gehöre nicht mehr hierher, und daran, wie sie die Gewohnheit, miteinander zu sprechen, ganz aufgegeben hatten, über ein schematisches Alphabet von ausweichenden Gesten miteinander redeten, und beschloß, sie trotz ihres Alters dazu einzuladen, das Leben noch einmal an irgendeinem Ort der Welt ganz neu anzufangen.

– Sogar der Nordpol, war sein Argument, ist ganz gewiß besser als dies hier.

Doch die Ehefrau war schon vor Ewigkeiten auf die düstere Seite der Hoffnung übergewechselt, in der selbst die trivialsten Vorhaben in unverbesserlicher Gleichgültigkeit verenden. Der Alte sah sich dem Gefühl ausgeliefert, daß seine Ehefrau wieder, vom Duft der Mispelbäume gewürgt, im Häuschen in Barcelos lebte. Sie war sieben oder acht Jahre alt, trug helle Kleidchen und lernte nachmittags bei einer alten Jungfer Cello spielen, die mit einem Fächer den Wallungen der Jungfräulichkeit ständig frische Luft zuführte. Er bekam Gänsehaut beim Gedanken, mit einer Musikschülerin verheiratet zu sein, und seine Beklemmung nahm noch zu, als sie ihm feierlich mit einer Stimme voll romantischer Konsonanten einer veralteten Orthographie antwortete:

– Gehen Sie, mein Herr, nur zu, ich muß noch eine Toccata üben.

Weil es ihm unmöglich war, die Absurdität zu ertragen, Großonkel seiner eigenen Frau zu sein, versuchte er ihr Gedächtnis mit Erinnerungen an Bissau wiederzubeleben, den Tod der Tochter, die langen zweisamen kühlen Jahreszeiten, die Dame im unteren Stockwerk, die Mücken mit den Absätzen der Stiefelchen jagte, das Einweihungskonzert des Cine-Teatro, bei dem eine Truppe aus Coimbra die *Kameliendame* vor einem schweiß- und emotionsgetränkten Publikum aufführte, das für das Liebesgeschrei empfänglich war. Doch die Ehefrau, die ihren Haarknoten aufgelöst hatte, um Organdischleifen an die grauen Zöpfe zu knüpfen, lauschte ihm, ohne ihn zu hören, bewegte die Finger im Dreivierteltakt der Musik, in einen Kokon aus Notenschlüssel abgetaucht, der keine kleine Luke hatte. Zu den Fenstern des Meeres gewandt, das mit den ersten Regenfällen die Wellenblätter den Strand entlangrollte, wartete sie in regloser Anspannung auf die vor beinahe zwanzig Lustren verschiedene Lehrerin oder suchte im Bett oder unter der Tagesdecke das unsichtbare Instrument, dessen Widerhall sich während der Hustenpausen im Zimmer zu verbreiten schien. Nach einem Monat voller Streitereien, Flehen, Erklärungen und Reden verließ er sie, die runzlig und winzig wie ein altes Kind mit der Fingerspitze auf dem angeschliffenen Spiegel ein Durcheinander von Akkorden zeichnete, stieg am Platz mit den einfachen Läden und ländlich winterlichen Häusern in den Bus nach Lixboa, nahm neben einem Mann Platz, der nach Ziegenkäse stank, und drei Stunden lang fuhren sie an namenlosen Orten, Nebelwäldern, von Regengüssen aufgeweichten Wegen, einem Beerdigungszug eines beim König in Ungnade gefallenen Grafen vorbei, dem nur ein Mietwagen und eine Dorfblaskapelle folgte, die vom Nieselregen verstopfte Flöten spielte, bis ich wieder in der Hauptstadt ankam, nicht am Ufer zum Meer, wie damals, als ich aus Guinea zurückkehrte, sondern im Landesinneren bei vom schmerzlichen Januarleid traurigen Werkstätten und Fabriken, bis der Mann, der nach Ziegenkäse roch und, das Kinn auf der Brust, schlief, im Schlaf unter seiner Mütze verkündete, Morgen werde ich im Institut eine Röntgenaufnahme machen lassen, bis die Palmzweige der Tavernen verschwanden, die Boulevards sich teilten und in Stadtteilen vervielfältigten, in denen ich nie gewesen war, und der Ehemann an der nicht auszurechnenden Vielzahl von Klöstern und illegal gebauten Wohnblöcken, aber auch an den taubengleichen Seraphim, die in den Knien der Statuen Schutz suchten und die nassen Flügel mit himmlischen Mündern glattstrichen, erkannte, daß er tatsächlich Lixboa erreicht hatte.

In den ersten Monaten kam er in Benfica in einer Ansammlung von aus Abfall gebauten Hütten unter, die von der Friedhofsmauer gestützt wurden und von bleichen Kapverdianern belegt waren, bei denen das Messer locker saß und die beim Straßenbau hämmerten und den Geruch süßer Fäulnis von Totengräbern an sich hatten, die auch jenen fernen Verwandten eigen ist, die einander, eine Decke über den Knien, zu Weihnachten besuchten, um Beileidsbezeugungen im voraus zu leisten. Nachts glitten Öllichter über den Boden der Gassen dahin, Kinder und Hunde vermengten die Verzweiflung ihres Weinens, und die Neger von den Müllwagen drängelten sich mit ihren phosphoreszierenden Hosenträgern in einer Tavernenimitation, in der ein humpelndes Mädchen mit wilder Afromähne Mandarinenlikör aus einem Stück Tresen zog, der aus dem Kajütenspind eines Loggers gemacht war, der bei Cascais vor dem Fort der Gefangenen untergegangen war, in dem die Beamten der politischen Polizei mit ihren ungesunden Rülpsern die Luft verbrauchten.

Der Alte, der eine Arbeit als Arbeitsloser fand und sich regelmäßig vor Sonnenaufgang mit seinen Berufskollegen in Reih und Glied stellte, um den arbeitsintensiven Scheck an einem Schalter zu bekommen, der weiter entfernt war als Rußland und an dem ein ungeduldiger Alpakaarm sich selber den Frust eines phönizischen Wucherers zubrummelte, schickte die Hälfte seines Gehalts nach Ericeira zur Bezahlung der Stunden bei der unsichtbaren Lehrerin, die seine Ehefrau in den Abgrund einer von Adagios durchzogenen Kindheit gestürzt hatte, und behielt den Rest für die Liköre der mit der Afromähne, deren fruchtiger Alkohol ihm nach dem zehnten Glas die Erinnerung an seine Mutter wiederbrachte, die auf einer Bank im Garten Baumerdbeeren schälte. Er war schon zu alt, um die vierzigjährigen Sonderangebote zu begleiten, die den Laden in Pantoffeln schlurfend und düster blickend besuchten, um den Abendtau ihrer Lenden Männern anzubieten, die bereits zu betrunken waren, um sich für ihre chimärenhaften Dienste zu interessieren, und es schmerzte ihn, daß er nicht mehr mit ihnen auf aus den Fugen geratenen Matratzen reisen und dabei durch die Risse in der Decke voll verwundertem Erstaunen das sich allmähliche Auflösen der Nacht erleben konnte. Er begnügte sich damit, sie von fern durch den Valerianaduft der Schwarzen hindurch auszuspähen, und erinnerte sich dabei daran, wie er das erste Mal, vor Angst mit den Zähnen klappernd, vom Lachen einer Frau geführt, auf ein gemietetes Zimmer gegangen war, und an die Überraschung darüber, wie er sich auf dem Schaum zweier Brüste hatte sterben fühlen, an das Scheitern des Begehrens und die Angst, den Apotheker aufzusuchen, als er das Brennen schmählicher Krankheiten in die Hose tropfen sah. Wenn die Humpelnde mandarinenvoll die letzten Neger auf die Straße der aufgeregten Käuzchen und beweglichen Schatten hinaustrieb, verabschiedete er sich feierlich von den Vierzigjährigen, indem er ihre Jahrmarktsringe küßte wie er es als junger Mann die Grafen bei den Hofdamen der Königin beim Verlassen des Kinos oder der Offizien in der Kathedrale hatte machen sehen, und schlief dann, mit dem geheimsten seiner Finger die nackten Leiber streifend, die die frühen Morgenstunden von Regentagen bevölkern, mit offenen Augen auf den Bettüchern ein. Jeden Sonntag nahm er sich vor, nach Ericeira zu fahren, um an einer Cellostunde teilzunehmen, doch seine vom Alter verkalkten Gelenke hinderten ihn, der gelähmt in seiner für die unheilbare Magerkeit zu großen Jacke steckte, daran, sich zu bewegen, und so blieb er auf dem Bettuch ausgestreckt im Stadtteil und sah dem Winter und den malvenfarbenen Wolken zu, die wie lyrische Passagierdampfer rastlos zum Meer zogen, und aß dabei aus einer Keksschachtel, die er in die Mulde des Bauchnabels gepflanzt hatte. Sein einziges Abenteuer bestand darin, in ein kleines Zimmer in Cruz Quebrada über dem Schaum des Flusses und der Abwesenheit der Möwen zu ziehen, die sich in übermäßigen Leidenschaften an der Bahnstation verzehrten. Jetzt, in den Mußestunden seines schwierigen Berufs als Arbeitsloser, der ihn zwang, ständig Formulare in fünf Kopien auszufüllen, alles mit beglaubigter Unterschrift, nutzlose Formblätter von einem Amt zum anderen, von einem Ministerium zum anderen zu tragen, nimmer enden wollende Verhöre von Psychologen über sich ergehen zu lassen, die ihm vorschlugen, Bäume zu zeichnen und Tintenflecke zu dechiffrieren, sich Stethoskopen, Elektrokardiographen und Blutdruckmeßgeräten nutzloser Ärzte mit optometrischen Skalen an den Wänden zu unterwerfen, Fotokopien über bürgerliches und moralisches Wohlverhalten abzugeben, die für Papierkörbe von Beamten mit eifrigen Haarschuppen bestimmt waren, und nachdem er vierzehn Stunden, in denen er vor dem Schaufenster der Bank Eisblumen von den Händen pustete, ununterbrochen gewartet hatte, um das Gehaltspapierchen zu bekommen, vergnügte er sich damit, von der Fensterbank aus die Angler an der Uferstraße zu beobachten, die klitschnaß von den wassersprühenden Windstößen und den Wellen, die die Mauer hinaufkletterten, den Fischkorb an der Ferse, in Decken und Ölzeugkapuzen gehüllt, nichtssagende Fische mit ihren Angelruten hetzten.

Zu jener Zeit erhielt er aus Ericeira einen Brief von seiner Ehefrau mit der Nachricht, daß die Musikstunden nun beendet seien, da die ledige Lehrerin von Mozart höchstpersönlich dazu eingeladen worden sei, ihm bei der Orchestrierung seines Requiems zu helfen. Die Schülerin sehe sich nun, von zusätzlichen Kenntnissen des Notenlesens bereichert, in der unglaublichen Lage, unmittelbar eine Konzertkarriere in New York zu beginnen: Sie sahen sich ein paar Minuten lang im Wartesaal des Flughafens, und der Alte fand eine vom Instrumentenkasten gebeugte Ehefrau mit weitem Rock, gehäkelten Strümpfen und Pony vor, die entschlossen war, mit ihrem erhabenen Talent Amerika zu verblüffen. Sie hatte die Nähmaschine aus Guinea mit im Gepäck, mit deren Hilfe sie in den Konzertpausen aus Stücken des Vorhangs Umschlagtücher und Morgenmäntel herzustellen beabsichtigte. Sie standen einander wortlos gegenüber, der Herde von Passagieren und dem marokkanischen Marktgewusel des Duty-free-Shops gegenüber gleichgültig, und der Ehemann starrte sie, von Deutschen und Gepäckwagen zerquetscht, an und versuchte sich ihre Verlobungszeit ins Gedächtnis zu rufen, aus der nur die Erinnerung an ein ernstes Mädchen mit scheuer Taille übrig war, das sehr gerade auf einem Nußbaumstuhl saß. Gleichwohl war die Braut, die er geliebt hatte, mit dem endgültigen Verlöschen der von den Jahren im Metallrahmen zerstörten Brautleute vom Foto verschwunden. Auch der lange Todeskampf der Tochter war eine nicht vorhandene, von vielen späteren Ereignissen und Unglücksfällen verschüttete Erinnerung, und daher erlebte er leidlos den Abflug einer Frau, bei der ihn nur das Gefühl verwirrte, daß sie niemals die Seine gewesen war: Eine unbekannte Greisin, der die Pubertät noch bevorstand, mit einer Kirschenbrosche aus Bakelit am Rockaufschlag, die, das Cello auf dem Rücken, Kurs auf die Vereinigten Staaten nahm und ihm und dem Bahnhofsdurcheinander der Abreisenden gegenüber gleichgültig mit fadendünnem Arm den dritten Satz von Mahlers Fünfter ins Nichts zeichnete. Er sah sie an der Polizei vorbeigehen, an der Paßkontrolle, an den Typen, die mit Maschinengewehren im Kapok der Plüschbärchen nach palästinensischen Terroristen suchten und schließlich, ohne ein Abschiedswinken, an den Bauch des Instruments geklammert, einen Kabeljaufischfangkutter besteigen, der seine Segel in Richtung Broadway blähte.

Er kehrte nach Cruz Quebrada zurück, schwindlig von den Lichtern, dem Lärm, den vielfältigen Dialekten der Hindus mit Turban, die auf Nagelkissen ihr Abendessen aus Glasscherben einnehmend auf den Flug nach Karatschi warteten, er nahm das Foto der Frischverheirateten, auf dem er unter Mühen eine Gürtelschnalle und ein Eckchen Himmel erahnen konnte, und warf es über den Balkon auf den Müllhaufen hinter dem Haus. Plötzlich ohne Vergangenheit, verharrte er in staunender Betrachtung der Angler auf ihrer Mauer und ihrer unvorstellbar beharrlichen Angelhaken und wartete darauf, daß früher oder später eine von den Februarströmungen abgetriebene Tejonymphe anbiß und einer der Männer mit Südwester eine von diesen illusionslosen Vierzigjährigen aus der Mandarinenlikörtaverne mit einer schräg in den gefärbten Haaren sitzenden Sevillaspange in seinen Fischkorb auf ein Nest von Aalen kippte.

Diogo Cão sah sie zum ersten Mal, als der König, unser aller Herr, befahl, regelmäßigen Schiffsverkehr zwischen Portugal und Amsterdam einzurichten, um das Filigran der Goldschmiede und den Zimt aus Indien in Europa loszuwerden, und als wir dort mit sämtlich unversehrten Schiffen anlangten, trafen wir auf eine Stadt linsenpolierender Philosophen, die auf anachronistischen Fahrrädern durch die Straßen fuhren. Wir sahen argentinische Fregatten und türkische Kreuzer im Hafen schlafen, alte Frauen, die sich über unsere Musketen wunderten, unsere Leinenapplikationen und die Tatsache, daß wir mit den Händen aßen, und eines Nachts, als er durch die Stadt spazierte, fand sich der Entdecker auf einem mit Fluorfünfecken und Kanalspiegelungen gepflasterten Boulevard mit Tür an Tür liegenden Geneverbars und beleuchteten Schaufenstern wieder, in denen auf Negerkönigssesseln hingegossene Frauen mit roten Strumpfhaltern ausgestellt waren, die ihm mit Quermaulflossen zuwedelten. Und da blieb er vor einer großen Dikken mit nackten Brüsten und im Lippenstift vergessener Zigarre stehen, und dachte, indem er sich gegen die Stirn schlug wie jemand, der sich plötzlich an etwas erinnert, Verflucht noch mal, jetzt wird mir klar, wieso unsere Flüsse leer sind, die Nymphen sind alle in Schwärmen hierher ausgewandert.

Es waren die verknöcherten Enzyklikaargumente des Kaplans zur Unergründlichkeit der Ratschlüsse Gottes vonnöten, um ihn davon zu überzeugen, nicht gleich zwei oder drei von den mächtigsten und am besten im Fleisch stehenden an Bord zu treiben, in der Absicht, Caxias wieder mit Wimperntuscheaugen und durchsichtigen Höschen zu bevölkern, weil er jede Nacht nach dem Abendessen aus Wasser und Trockenfleisch zum Boulevard der Schaufenster zurückkehrte, seinen Bart eines alten Seemanns mit dem Daumen glattstrich, beinahe von den im wahnsinnigen Geneverdunst herumkreisenden Fahrrädern mit dem winzigen Hinterrad überfahren wurde, und am Vorabend der Rückreise trat er so nah zum Thron einer alterslosen Bienenkönigin mit feierlichen Schenkeln, die, den Bauch nach oben, auf dicken Seidenkissen ruhte, daß die Frau schließlich diesen Urgroßvater mit dem Degen im Fastnachtskostüm inmitten der Touristenmenge sah, ihn einlud, durch ein Seitenfenster einzusteigen, und als ich die beiden Stufen hinaufstieg, traf ich auf dich, du Liebe meiner Seele, wie du vergebens versuchtest, die Vorhänge des Schaufensters zuzuziehen und mir die ausladenden Rundungen deiner Hinterbacken darbotst. Ich mußte ihr helfen, einige Ringe, die sich ineinander verhakt hatten, zu lösen, und so kam es, daß wir ihn von draußen, vom Bürgersteig aus sehen konnten, wie er auf einem Schemel in einem Nuttenzimmer stand und Polstererprobleme löste, und wir schämten uns dermaßen, daß wir einige Schritte zurück in den Schatten der Bäume am Kanal traten, hofften, niemand hielte uns für die Untergebenen, man stelle sich das bloß einmal vor, eines Idioten, der von lächerlichen Gefühlsausbrüchen erfüllt, von einem Spalt im Vorhang kaum verdeckt, auf allen vieren den Hintern einer Hure küßte, mit seinem Kinn ihre unförmigen Brüste streifte, einer Nutte, die abgehalfterter war als die buckligen Monster, die sich auf der Höhe von Leiria dem wahllosen Hunger der Lastwagenfahrer anbieten oder die Siebzigjährigen dem Hunger der lasterhaften Schüler mit ihren gelben Haarsträhnen, und so sahen wir ihn, wie er sich unter Seufzern entkleidet, Haken, Nähte und Knöpfe in dringlicher Begierde explodieren ließ, bis er schließlich siegreich strampelnd auf einem reglosen Torso strandete, der hinter dem Glasviereck unaufhörlich rauchte, dem Jaulen meiner Erregung gegenüber gleichgültig, der ich die Kissen zerriß und im Dunkeln, als würden alle Tauben der Welt mit mir zusammen jammern, mit dem letzten Erzittern der Nieren, eine Wolke aus Federn auftürmte.

Am Morgen darauf, als wir die Segel der Flotte setzten, erschien Diogo Cão mit lila Augenringen vor Müdigkeit schwankend am Kai und zog das riesige Wesen an der Hand hinter sich her, beide gekleidet wie zu einer Taufe oder einer Beerdigung, von zwei Koffern mit Hotelaufklebern aus Paris, einem Trichtergrammophon, einem Stapel Schallplatten und einem Damenfahrrad begleitet, und bat den Kaplan, sie beide auf der Stelle zu verheiraten, Denn ich habe das Glück gefunden, mein Vater, Sie können sich den Unwettergeruch ihrer Achselhöhlen überhaupt nicht vorstellen, den unglaublichen Mentholgeschmack abnehmenden Mondes aus ihrem Hals, den Sintflutlärm ihres grundlosen Gelächters, die Kunstfertigkeit, mit der diese ausländischen Weiber einem die Seele mit einem Kuß austrinken, wenn wir noch einen Tag länger hierblieben, würden selbst Eure Eminenz, ganz ehrlich, nicht mehr an sich halten können und ein Paradies erleben, das himmlischer ist als aller Jubel der Welt, doch der Kaplan, der die Gerissenheit des Dämons sehr wohl bemerkte, blieb apostolisch standhaft angesichts der Bitten, der Befehle, der Drohungen, sich am Hauptmast aufzuhängen, und hielt ihm die Unnachgiebigkeit der Propheten und die unverbrüchliche Tugend der Heiligen entgegen. Wir sahen beide von oben, während wir die Segel ausrollten, wie sie im Hafen voreinanderstehend stritten, während die Hure, von ihnen gelangweilt, mit ungarischen Söldnern und kolossalen Schauerleuten flirtete, die mit Ankern, Kompassen und Vögeln tätowiert waren, und nach mehreren Stunden äußerst komplizierter, aus gegenseitigem Nachgeben und gegenseitigem Vorschreiten bestehender Verhandlungen, in dem Augenblick, als der Kapitän und der Diener Gottes, nachdem sie eine dunkle Übereinkunft getroffen hatten, einander gerührt umarmten und ihre Schnurrbärte und Tränen vermischten und sich zur Dame wandten, um sie feierlich an Bord zu geleiten, sahen sie nur noch die Koffer, den Stapel Schallplatten, und das Grammophon verlassen dastehen und die holländische Nymphe fern auf der gegenüberliegenden Seite des Kais hinter einem Rembrandt mit Spitzbart und breitkrempigem Hut auf Deichkronen davonradeln.

Wieder in Lixboa zurück, nachdem er beinahe an der Küste Galiziens das Zeitliche gesegnet hatte, als amerikanische Piraten, das Messer zwischen den Zähnen und mit einer Klappe über dem Auge und einem Kakadu auf der Schulter, eine aufwendige Kaperung wie im Stadtteilkino versuchten, wobei Errol Flynn sie dem Megaphon von Cecil B. de Mille folgend befehligte, machte sich Diogo Cão, den Rufen des Königs gegenüber taub, daran, in den absurdesten Vierteln erfolglos das Wunder eines Nuttenschaufensters zu finden, das imstande wäre, ihn zu den Kanälen von Amsterdam und zu den Frauen mit den roten Strumpfhaltern auf Seidenkissen oder Serailsstühlen zurückzubringen. Er verirrte sich, als er, wegen blonder, auf mit Glasperlen gestickten Saturnen versehenen Kissen hingegossener Göttinnen in den fauligen Wohnquartieren von Madragoa an Türen klopfte, die sich nicht öffneten, und traf nur auf an den Ecken dahintreibende Krustentiere und Quallen, auf das Erbrochene verkaterter türkischer erster Offiziere. Er suchte in der Helligkeit Alcântaras um sechs Uhr nachmittags im August in dem Moment nach ihr, in dem die Durchsichtigkeit der Luft die Gebäude so durchscheinend macht, daß Schwärme fliesengeschmückter Häuser wie Tauben mit der aufgehängten Wäsche ihrer Flügel schlagend über der Brücke auffliegen, und traf einen fliegenden Händler, der seinen unfehlbar gegen den bösen Blick helfenden Sirup niemandem laut anpries, und auf etwa zehn in hungriger Hitze sich verzehrende Katzen im Müllhaufen eines leeren Brunnens. Er verfolgte sie morgens in den Tausenden schlaftrunkenen Gassen von Ajuda, die durch ein unentwirrbares Labyrinth von Treppchen zu keinem anderen Ort führen als zu sich selbst, und stolperte über einen Blinden mit visionären Augenbrauen, der ein Tablett mit Kinderpapierwindmühlen für soundsoviel Escudo das Dutzend trug. Er glaubte sie schließlich in den illegal gebauten Häusern am Stadtrand zu sehen, die von Lageristen, Instantfotographen und von unheilbar häßlichen Tippsen bewohnt wurden, und versank in Betrachtung von Bauschutt und aufgegebenen Maschinen, in deren Rädern Spargel und Lilien wuchsen, und ich hätte dich immer weiter gesucht, mich von Taverne zu Taverne von meiner Suche erholt, vor jeder Veranda in der nimmer endenden farblosen Leier der Blinden nach dir gerufen, wenn nicht Seine Majestät, erzürnt über meine Weinschulden, über alle diese Kreidestriche an den Fässern, die er eines Admirals des Reiches unwürdig nannte, mir nicht meinen Sold genommen, mich meiner Ämter und Würden enthoben und mir verboten hätte, dich in den Gassen von Lixboa zu suchen, um erneut deinen Satin mit der Hast der Fingernägel zu zerreißen, denn es tat einem in der Seele weh, ihn betrunken an den Bänken des Rossioplatzes auf dem Fußsteig liegend mit den Spatzen streitend vorzufinden. Die Polizei erhielt die Order, ihn mit Entschuldigungen zum Hospital São José zu geleiten, Hier entlang, Herr Admiral, seien Sie so gut und machen Sie Ihr Bäuerchen nicht auf die Bezüge, Ihre ausländische Liebste wartet am Flughafen auf Sie, die Ärzte verpaßten ihm eine Spritze, die Krankenpfleger schoren ihm das Haar ab und entlausten ihn, ihm wurde mit dem Hinweis, Ziehen Sie diesen Anzug da an, er ist in Amsterdam der letzte Schrei, anständige Kleidung gegeben, und ich mußte ihn, was ich ungern tat, nachdem der Staatsrat angehört und die politischen Parteien mit Sitz im Parlament konsultiert worden waren, nach Angola schicken, wo man ihn nicht kannte und er eine diskrete Anstellung als Zählerableser der Wasserwerke bekam, oder anders gesagt, in seinen klaren Momenten las er ein oder zwei Zähler ab, und das war's, man nervte ihn nicht, er wurde nicht zur Rechenschaft gezogen, man gab ihm nur sein Gehalt mit meinem persönlichen Rat, ihn zu vergessen, einen Mann, der im Fieber der Tejonymphen und der Cacilhas-Nixen dahintrieb wie kaum ein anderer. Er wurde in ein Flugzeug mit Siedlern gesteckt, nachdem ihm feierlich versprochen worden war, daß Loanda voll von aquatischen Brüsten war, Machen Sie eine Erhebung darüber und schicken Sie einen genauen Bericht mit Prozenten und Tabellen an das Fischereiministerium und das Denkmalschutzamt, aber selbstverständlich sind wir auch dafür, daß die Flüsse wieder mit den Mädchen bevölkert werden, ganz ohne Frage, kümmern Sie sich darum, um den Rest kümmere ich mich, und wenn Sie hinausgehen, schließen Sie bitte die Tür ordentlich, denn von dort zieht es wie Hechtsuppe, der Kanzler möge bitte Senhor Fernão de Magalhães eintreten lassen, was will diese Nervensäge denn bloß schon wieder.

Diogo Cão wohnte zwölf Jahre, sieben Monate und neunundzwanzig Tage lang in Loanda, immer in einem von tropischen Glyzinien und afrikanischen Eidechsen erodierten Häuschen im Stadtteil Alvalade, rollte leere, bei Funkern sizilianischer Frachtdampfer, die das Wasserzeichen der Banknoten prüften, indem sie diese an die Lampe in der Kabine klebten, heimlich gekaufte Flaschen falschen Genevers in den Garten, doch die meiste Zeit verbrachte er in den Nachtclubs der Insel zwischen Bahrenträgern des Kriegs auf Urlaub, die sich über seine Karten eines angeblichen Seefahrers amüsierten, ihn in den Desinfektionsmitteldunst ihres Tisches setzen und ihn mit Palmschnaps betrunken machten, um ihn von seinen Weltreisen erzählen zu hören, armselige, erfundene Geschichten von einem komischen Alten, der mitten im Bericht sabbernd einschlief und wenn er aufwachte, Spanische Galeere backbord, Segel hissen, brüllte. Die Musiker der Musikkapelle lachten über ihn, die Kellner in grüner Jacke und Pünktchenfliege lachten über ihn, die Stripteasetänzerinnen lachten über ihn, während sie den reichen Kaffeepflanzern was ins Ohr wisperten, und ich, die älteste von allen, diejenige, die niemand auswählte, weil ich einem Seehund mit Kropf ähnelte, wenn ich mich am Tresen hübsch machte und im Spiegel hinter den Flaschenhälsen mein baumerdbeerfarbenes Haar überprüfte, nahm ihn um sechs Uhr morgens schließlich mit, diese peinlichen Überreste eines Admirals, der fast in seinem Geräusper ersoff, nach dem Fehlen von Seife und dem Urin inkontinenter betrunkener Greise roch. Ich half ihm, stützte sein Nilpferdgrunzen und den Gestank nach getrockneten Herzmuscheln seiner Haut bis zu meiner Strohhütte am Strand unter den Palmen, zwanzig Meter vom Meer. Ich legte seine ewige Seemannsunruhe auf den Erdboden des Wohnraums, und als ich von den Stimmen der Kolleginnen aus den Nachbarhütten gerufen aufwachte, entdeckte ich ihn, wie er barfuß am Saum des Ozeans hockte, geistig klarer und aufmerksamer als ein Astronom, die beinahe reglose Suppe der Wellen in der unsinnigen Gewißheit einer Nymphe betrachtete.

Zwölf Jahre, sieben Monate und neunundzwanzig Tage lang suchte Diogo Cão sie auf königliche Order hin eifrig an genau den Orten, wo man sie suchen soll, das heißt in den Nachtclubs und am morgendlichen Strand: Er durchstöberte eine Inselhütte nach der anderen, schob Tücher zur Seite, stolperte über Kindertöpfchen und empörte Hühner; durchwühlte die Kräuter am Ufer mit dem Schwert auf der Suche nach den dreieckigen Eiern der Nixen; er hieß die Ruderboote der Fischer halten, um die Algen, die Schlangen und die toten Möwen in den Netzen zu inspizieren, doch am Ende moderte er in jedem Morgengrauen unter holländischen Sehnsüchten dahin, schwitzte Dämpfe auf meiner Matte aus, ein Kapitän ohne Schiff, der in die Stadt ging, irgendwo klingelte, auf der Fußmatte nach dem Wasserzähler fragte und ohne auf die Antwort zu warten die Treppe hinunterstieg, weil er es eilig hatte, von der Schwelle meiner Hütte aus die Ebben der Abenddämmerung auszuspähen: Wetten, daß ich in weniger als einer Minute eine fange?, forderte er mich heraus, von Amsterdam bis nach Loanda schwimmt man im Nu. Wenn es dunkel wurde, half er die kleinen Kinder meiner Nachbarinnen beruhigen, sang ihnen Lieder vom spiegelglatten Meer vor und unterhielt sie mit unendlichen Geschichten von Seebestattungen; er machte Aufziehautos heil, und an den Tagen, an denen er sein Gehalt abhob, schenkte er ihnen Puppen mit Wimpern aus Piaçabapalme, die mit der gemessenen Stimme der Orakel ihren Namen schluchzten. Ich begann mich weniger einsam und glücklicher zu fühlen, träumte heimlich von einer Greisenliebe mit dem Tagidenbeamten, der mir ständig etwas von Linsenschleifern erzählte, die im Nebel von Kanälen radelten, bis die meisten Mädchen in großen Frauenschiffen nach Europa geschickt wurden und sie mich vergaßen, weil ich weder den Körper noch das Alter für die Pensionen in Lixboa hatte. Die Neger haben das hier alles übernommen, haben unter den Arkaden Nester aus jugoslawischen Maschinengewehren gebaut, sich gegenseitig mit Kanonenschüssen umgebracht und kamen von blutrünstiger Rache getrieben aus dem Busch und gingen wieder dorthin zurück. Der Hafen füllte sich mit Kanus und Galeeren, die die Bitterkeit der Siedler wieder zurückschaffen sollten, die Hütten auf der Insel leerten sich, und eines Morgens fand ich den Admiral nicht, wie er die Wellenbrühe mit der üblichen Konzentration eines Mastwärters beobachtete, ich entdeckte ihn auch nicht zwischen den im Leichenschauhaus aufgehäuften Leichen oder unter denen, die frei auf dem Teerbelag verwesten. Ich informierte mich besorgt bei den Wasserwerken, und sie schickten mich vom Schalter für tropfende Wasserhähne zur Abteilung Verschwundene und Tote, wo ein magerer Mulatte, der mich Genossin nannte und die Fingernägel mit einem Zahnstocher reinigte, in einem Register mit Warenabrechnungen blätterte, sich in weiser Betrachtung einer auffaltbaren Landkarte verlor, mir schwor, daß er auf dem Amtswege eine Antwort an den Schalter Sozialistische Neuplanung im vierten Stock schikken lassen werde, gleich neben dem Fensterchen für Rohrbrüche, und nach drei Wochen widersprüchlicher Pilgerei von Schlange zu Schlange, bei dem mir negativ beschieden wurde, was zuvor zugesagt worden war oder zugesagt wurde, was mir zuvor versagt worden war, zeigten sie mir schließlich mit einer mitleidigen Grimasse eine Liste mit vielen Namen und Daten und Nummern von Staatsangestellten und sagten mir, indem sie mit der Spitze des Kugelschreibers darauf zeigten, Hier steht es, gucken Sie genau hin, seit über einem Monat ist dieser Vogel mit dem Flugzeug nach Lixboa ausgeflogen, und deshalb bin ich, als ich zu Hause ankam, nicht hineingegangen, habe den Regenschirm gegen den Nieselregen an eine Palme gestellt und bin wegen der zu engen Schuhe humpelnd, ohne an etwas zu denken, ohne etwas zu fühlen, ohne mir etwas vorzustellen, zum Strand hinuntergegangen und habe nach den Sylphiden Ausschau gehalten, die zwischen den Schiffleibern treiben.

Der Mann namens Luís schrieb vor demselben Heilwasser am Tisch vor dem Café im Bahnhof Santa Apolónia immer noch Oktaven, wandte hin und wieder das hohle Auge, das nach hinten zu sehen schien, den Gepäckträgern zu, die mit kleinen buckligen Schritten unter riesigen Koffern vorbeikamen, oder den Drogenhändlern, die ihren Rücken in der Nähe des Zeitungskioskes scheuerten, als der Kellner vom Kugelschreiber seine Schicht wieder aufnahm und sich in der Anrichte mit gelben Knöpfen schmückte. Das Oberlicht des Daches nachtete wie der Lauf der Liebe, war erst staubig und rosa, in der Farbe des Flusses dort draußen, und dann ganz schwarz, von einem vollkommenem Pechschwarz, das einige wenige undeutliche Lichter erfundener Schiffe wie geisterhafte, vom Kurs abgekommene Flugzeuge bevölkerten. Der Schnellzug aus Madrid fuhr dampfschnaubend ein, blies feuriges Wasser aus der Schnauze, und am letzten Bahnsteig setzte sich ein Güterzug, an den Luken der Waggons die Hörner von Stieren aus dem Minho und Nasenlöcher von Maultieren, mit unendlicher Langsamkeit in Gang. Die grünen Leuchtkäfer der Taxis grenzten erneut die Dunkelheit ein, warteten mit unglaublicher Spinnengeduld bei laufendem Motor. Die Zeitschriften im Kiosk boten unter dem Titel *Golf ist meine einzige Leidenschaft* Exklusivinterviews mit Afonso de Albuquerque, einen Dobermann zu seinen Füßen, in seiner Villa in Estoril an. Der Kellner, der bereits die Serviette über dem Arm hatte, wischte ein oder zwei Tische ab, rückte Stühle, befahl einem unsichtbaren, hinter der Mauer aus Joghurts und Erfrischungsgetränken des Tresens versteckten Sklaven, Ein Tee und ein Reiskuchen, aber dalli, schnupperte verwirrt, als er dicht am Mann namens Luís vorbeikam, den Pappkarton, in dem der Rest des Vaters nach in der Truhe gärender Wäsche roch, und entschwand zum Laden mit den Feuerzeugen und dem amerikanischen Tabak, weil ihn ein in die Luft gereckter Finger rief.

Doch die Nacht hatte noch nicht den richtigen Platz gefunden, um die geheimnisvollen Gegenstände der Dunkelheit und ihre Neonröhren, die ängstlichen Schatten und die künstliche Sonne der Metallampen abzustellen, und suchte sich selbst nervös und lichtblinzelnd auf dem Zementfußboden. Das nutzten die Schuhputzer, um über Fußknöchel herzufallen, die sich angstvoll entzogen, die Schar der Neunuhrbettler fischte in über langen Unterhosen schwingenden Regenmänteln mit flinkem Händchen platte Kippen vom Bahnsteig, Typen mit mißtrauischem Gesicht machten von Denunzianten und Polizisten verfolgt auf der Durchreise vom Intendente zur Alfama am Bahnhof für ein aus gefüllten Teigtaschen bestehendes Abendessen halt. Um elf, als der Bierschaum des Tejo Augenbrauenhöhe erreicht hatte und das, was vom Körper des Alten übrig war, ein zittriges Erdbeben durchlitt, bevor es auf dem Sägemehl des Kartons zur Ruhe kam, hielt der Kellner ein Tablett mit Kaffeelimonaden balancierend vor ihm und fragte von der Höhe der Fettorden seiner Jacke herab, Gehört der Kugelschreiber da nicht zufällig mir?, und ich antwortete, Ja, ohne das Reimen zu unterbrechen, weil mir gerade der Gedanke zu einem ordentlichen Bild gekommen war, und nach höchstens einer halben Stunde hatte ich ihn wieder an meinem Tisch, einen mittelalterlichen, verbitterten Typen, der sich über das Hundeleben beklagte, wir verdienen fast nichts, ist doch so, alles geht für Steuern und Abgaben weg, einen Amateurfunker, der im Bairro Alto wohnte mit seiner Frau, fünf Nachkommen und einem invaliden Schwiegervater auf einem Kanapee vor einem Altar mit Heiligenbildchen, eine Decke über den Knien, Sie können sich überhaupt nicht vorstellen, was ich für'n Pech habe, und als ich gerade wütend, weil man mir mein Epos zerstörte, antworten wollte, Wir haben alle unser Kreuz zu tragen, verflucht noch mal, ich kann zum Beispiel meinen Vater nicht loswerden, den ich hier dabeihabe, und da quietschten die Knochen, oder das, was von den Knochen noch übrig war, leise und erschreckten den anderen, der Garcia da Orta hieß und, Es ist mir ein Vergnügen, Heilpflanzen auf dem Balkon zog, in Manteigas geboren war und entsetzt zurückwich (Machen Sie sich über mich lustig, oder was?), schreckensstarr auf die Schienbeine des Alten starrte.

Die schürzetragende Frau vom Zeitschriftenkiosk schloß den Zeitungsstand zu und ging weg, die im Wartesaal schlafenden Bettler falteten Zeitungskissen unter dem Ohr, die Lichter der Schiffe zitterten auf dem Wasser, und ich steckte den Kugelschreiber und die Oktaven in die Tasche und erklärte dem Kellner das mit den Mörsern in

Luanda, vom Verstorbenen auf dem Eßtisch, vom Sarg in Alcântara, vom Zollbeamten mit dem Gewehr, ich ließ ihn, um ihn zu beruhigen, den Karton mit dem Sägemehl und den Totensäften mit der Hand berühren, und der nunmehr ruhigere Amateurfunker schlug mir vor, Warum verkaufst du ihn mir nicht als Dünger statt ihn zu beerdigen, ich habe zu Hause im Zimmer meines Schwiegervaters gerade einen Versuch mit Abführkräutern gestartet, samstags stopfe ich ihm immer ein Löffelchen gemahlener Stengel in den Rachen, aber bislang passiert nichts, nur Ziegenköttel ins Bettuch, und das war's, solange dem Schuft nicht das Gedärm zerschmilzt, gebe ich keine Ruhe.

Am Ende seiner Schicht, um sieben Uhr morgens, als die Nacht langsam die Anker lichtete, um in einem anderen Land dunkel zu werden, nahm Garcia da Orta mich mit in das Kabuff der Anrichte, wo er die Jacke mit den Knöpfen und den Flecken aufhängte und sie gegen einen Blouson aus falschem Krokodilleder eintauschte, einem von denen, die bei der zweiten Wäsche um die Hälfte einlaufen, wir öffneten den Pappkarton und sein Guanoklima, und wie in der Apotheke gossen wir meinen Vater mit Hilfe eines als Spachtel dienenden Fischmessers in eine Milchflasche, Knorpel, Sehnen, Fingerknöchel, kleine wäßrige Fleischstückchen, das gut erhaltene Gebiß steckte ich in die Hosentasche für den Fall, daß ich einmal so alt und ohne Wangen sein würde wie er und gezwungen, Hühnerflügel durch die Enttäuschung eines Strohhalms zu nuckeln. Als wir, die Flasche unter dem Arm, den Platz erreichten, oder das vor dem Bahnhof, was ich für einen Platz hielt, sah ich nur Möwenfeuchtigkeit, kastilische Spione unter den zu entladenden Lastwagen am Fluß und zig sehr ernste Fernando Pessoas mit Brille und Schnurrbart auf dem Weg zur Arbeit als Buchhalter in Gebäuden aus der Zeit nach dem Erdbeben mit Traufen aus Porzellan, die zerfressen waren vom Holzbockkrebs und von lackierten Küchenschaben, die Hochzeitsschuhen mit Antennen glichen.

Garcia da Orta wohnte in einer Dreizimmerwohnung, im letzten Stock eines Hauses in der Rua do Norte mit einem Krämerladen im Erdgeschoß und dem vom Platz mit der Statue her kommenden morgendlichen Gewusel von Nachbarn und Hunden. Man erkannte das Meer durch die Lücken zwischen den Tauben und dem ruhmreichen Spiel verstohlener Gassen, melancholischen Zeitungsredaktionen und zu Gerümpelläden umgewandelten Fadolokalen. Wir stiegen die Stufen hinauf und stolperten über den Geruch der Abendessen vom Vortag auf Flickschneiderinnenetagen, bis wir auf ein Wesen im Morgenmantel mit etwa zehn Kindern darum herum stießen, auf ein riesiges Radio, das ferne Stimmen knisterte, und auf einen Alten, der auf einem zerschlissenen Kissen schlief, von Kästen mit Blumen bedrängt, die ihn mit der langsamen Verschlagenheit von Pflanzen strangulierten und die ganze Wohnung einnahmen und die Möbel, die Kinder, den Gaszähler über die Fensterbrüstung hinweg zu den Marktschreiern auf die Straße warfen.

Wir konnten uns in der dichten Atmosphäre aromatischer Blätter kaum bewegen, die Verstopfung, Elefantiasis, männliche Unfruchtbarkeit, Katalepsie und konvergierenden Strabismus kurieren sollten. Bei Tisch kam ein haariges Tentakel, das garantiert bei Masern helfen sollte, bei den

Kartoffeln vom Mittagessen stets der Gabel zuvor; rote Staubfäden saugten leise pfeifend die Fleischsauce auf; die fleischfressenden Tulpen gegen Sinusitis mußten in ihren Töpfen festgekettet werden, damit sie die Menschen nicht verschlangen. Hin und wieder summte ein schmerzliches Wispern aus Kanada oder Macau im Radio Hallo P34, Hallo P34, hier JS90 over, und Garcia da Orta unterbrach sofort seine Erklärung über den Anbau eines bestimmten, zur Abschaffung der Hühneraugenmarter dienenden Fruchtkerns, bewaffnete sich mit einer Machete und einem Helm mit Visier und brach in Richtung Apparat auf, wobei er ein Dikkicht von Ranken verstümmelte, die die Haut von Furunkeln, Mitessern und unterschiedlichem Juckreiz reinigen sollten. Wir vergaßen die Löffel, ließen die Suppe stehen, waren besorgt, einige der Kinder schluchzten an die Mutter geklammert, die mit dem Taschentuch Lebewohl zum gesundkurierenden Wald winkte, und Stunden später hörten wir erleichtert eine Reihe wirrer elektrischer Purzelbäume und die Schreie des überlebenden Funkamateurs, der voller Überzeugung erklärte, Hier P34, hier P34, over.

Der Mann namens Luís erhielt im Tausch gegen eine Milchflasche mit der Leiche seines Vaters ein Bett in der Rua do Norte und gewöhnte sich allmählich nicht nur daran, an den Herd geschmiegt auf den Fliesen der Küche zu schlafen, wo sich die Heilpflanzen in ihrer Hungergier damit begnügten, mit malmenden Backenzähnen Polypen und Wurzeln in die Müllbehälter zu tauchen, sondern auch an die Unbekannten aus Korea oder Bulgarien, die mit dem Kellner der Kaffeelimonaden des Bahnhofs chiffriert über die neuen Vergaser der Autos aus Tokio oder das Jahresprogramm des Volksballetts von Sofia redeten. Morgens verscheuchte die Ehefrau mit den Händen die vorwitzigen Büsche, die sie am Kochen hinderten, indem sie sich des Reiswassers bemächtigten, eine Liliane pflückte sich wahllos ein Kind und verschwand in schwammigem Laub, und der Mann namens Luís ging, wenn er die Blumentöpfe mit einer Prise Vater begossen hatte, hinunter ins Stadtviertel, um an den mörderischen Diskussionen der Fischfrauen mit ihren riesigen, vor Wut dröhnenden Kehlen teilzuhaben, und den stolzen Gang der Zigeuner zu bewundern, die ihre Wagen voll lärmenden Elends auf dem Steinpflaster der Straßen hinter sich herzogen, oder um vom oberen Teil der Rua do Alecrim aus den Cais do Sódré und das Hüftewiegen der Karavellen dort unten zu betrachten. Er arbeitete in einer kleinen ruhigen Konditorei weiter am Gedicht, in der glatzköpfige, von keuschen Sehnsüchten durchdrungene Witwer in kleinen Schlucken den Zitronentee der ewigen Erkältungen tranken, während ich, von ihrem Husten und der Beharrlichkeit der Schmeißfliegen auf den Bohnenküchlein unbeeindruckt, mit einem Glas Martini in Reichweite des Bartes Stürme und Götterkonzilien verfaßte.

Wenn ich mich auf dem Heimweg der Rua do Norte näherte, hörte ich gleich auf dem Platz mit meiner Statue in der Mitte trotz der Motoren in den Schlosserwerkstätten, des Knallens der Poliertücher der Schuhputzer und der Hämmer der Tischlereien das mondene Beben der bei Verdauungsschwierigkeiten nie versagenden Glycinien, die voller Gier nach auf den Dächern vergessenen Taubeneiern gegen die Bretter der Balkons kämpften, und gleich darauf Garcia da Orta, der brüllend wegen der Hoffnung auf die

Besserung der Windpocken eines polnischen Gesprächspartners jubilierte, der wegen der Entfernung nur noch ein halbes Dutzend merkwürdiger Gurgelgeräusche war. Die Ehefrau des Botanikers tischte einen Eintopf auf, den Veilchen halb verschlungen hatten, die auf Gebärmuttervorfälle und eingeklemmte Weisheitszähne spezialisiert waren, und kauerte sich voller Angst vor dem Spinat gegen den schlechten Atem und die Geranien für die versteiften Rückenwirbel an eine Ecke des Tisches, und während sie für die überlebenden, dem Hunger der Pflanzen entgangenen Kinder das Obst schälte, antwortete sie dem Gelähmten, der ihr aus dem Nebenzimmer vom Winter in Manteigas, von den Schneekristallen erzählte, die trotz der Weihnachtskrippenatmosphäre der Totenwachen auf den Augenlidern der Toten glitzern, von den Wölfen, die mit Alptraumpupillen durch die kleine Stadt traben, der ihr vom Murmeln des Windes in den Kiefern erzählte und vom vulkanischen Gestank der Tiere im Stall unter dem Schlafzimmer, der ihr von der Vergangenheit, verdammt noch mal, von der Vergangenheit erzählte, der eine lange Unterhose und ein Unterhemd von ihr forderte, um im Garten bei den Tomaten, Alzira, nach Rauhreifschäden zu schauen, warum habe ich nur, allein aus dem einfachen Wunsch heraus, das Meer zu sehen, eingewilligt, nach Lixboa zu ziehen und einen Verrückten mit Radios und Pflanzensamen zu heiraten, wo das Meer nur der Wasserbottich mit den Karavellen ist, die voller glückloser Siedler aus Afrika zurückkehren, voller Verrückter, die die Asche ihres Vaters wie dieser Schwachkopf verkaufen, der hier blöd rumsteht und kein Benehmen hat, sich beim Essen mit Fett beschmiert und zwischendurch auf einen Rechnungsblock geschriebene Sätze deklamiert, die man nicht verstehen kann, das Meer, Teufel auch, das beschissene Meer und diese Stadt, die nach Waschtrog und Kalkschutt riecht, Lassen Sie nur, Vater, lassen Sie nur, rief sie, taub für einen ungarischen Dialog im Radio, dem Alten zu, Spätestens diesen Sommer gehen wir ins Gebirge.

Letztlich ist sie nicht dorthin gegangen und mußte nicht einmal viel herumschreien oder lange Unterhosen zum Zubinden für die Reise vorbereiten, weil eine Woche vor der Abreise, als eine gezähmte Petunie den Kindern die Fingernägel schnitt, ein Bündel Begonien den Gelähmten während des Mittagsschlafes unvermittelt verschluckte. Der Mann namens Luís korrigierte auf dem Wachstischtuch vom Mittagessen unglückselige Lieben von Hofdamen und Königen, und Garcia da Orta kommunizierte, während er Knöpfe einstellte, mit einem persischen Religionsoberhaupt, das von seiner fünfzehnten Konkubine zu den Hertzschen Wellen bekehrt worden war, die ihrerseits Patenkind des mexikanischen Konsuls war, mit dem er Bordellgespräche führte und vage wissenschaftliche Kenntnisse aus Oberschulbüchern austauschte. Die Ehefrau des Botanikers, die zufällig mit dem Wäschetablett unter dem Arm am Eingang zum Kabuff des Gelähmten vorbeikam, konnte gerade noch sehen, wie eine Blüte einen karierten Pantoffel wiederkäute und dann die zufriedene Verdauungsruhe der Pflanzen, die den leeren Stuhl umringten, auf dessen Sitz sich die Erinnerung an den Toten eingrub. Garcia da Orta, der aus seinem aus Gebrüll und seufzenden Mechanismen bestehenden Dialog gerissen wurde, drohte den Blumen mit ausgestrecktem Finger, sie zu Rheumatees zu pulverisieren, und zog sich schließlich Trauerkleider an und organisierte eine paranoide Zeremonie um einen Sarg voller Stengel, die er vor der konsternierten Nachbarschaft mit einer kleinen Gießkanne sprengte. Die Angestellten des Bestattungsunternehmens, Trauerprofis mit Metermaß in der Faust, weigerten sich, einen Blumentopf mit einem Wagen mit Säulen und Schleiern zur Beerdigung zu fahren, und der Arzt, den sie riefen, damit er die Sterbeurkunde ausstellte, vernahm, als er das Stethoskop an die Wurzeln hielt, nur den leisen Klang schmelzender Schneetränen und das Elfuhrrauschen der Eukalyptusbäume von Manteigas. Und so behielten sie am Ende den vollständig in Medikamenten für Mittelohrentzündung aufgegangenen Gelähmten zu Hause, bis eine Sonnenblumenhecke gegen steifen Hals und Rippenbrüche die Sehnsucht überwucherte und die Tochter zu einer Tante in Pinhel reiste, und Platanen und Emigrantenhäuser am Fenster entlangglitten und sie den Topf mit dem Mittagessen auf dem Schoß hielt, der in das Hemd gewickelt war, das der Verstorbene zum ersten Mal hätte anziehen sollen.

Während die Verwaisten sich im Norden aufhielten und in der Beira und den Trümmern des Winters umherirrten, litten Garcia da Orta und der Mann namens Luís, von den Kindern einmal abgesehen, die eines nach dem anderen von Eisenhut und Narden verzehrt wurden (eine Bougainvillea kümmerte sich mit einem einzigen Bulldoggenbiß um das letzte), den vagabundierenden Hunger der Verlassenen, indem sie in den Schränken nach Krümeln suchten, das kalte Fett von den Tellern leckten und in einem Beutel hinter der Tür nach Brotresten stöberten und schließlich aufs Geratewohl für eine Suppenmahlzeit in einer billigen Taverne trotz der eindringlichen Bitten von im Radio knisternden Eskimos das Haus verließen, obwohl das medizinische Amazonien nicht aufhörte, im Deliriumsrhythmus zu wachsen und sie auf dem Treppenabsatz von einer mit ihren monströsen Zähnen malmenden Mohnblumenbarriere daran gehindert wurden, in die Wohnung zurückzukehren.

Sie gingen die Rua do Loreto entlang, schauten in Arbeiterrestaurants, in denen das verbrannte Öl von Frittiertem in der Luft lag wie der Muffgeruch auf den Dachböden. Sie entzifferten Fischpreise aus den Orthographiefehlern der in die Vitrinen der Schaufenster geklebten Speisekarten. Zögerten angesichts des Rotweins der Imbißstuben, der so dickflüssig war, daß man ihn mit dem Löffel essen konnte. Sie überschlugen sich vor Begeisterung in einer Snackbar mit wunderbaren Eiscremes, in Orgelpfeifen eingelassenen Glühbirnen und gebratenen Spanferkeln, die mit Tannenzapfen in den Ohren auf Thymian und Petersilie gebettet lagen, und nahmen am Ende einen schüchternen Tresterschnaps als Abendessen zu sich in einem noch offenen Krämerladen, an dessen Tür ein alter Mann nachdenklich auf einem Faß Kartoffeln sitzend frische Luft schöpfte und sich mit der leichten Brise der Wahlvoraussagen der Abendzeitung befächelte, während zur selben Zeit im letzten Stock des Hauses in der Rua do Norte die Kräuter gegen Diabetes die Wohnung übernommen hatten und sich nunmehr in der Absicht zur Treppe hin bewegten, sich des Bassets und der Käfersammlung des Nachbarn im Stockwerk darunter zu bemächtigen, eines Lageristen, der ständig von blonden Jünglingen mit engen Hosen und dunklen Brillen begleitet wurde, die den in Öl gemalten Porträts der Prinzen in den Altamirahöhlen des Museums für Alte Kunst ähnelten. Sie kauten einige Likörgläser hintereinander weg, während der fächelnde Rentner sich, die Zeitung unter dem Arm, zu einer nahen Erdgeschoßwohnung schleppte, deren Fensteröffnungen von gepunkteten Vorhängen verdeckt wurden. Der Besitzer des Krämerladens mußte sie um halb zwölf unter Prostest wegschicken, Hört mal, das ist mein Feierabend, Scheiße, und wir beide setzten uns auf den Bordstein und unterhielten uns mit den Stimmen der Puppen aus dem Radio, die ich mir immer allzeit bereit vorstellte, ihre riesigen Bakelitaugen zu öffnen und mit perverser Unschuld Mama zu sagen. Trotz der hippokratischen Tugenden der Staubfäden der Nelken und der körperlosen Schweizer, die im Apparat ihr merkwürdiges Gemorse aus Buchstaben und Zahlen krächzten, verschwand der Botaniker, als ich gerade damit begonnen hatte, ihm die Struktur meines Gedichtes zu erklären und ihm die Absicht der Metaphern näherzubringen, in Richtung Calçada do Combro oder zum Elevador da Bica, zu jener Zahnradbahn, die den Fluß auf den Gipfel der Stadt zu den Fassaden beförderte, die ebenso glotzäugig waren wie die alten, im Halbdunkel ihrer Hütten hockenden, in grenzenlosem Vergessen schwebenden greisen schwarzen Frauen. Und so wälzte ich in Gedanken heroische Episoden, hielt, um mir Notizen zu machen, vor den erleuchteten Kurzwarenläden, bis ich auf dem Platz meiner Statue ankam, Mutter, auf dem zig Tauben auf den Balkons in porzellanenen Haltungen schliefen und Hunde am Sockel meines Ruhmes die Pfote hoben, und obwohl mir der Trester die Beine durcheinanderbrachte und mich zwang, die Schuhe im Thrombosegang nachzuziehen, gelang es mir, ein Stück Treppe zwischen zwei Gassen zu erreichen, von wo aus man gleichzeitig das Denkmal, die Züge nach Cascais und die Fischkutterlaternen des Flusses sah, und genau in diesem Augenblick, werte Leser, erhellte sich die Rua do Carmo mit einem Fackelzug und dem Gelächter von Pagen, stießen Hellebarden in den Asphalt, röchelten Rachenmandeln spanischer Hengste, und König D. Sebastião erschien, umringt von Günstlingen, Erzbischöfen und Vertrauten zu Pferde, angetan mit einer bronzenen Rüstung und einem Helm mit Federbusch, und entschwand zum Marterpfahl beim Rathaus hin, von der Verblüffung der Polizisten und Nachtwächter verfolgt auf dem Weg nach Alcácer Quibir.

Als die Mulattin ihn verließ und mit dem Sohn, einer Truhe mit Paillettenkleidern und dem Pappkarton mit den Ringen aus falschem Silber und den Bakelitarmreifen in die Wohnung in Olivais Sul zog, die der Besitzer der Diskothek, in der sie arbeitete, ihr eingerichtet hatte, beschloß Pedro Álvares Cabral, nachdem er sich mit dem Kontrolleur der Wasserwerke beraten hatte, dessen Atem Mücken zu Kohle verbrannte, nach Paris auszuwandern. Diogo Cão, der seit seiner Ankunft in Portugal vom Ablesen der Zähler entbunden war, zog aus dem unter dem Bett verschlossenen Gepäck einige schlammige Dokumente hervor, setzte sich mit ihm unter dem Fieber der Tauben auf die Stufen, wies mit nautischem Finger auf die Küste der Bretagne und riet, Bitte den Obermatt, dich hier von Bord gehen zu lassen, guck genau hin, hier, und mehr brauchst du nicht zu wissen, du gehst immer geradeaus, es ist ganz einfach, du triffst auf eine Stadt mit einem sehr hohen Turm aus Eisen, und das ist es schon, ich müßte oben noch ein paar französische Schillinge haben, wenn du fünf Minuten wartest, gebe ich sie dir gleich.

Pedro Álvares Cabral, den die Beschreibungen des betrunkenen Seemanns verwirrten, der Paris mit jedem Schluck größer machte und der Stadt die Pest von Venedig, wo die Dogen im Strom delirierten, die visionären Statuen von Florenz und die Mandelkuchenkapitelle von Moskau, unter denen vampireske Rasputins Gräfinnen hypnotisierten, andichtete und ihm erzählte, dort würden sonntags bei Can-Can-Aufführungen Könige guillotiniert, um das Volk zu amüsieren, besuchte jede Woche seinen Sohn in der Wohnung in Olivais, in einem nicht fertiggestellten Gebäude neben dem Pausenhof einer Schule: Der Fahrstuhl setzte ihn im neunten Stock ab, der nach Terpentin und Wachs roch, er drückte die drei musikalischen Noten der Klingeln, die Mulattin öffnete ihm in silbernen Pantoffeln und im Morgenmantel mit Straußenfederkragen die gepolsterte Tür, und ich sah, Herr Admiral, das Wunder des blauen Teppichbodenrasens, das Spiegelspiel der Glasborde der Bar, das Klavier, das mit seinem feierlichen Lack dem Sarg eines Papstes ähnelte, die von mittelalterlichen Rosetten ersetzten Fensterflügel stellten einen Johannes-der-Täufer-Gewichtheber dar, der bis zur Taille in den durchsichtigen Jordan getaucht war, und auf einem Tisch aus geschnitztem Holz mit Rauchglasplatte stand zwischen zwei malaiischen Aschenbechern das Foto eines fünfzig- oder sechzigjährigen distinguierten Herren mit Zweispitz auf dem ergrauten Haar, den meine Frau respektvoll Senhor Sepúlveda nannte, und der ihr die Wohnung geschenkt, ein halbes Dutzend Fuchsfelle mit Rubinpupillen und Alsenzähnchen, dazu eine Köchin mit Rüschenschürze, fünf Dienstmädchen zum Präsent gemacht hatte, die unisono das rechte Bein auf einer Varietébühne hätten heben können, und eine strenge, maskuline schottische Hauslehrerin, Schwester von zwölf Rugbyspielern der internationalen Liga, die dem Sohn beibrachte, das Besteck nach höfischer Art zu benutzen, einen Seitenscheitel ins Kraushaar zu pflügen und mich mit dem distanzierten Kopfnicken der Fürsten Großbritanniens in ihren Nebelschlössern zu begrüßen, so daß ich nicht wagte, mich ihm zu nähern, von seinem eisigen Winken und seiner ätherischen Silhouette eines Edelmannes weggescheucht, der mir mit dem kleinen Finger befahl, den Hintern auf den Rand der Sessel mit ihren großen Mahagoniarmlehnen abzusetzen, und mich von einer Art Samtthron aus gefühllos, mit dem Begräbnispomp königlicher Audienzen betrachtete. Donnerstags scheuchte die Mulattin die Köchin und die Dienstmädchen auf die Straße, befahl der sommersprossigen Nurse den Lord auf den eingezäunten, platanenbestandenen Alleen des Zoologischen Gartens spazierenzuführen, die ihm in der Sprache eines Staubsaugers mit Wackelkontakt die Namen der Hyänen und Affen wie ein Papagei aufsagte, oder sie befahl ihr, ihn in den Estrelapark zu führen, damit er auf einer unbequemen Eisenbank dem Walzerkonzert des Blasorchesters der Freiwilligen Feuerwehr von Mealhada zuhörte. Sie selber nahm dann, von einer japanischen Masseuse assistiert, Bäder in aromatischem Schaum, rieb sich die Nieren mit lila Algenschwämmen, deodorierte die Spatzennester der Achseln, parfümierte sich mit Essenzen, entzündete die Kerzen und kleinen Näpfe mit afrikanischen Pulvern, zog schwarze Strümpfe an und Kleider wie Elisabeth I. für Francis Drake mit prunkvollen Ärmeln und Brokaten, entrollte aus dem Plattenspieler einen Teppich aus Violinen, schminkte sich am Primadonnengarderobentoilettentisch, legte sich in Siamkatzenattitüden auf die Samtkissen des Schlafzimmers und erwartete die Umarmung von Senhor Sepúlveda, des verwitweten Edelmannes, der seine Gattin in Angola begraben hatte, und ertränkte die von den gelben Scheinwerfern und dem Blechbüchsengeschepper der Müllwagen durchschnittenen Nächte Lixboas mit Boleros.

Die Mulattin hatte aufgehört zu arbeiten, war nunmehr damit beschäftigt, mit angeödetem Daumen die Modezeitschriften durchzublättern wie jemand, der aus Langeweile Gänseblümchen rupft. Sie empfing die Fußpflegerin, die Kosmetikerin, den Friseur, die Lehrerin für Benimm & Integralrechnung mit der gewohnten, ihr vom Reichtum noch dichter gemachten Gleichgültigkeit, pustete auf die Geburtstagsflämmchen ihres frischen Nagellackes, während sie vom Balkon aus die Landschaft von Olivais betrachtete, während ich erfolglos versuchte, mit meinem als Miniatur Heinrich VIII. verkleideten Sohn ins Gespräch zu kommen, der der Schüchternheit meiner Fragen ein neutrales Diplomaten- oder Kerkermeistergesicht entgegenhielt und am Ende einen unverständlichen Satz abspulte, wobei er die Ohren eines zahmen Setters streichelte, der einen abstoßend menschlichen Gesichtsausdruck hatte, und als er die Zusammenfassung all dessen auf den Stufen der Pension vor dem Pappgrau der Tauben gehört hatte, stopfte Diogo Cão, nachdem er dem Korken einen indignierten Klaps versetzt hatte, seine Flasche in die Tasche, sagte, Warte einen Augenblick, ich bin gleich wieder da, hinter mir und dem Schaukeln von Senhor Francisco Xavier hörte man seine ziellosen Schritte auf den Dielenböden, ein gestolperter Sturz, auf den Stille folgte, rollte die Treppe hinunter, ein zweites Stolpern, schmerzvoll gejammerte Hochseeflüche, und nach einer

Stunde erschien der Seefahrer an sein Brustbein geklammert, mit Heftpflastern übersät und einer Abschürfung am Kinn, breitete seine Landkarten auf dem Gras aus, fischte das Astrolabium aus einem Schuhkarton, um den ihn die Jungs ständig für ihre Seidenraupen baten, wog die Sonne, die es nicht gab, versank in Gedanken an unmögliche Breitengrade und behauptete, indem er den Mantel auf der Suche nach dem Wein abtastete, Kugelwinkel multiplizierte und Meilen abzog, Du steigst in das erste Passagierschiff, das aus Lixboa ausläuft, und in acht Tagen bist du im Moulin Rouge mit einer Schauspielerin auf jedem Bein und zeigst dieser ganzen Scheiße hier den Stinkefinger.

Weil er aber kein Geld für die Seereise hatte, weil er in der Tat nicht einen einzigen Heller besaß und auf der Suche nach Hummern ohne Wasser herumirrte, die mit ihrem schiefen Gang monströser Spinnen aus den Fünfsternehotels entwichen waren, was ihn dazu brachte, bei den Gemeindeküchen zu landen, die an großen biblischen Tischen aus Kartoffeln bestehende Gerichte gegen das feierliche Versprechen umgehender Bekehrung ausgaben, Schwör bei der Gesundheit deiner Eltern, daß du jeden Abend den Segen des Allerheiligsten nuckelst, und er, Ich schwöre es, Versprich, daß du an vier Rosenkränzen pro Tag teilnimmst, und er, während er zu den großen Töpfen mit Bohnen spähte, Ich verspreche es, kam er mit dem Angestellten des Einstuhlbarbiers in der Avenida Gomes Freire ins Einvernehmen, der Gevatter des Vetters eines Zigeuners war, der Menschen über die Grenze brachte, und sie vereinbarten ein Treffen um zehn Uhr abends in der *Flor Dos Cupuchos*, einer zwischen dem Patriarcado und einem Krankenhaus geklemmten Imbißstube mit einem Alten, der in einer Ecke vor dem Belladonnatee der Kranken resignierte, mit Tabletts voll Stockfischkroketten, die die Konsistenz von Napfschnecken hatten, und der Zigeuner, der à la Georges Raft gekleidet war, schwer von Ringen, mit einer geblümten Krawatte mit nackten Mädchen, erhob sich vom Tisch, an dem er mit einem jüngeren, aber an Seide und Karat bereits schon eindrucksvollen Typ konspirierte, näherte mir den Brillantineduft seines Schnurrbarts und streckte seine flüchtige Messerstecherhand aus, Kommen Sie von Pêro Vaz de Caminha? Federico García Lorca, angenehm.

Die Schwäne im Campo-de-Santana-Park schrien Klagelieder auf dem See, die Heuschrecken durchbrachen in den Beeten die Gelatine der Eier, Domherren mit Bäffchen kreisten paarweise, Seligsprechungen und Bibelauslegungen diskutierend unter den Fenstern des Kardinals, die Krankenwagen des Hospitals São João kamen und gingen in Göpelwerkspurzelbäumen, verfrachteten unter Sirenenheulen gebrochene Beine und andere fürchterliche Unglücksfälle, Federico García Lorca stellte seinen Kollegen mit den Goldschmiedeschätzen vor, der damit beschäftigt war, sein Ohrloch mit einem Streichholz freizustochern, Mein Partner Luís Buñuel, der Hochzeitspate aller Zollbeamten des Alentejo. Sie bestellten Cinzanos bei einem dümmlichen, in einem See aus Etiketten dösenden Typ, und der Zigeuner schnalzte mit der Zunge, kniff die Wimpern zusammen, zog die Manschetten des Hemdes vor, zeigte eine metallische Armbanduhr und erklärte kompetent, Um gleich zur Sache zu kommen, es macht zwölftausendfünfhundert Escudos, und wir reden nicht weiter darüber.

Pedro Álvares Cabral kehrte nach Olivais zurück, um die Mulattin wegen des Geldes für die Reise anzuhauen, und überraschte sie, wie sie auf einer Art Gynäkologenstuhl mit ausgebreiteten Beinen und Armen lag wie ein aufgeschnittener Hase, niedergedrückt von einem Bataillon von Schönheitspezialistinnen, die sich auf die Mängel an den Füßen, die harte Haut an den Knien, auf die rauhe Haut an den Gelenken, eine unverzeihliche Falte im Mundwinkel stürzten, und die das Haar in nachlässige Fransen kämmen, die Schultern mit goldenen Pailletten beglitzern, die Augen mit Kontaktlinsen sanfter machen und Brillantringe an die Ohren hängen sollten; und mein Sohn und ich warteten im Salon, und er kundschaftete mich mit seiner millimetergenauen Polizistenaufmerksamkeit aus, ich war in ein Aquarell versunken, das eine Witwe darstellte, die unter der Helligkeitsdusche einer Straßenlaterne Münzen betrachtete, bis die Metamorphosekünstlerinnen von ihrem gekreuzigten Opfer abließen, als hätten sie sie zu einem Strauß trockener Schienbeine ohne Mark reduziert, und Pedro Álvares Cabral sah, wie seine Ehefrau sich vom Brett der plastischen Verbesserungen erhob wie morgens die Bildnisse in der Kirche, pulverisiert von der Sonne, die wie eine Frucht in den bunten Glasfenstern der Enthauptungen von Märtyrern aufbricht, und so stand er auf, steif, die Fußknöchel im Schwert verheddert, ging langsam, als wandelte er auf Wasser, auf diese Erscheinung einer weltlichen Seliggesprochenen zu, die zum wöchentlichen Besuch von Senhor Sepúlveda aus dem Rahmen auf dem Klavier hergerichtet war, streifte mit der Fingerspitze ihre unerreichbare Atmosphäre aus Parfüm und Puder, Hast du vielleicht zwölftausendfünfhundert Escudos, die du mir leihen könntest?

Der Sohn, der von der schottischen Gesellschaftsdame begleitet wurde, die später einen Bastard von Sá de Miranda heiraten und die berühmte Mutter des Kindes mit den zwei Köpfen werden sollte, das sechs Stunden lang gelebt und von der Wiege aus die entgeisterten Schwestern des Krankenhauses beschimpft hatte, verabschiedete sich von ihm auf dem Treppenabsatz, indem er ihm eine zarte, verächtliche Hand reichte, und in der Eingangshalle des Hauses stolperte ich, als ich mich mit der Concierge unterhielt, die auf allen vieren die Terrazzostufen schrubbte, über einen grauhaarigen Herrn mit dem Helm eines Edelmannes und einem Orchideenstrauß in Cellophan, der sich gerade eine armenische Zigarette in ein Jademundstück steckte. Und so lernte ich in dem flüchtigen Augenblick, in dem ich ihn erblickte, den Mann kennen, für den du dich fertig machtest, dich parfümiertest, dich weich machtest, dich aufpoliertest, den alten Mann, mit dessen Farbfoto im Badeanzug am Rand eines Swimmingpools du auf dem Nachttisch einschliefst, was mit meinem anzustellen dich nie interessiert hat oder was dir bei meinem Foto nie eingefallen ist, den Typ, der dich zwang, dich übertrieben wie eine spanische Prostituierte anzuziehen, geschmückt mit Hüftpolstern, mit Smaragden, mit Korsagen, mit Röcken, und Pedro Álvares Cabral stellte ihn sich vor, wie er auf den Knopf des Fahrstuhls drückte, die Nummern der Stockwerke verfolgte, die eine nach der anderen auf dem Weg zu ihr aufleuchteten, er hörte das leise Geräusch des Schlüssels, die Schottin, die das Kind zu einem strategischen Kinobesuch oder einem wie gerufenen Konzert im Estrelapark fertig machte, während Senhor Sepúlveda die Zigarette im Aschenbecher liegenließ, zufrieden die Ordnung der Gegenstände und das Fehlen von Staub feststellte, den Helm auf das Sofa legte und deinen Kölnisch-Wasser-, Moschus- und Straußenfedern-Körper entgegennahm, deine Juwelen, die ihn an der Brust verletzten, die Topasschnalle an deinem Gürtel, die ihn am Bauchnabel kitzelte, den Oreganoduft deines Geschlechtes, das ihn, einem Schiff aus Magnolien auf ruhigem Fluß gleich, zu einem süßen und feuchten und schwerelosen Schlaf der Erschöpfung drängte.

Am nächsten Morgen suchte ich die beiden Zigeuner mit doppelreihigem Sakko und Arabeskenkrawatte in einer Billardkonditorei an der Praça da Figueira auf, wo sie an den Bonbonvitrinen und den kleinen Türen zu den Klos klebten, die nach totem Stachelrochen und Potasche rochen. Federico García Lorca faltete den Scheck in der Mitte und unterstrich dabei den Kniff mit einer Kante seines Ringes, ließ ihn im Durcheinander von gefälschten Kreditkarten und Pfandscheinen der Brieftasche verschwinden, versank in der gleichzeitig aufmerksamen und vagen Betrachtung der Billardqueues, mit der die Bauern von der Schwelle aus die Regenwolken messen, und in diesem Augenblick rief jemand vom Tresen her, Senhor Luís Buñuel wird am Telefon verlangt, und der zweite, glatzköpfige häßliche Zigeuner mit den Murmelaugen sagte, Mit Verlaub, und ging durch einen lärmenden und wirren Korridor aus alten Damen, Teekannen mit Lindenblütentee und Cremetorten hindurch, der von den grünen und weißen Reflexen der Billardtische verzerrt war, an denen Profile in Hemdsärmeln, einen Zelluloidschirm an der Stirn einen rituellen Tanz um den Filz der Tische aufführten, hinter denen sich Bierkästen und Säcke schlampig häuften. Der mit dem Scheck kaute Halstabletten, war an den Karambolagen höchst interessiert, und da kam Senhor Luís Buñuel mit Schlagsahnefüllung am Schnurrbart herangeschritten, machte dem Schuhputzer ein Zeichen, der mit pomadiger Unterwürfigkeit zu seinen Füßen niederkniete, stellte die Sohle auf einen hölzernen Schuhumriß und fragte mich, saphirblitzend, Leihst du mir 'ne Zigarette?, verflüchtigte sich im Rauch und verkündete im verworrenen Spanisch der Transistorschmuggler, Die haben eben aus Granada angerufen, übermorgen schlafen wir da.

Wir gingen alle drei zum Feiern in die Nacht der schlafenden Büros und der geschlossenen Läden der Praça da Figueira hinaus mit ihrem König aus Bronze zu Pferd in der Mitte und den Heroinverkäufern, die sich unter den Arkaden eine Spritze setzten, und ich zwischen ihnen, an jeder Seite einen von ihnen, die, mit Diamanten und Messern bewaffnet, mit den Verkäufern von Platten aus zweiter Hand und Pornoheften aus der Mouraria, mit den Gemüseverkäuferinnen, die in den Gassen auf den Stufen oder auf Segeltuchhockern die kühle Luft genossen, mit den schnurrbartbrauigen Türstehern der in den Kellern von Abbruchhäusern aufgebauten illegalen Roulettische lachten, und wir zerpflückten die Dunkelheit Glas auf Glas, in einer mit Sportwimpeln barock überladenen Tischfußballkneipe. Ich gewann neun zu eins vor einem Publikum, dessen Gehirnhäute zukunftslos im Fruchtwasser des Weins blubberten, ich gewann noch einmal sechs zu vier mit zwei Toren, die ich mit der Mütze des Torhüters erzielte, wir gaben dem

Publikum eine Runde aus, um seine sterbenden Gehirne noch mehr zu erweichen, glitschten die Abfahrt zum Leichenschauhaus hinunter, wobei wir Gedichte deklamierten, Verde que te quiero verde, Voces de muerte sonaron cerca del Guadalquivir, Antonio Torres Heredia hijo y nieto de Camborios, und die Stimme von Federico García Lorca schmeckte nach Orangen, nach Messerschneiden, nach mondenen Oliven und den Zöpfen des Windes. Wir stiegen an der traurigen Laternenprozession der Avenida Almirante Reis hinauf und spähten dabei auf die Schilder der Optiker und in die Läden der Messerschmiede, wiederholten im Chor Verde que de quiero verde, nachdem wir ein paar Minuten auf ein schnelles Glas an der Theke im Bierlokal Portugália haltgemacht hatten, verloren uns in den einfachen Gebäuden von Arco Cego, die dem Zentrum zur Erfassung der Tuberkulosekranken und dem Denkmal für meinen Kameraden Fernão de Magalhães die Luft nehmen, der in seiner Kajüte aus seltenen Hölzern von der Malaria dahingerafft worden war und den Seeleuten in seinem Testament ein Ölgemälde von Vieira da Silva und die gesammelten Werke von Pierre Loti vermacht hatte, wir traten an venezolanischen Zigarren nuckelnd in ein Eckhaus mit Veterinärspraxenschildern an der Fassade, kletterten, kochendes Lungenwasser prustend, mehrere fahrstuhllose Stockwerke hinauf und versetzten dabei den Leuten, die auf den Stufen schnarchten, Fußtritte; Senhor Luís Buñuel klopfte, während er zerstreut Verde que te quiero verde trällerte, einen Code, und drinnen stießen wir auf eine Versammlung makabrer, von den teuersten Herrenschneidern Lixboas in schreienden Farben herausgeputzter Zigeuner, die eine heimliche Reise der Killer von Inês de Castro über die Grenze ins Königreich León ausheckten, ein Trio entflohener Häftlinge, das täglich in den Zeitungen neben der Reklame für das berühmte, den Haarausfall beschleunigende und Augenbrauen und Zehennägel vertilgende Caspex Shampoo abgebildet war und von der Geheimpolizei, der Guarda Nacional Republicana und der Leibgarde König Pedros verfolgt wurde.

Pedro Álvares Cabral, dem Luís Buñuel ständig zuflüsterte, Du wirst sehen, demnächst laß ich den ganzen Scheiß hier und mache einen Film, bei dem allen der Mund offen stehen bleibt, brach am folgenden Abend im Lieferwagen eines Fernsehladens auf, ohne sich vom Sohn, der Mulattin oder dem Wasserzählerableser Diogo Cão zu verabschieden, der gewiß in der Pension *Apóstolo das Índias* vor den Tauben ausgestreckt dalag und mit dem Astrolabium die Sonne vorausbestimmte und auf seinen schimmligen Seekarten bei unsicherer Lektüre der Sterne auf der Suche nach dem annähernden Azimut der Schaufenster mit den Frauen von Amsterdam dahinsegelte. Sie aßen in Montemor in einem Restaurant gleich an der Straße, das mit Bandarillas, Sätteln und Umhängen von Toreros dekoriert war, mit den Mördern zu Abend, deren Verkleidung mit falschen Schnurrbärten ihnen die Hühnerbrühe verkomplizierte und, sich mit der Soße lösend, dicke Wergborsten auf das Beefsteak fallen ließ. Ihre Toupets rutschten in den Nacken, die Dolchspitzen zerschlissen das abgewetzte Futter ihrer Jacken. Die Hühnerhunde der in der Umgebung Wildschweine jagenden Grafen, die auf dem Teer der Straßen Kalebassenklänge galoppierten, beschnupperten die Fußmatte am Eingang mit den Blindenstöcken ihrer Nasen, bevor sie hinter dem unerwarteten Geruch eines wilden Tieres herrennend verschwanden. Diogo Cão war sicher unter freiem Himmel, den Bauchnabel nach oben gekehrt, auf den Stufen der Pension, wegen des wenigen Wassers, das er benutzte, von Flöhen und Erdkrusten bedeckt, eingeschlafen und zerknitterte mit dem Gewicht des Körpers seine Alkoholikerhimmelskarten und seine wurmstichigen Logbücher, während der Apostel beider Indien hinter den Tejonymphen her war, doch als Luís Buñuel, der den Lieferwagen fuhr, sich, einen Zahnstocher zwischen den Zähnen, am Tischkopf erhob, folgte ich ihm ohne Sehnsucht nach was auch immer, unterhielt mich mit den Killern der Geliebten des Königs unter den Zedern von Montemor, die mit den dichten Zweigen und dem Fell der Eulen die Nacht verdichteten, und zwei Stunden später erreichten wir die Stadtmauern von Évora mit ihren Wunden und danach die Grenze, oder, besser gesagt, einen glanzlosen Fluß, der zwei zwillingsgleiche mit Ölbäumen und Zistrosen bewachsenen Hügel trennte, um vom Stechginster zerschunden über endlose menschenleere Felder zu gehen, auf denen im Schatten der Steineichen Tiere von Göpelwerken an der Stille nagten. Eben dort trafen wir auf ein großes Militäraufgebot, das ein wie einen Jahrmarktsstand beleuchtetes Zelt beschützte, Hunderte von Standarten, Fahnen und Feldküchen, Chirurgen, die Skalpelle schärften und Zauberer, die der Truppe die Zeit vertreiben, und ein Wächter erklärte uns, daß König Philipp sich im Wohnwagen des Generalstabs mit seinen Marschallen versammelt habe, um die Invasion Portugals vorzubereiten, denn König Sebastião, dieser nutzlose, sandalentragende Dummkopf mit Ring im Ohr, der ständig das Zigarettenpapier eines Joints anfeuchtete, war in einem Drogenviertel Marokkos erstochen worden, weil er der englischen Schwuchtel Oscar Wilde ein Säckchen Marihuana geklaut hatte.

Ihm war im Leben alles passiert, er hatte Indien entdeckt, eigenhändig den Durchfall und das Erbrochene meines sterbenden Bruder Paulo da Gama abgewischt, geholfen, mit Stearinkorken den Sarg des Vaters irgendeines armen Teufels zuzustopfen, der nach der Revolution in Lixboa im Laderaum ins Mutterland reiste, er hatte mit Offizieren, die kein Händchen fürs Kartenspiel hatten, Bisca gespielt, und schließlich sogar, wie jetzt gerade, dieses Häuschen in der Sozialbausiedlung Madre de Deus in Chelas bewohnt, das mir das Parlament einstimmig zusammen mit einer Medaille und einem Diplom wegen meiner Verdienste fürs Vaterland zuerkannt hatte und wo mich König Manoel immer sonntags morgens zu Spazierfahrten im Auto an den Guincho abholte.

Unter der Woche wischte, während ein Gärtner der Stadtverwaltung den Bart des Rasens stutzte und mit Rockstöcken den Gladiolen in den Beeten orthopädische Stützen verpaßte, eine von der Regierung bezahlte Angestellte mit dem Wappen der Republik auf dem Kittel die Möbel aus öffentlichen Büros, die sie mir an die Holzbretter der Wände gestellt hatten, wacklige Sekretäre, Fotos von vergessenen Abgeordneten und Premierministern in Stierkämpferposen, das Bett eines Infanteriemajors, das nach Walrat und Schuhwichse roch, und den einzigen Gegenstand, den ich aus meinen Jahren unzähliger Seefahrten bewahrte hatte, nämlich diesen kleinen verchromten Bären, den mir eine Nymphe des Orients, eine Sekretärin der indonesischen Verwaltung, Tochter des Gottes Oceanus und einer Tempelvestalin mir beim Abschied von Goa fast schon auf dem Fallreep geschenkt hatte, Unter der Bedingung, daß du mich nie vergißt, ich bin dreiundzwanzig Jahre alt, habe eine Blinddarmnarbe, fühl mal nach, und höre auf den Namen Adelaide da Ressurreição Peixoto. Einen Bären, den ich mitten auf den Eßtisch gestellt habe und der mich mit blöder Aufmerksamkeit beobachtet, wenn ich den Schellfisch mit Rübenschößlingen der Diät esse, die mir der Marinearzt verschrieben hat, nachdem er die Papierchen der Laborergebnisse entziffert hatte, Kein Fett und nichts Gebratenes für den Herrn Grafen, was mir Ihre Leber sagt, gefällt mir überhaupt nicht. Den kleinen wertlosen Bären, einen von denen, die man mitten zwischen tausend vollkommen identischen zwischen dem Protest von Spanferkeln und dem Geniese von Schafen auf den ausgebreiteten Decken der Provinzjahrmärkte findet, der mich jedoch an ferne Sandstrände, Palmenhaine, Schaumbrüste, Haarspraydosen und das Lachen ewig junger Mädchen erinnert.

Nach dem Mittagessen machte er einen langsamen Spaziergang durch das Viertel und begrüßte dabei die aus der schwindelerregenden Höhe der Fenster im ersten Stock im Morgenmantel gelehnten Damen, spürte die Hitze des Nachmittags, die die Spatzen mitten im Fluge röstete, oder erkannte das Glitzern des Flusses über dem Erker des Ateneu, und um vier Uhr sank er mit einem Schachbrett auf den Knien in einen staatlichen Sessel, trat zu einsamen Biscaspielen, deren homerische Wechselfälle er auf der Einkaufsliste des Zahlmeisters verzeichnete, gegen erfundene Mitspieler an. Zum Abendessen gab es Wasser aus dem Faß und Schiffszwieback, und wenn alle Fenster geschlossen waren und alle Damen sich zurückgezogen hatten, stieg er, die Pantoffeln über den Parkettfußboden schleifend, die Treppe hinauf, entledigte sich, so gut es die Gelenke zuließen, des Gürtels, des Degens, des Wamses, des Cacilhas-Fähren-Rettungsringes und des übrigen uralten Seefahrerputzes, zupfte sich Wasserläufer aus den Locken der Schamhaars und Ebbenissen aus den Falten des Gesäßes, schlüpfte Glied für Glied in einen kindlich gepunkteten Pyjama, und als er das Licht ausschaltete, als er auf den Schalter der Lampe drückte, fingen die Bettücher an zu tanzen wie ein Stück Schiffsrumpf auf einem widerstreitenden Indischen Ozean, bedeckten sich die Schulterblätter mit Pellagraflecken, und Madagaskar zitterte unerreichbar Tausende von Kilometern von mir entfernt mit seinen Strohhütten auf Pfählen und seinen Oktopussen mit den geschwollenen Augenlidern.

Sonntags morgens hupte, wenn die Sonne schien, D. Manoel in einem uralten, rostigen Ford Cabrio, und die aus dem Schlaf geschreckten Nachbarinnen spähten im Nachthemd zum Monarchen, der mit seiner Blechkrone auf dem Kopf und im Blouson mit hochgekrempelten Ärmeln Vasco da Gama mit dem Szepter winkte und ihm befahl herunterzukommen, damit sie über den Orient diskutierend unter dem humpelnden Kreisen der Pleuelstangen in die dunklen Rauchrollen des Motors getaucht die Uferstraße entlangfuhren.

Hinter der Boca do Inferno, dem Felsensiphon, an dessen Klippen verirrte Fischkutter in einem Regen aus Thunfischen und Sardinen strandeten, gingen sie vor Anker in einem ruhigen Straßencafé zu einer Mahlzeit für Achtzigjährige, durch das Alter auf Pfannkuchen, Brotbrei und Püree beschränkt, und hockten später von den Strandläufern an den Kliffs gehaßt auf einem Felsen, sprachen über Reisen, die intimen Qualitäten der Chinesinnen und die Geschäfte des Königreiches. D. Manoel kratzte, die Krone auf den Knien, die Delle am Kopf mit dem Fingernagel, klagte über dieses elende Leben, Mann, guck doch bloß mal wie wir alt werden, ohne es zu bemerken, guck doch bloß mal, wie wir zu nichts mehr nütze sind, was heißt hier Übertreibung, Unsinn, zu nichts nütze, du willst auf einen Mast steigen und kannst es nicht, willst im Telefonbuch lesen, und nichts ist, hör doch bloß mal, wie mit dem Alter der Klang der Wellen traurig wird, wenn sie sich auf dem sandlosen Schiefer mit dem bangen Gefühl einer Nacht im Krankenhaus brechen, guck doch bloß mal, wie unsere Nasen dicker werden, siehst du, die Stirn ist in Falten vergilbt, die Wangen haben sich mit der Spucke von Kohlmaden bedeckt, vielleicht würde es uns guttun, heute nacht in den Zirkus zu gehen, Zirkus hilft einem, neben dem Palast ist gerade einer, und man sieht immer die Gummimenschen und die gelehrigen Viecher, ich bin ganz wild auf Gummimenschen, magst du etwa nicht, wie sie die Ellenbogen umgekehrt durchdrücken, und zudem riecht es auf den Korridoren nach Ammoniak, da können wir uns, ohne uns zu schämen, in die Hosen pinkeln, wollen wir nicht eine Loge für nachher reservieren?

Sie kauften in Carcavelos Teigtaschen mit Muschelfüllung, der König setzte ihn zu Hause ab, weil die Xylophone und das Geschrei der Clowns in Vasco da Gama Selbstmordgelüste entfachten, und fuhr dann, in seinen Qualm feuchten Strohs gehüllt, mit dem Szepter zum Abschied winkend, davon. Der Graf wankte die Treppe hinauf, um die Uniform gegen den Pyjama der einsamen Suecas einzutauschen, und während sich die Ameisen auf dem Küchentisch der Gambas vom Nachtmahl bemächtigten, entschied er über den Trumpf, mischte er die Karten, verteilte sie an die imaginären Spieler, indem er die Karten mit dem Raubtierauge der Pokerprofis auf den Mississipiraddampfern abschätzte, und während sich das Spiel entwickelte und er die Punkte ausrechnete, dachte er an seine Ausfahrt an den Guincho mit dem König, an die Verkäufer von Kürbiskernen, gekochten Lupinenkernen und Kalbsfellen am Straßenrand, an die Zinnwaren, die Transistoren und Tonwaren der improvisierten Sommerjahrmärkte, an den Beamten der Verkehrspolizei, der sie auf der Höhe des Motels von Oeiras angehalten hatte, von den sechshundert Kubikzentimetern seines japanischen Motorrades abgestiegen war, langsam die Handschuhe ausgezogen und eine Hand zu einem angedeuteten militärischen Gruß erhoben hatte, Die Papiere.

Man konnte das Meer an einem Flossenflimmern am Rand der Büsche erkennen. Ganze Familien kehrten in langen müden Schlangen nach Lixboa zurück, und D. Manoel suchte die Brieftasche in der Bluse, den Taschen des Hermelinmantels, in der Rüstung, die er inmitten von Armbrustpfeilen und einer israelischen Maschinenpistole auf dem Rücksitz des Wagens transportierte, und zeigte schließlich ein Pergament mit Frakturlettern vor, das auf den Müllschichten der Armaturen zusammengerollt lag, das der Polizist mit dem Desinteresse überprüfte, mit dem man sich Werbeprospekte für Hörgeräte ansieht, die einem am Kinoausgang von dem Lärm zugetanem Lumpengesindel aufgedrängt werden.

Da steht, daß ich der Herr dieses Landes bin, informierte der Monarch ihn schlicht, indem er auf die Buchstaben wies.

Ein Greis im Trainingsanzug, der Miró ähnlich sah, trottete am Rande des Zusammenbruchs, gefolgt von einem asthmatischen Terrier den Bürgersteig entlang. Auf der den Wellen gegenüberliegenden Seite der Uferstraße stießen die Häuser vom giftigen Duft des Wassers erschreckt aneinander, flohen in Richtung Park und zu den Tankstellen von Santo Amaro vor dem anwachsenden Nebel des Strandes. Der Polizist betrachtete mißtrauisch die Krone aus Weißblech und Plastiksmaragden, die Haarsträhnen und D. Manoels Stadtteilskarnevalspomp, bevor er das Pergament zurückgab und aus der Uniformjacke eine Art Katheterröhre mit einem Ballon an einem Ende zog.

– Glauben Sie, daß heute der Feiertag der Stadtheiligen ist? Pusten Sie mir auf alle Fälle den Alkoholtest.

Während Seine Majestät mit einer am Hals heraustretenden Ader den Likörapparat aufblies, bemerkte Vasco da Gama sogar ohne die Hilfe der in der Westentasche steckenden Brille die Masten einer im Tejo ankernden Karavelle mit eingeholten Standarten, die auf den Wind wartete, um die Mündung hinunter zu Archipelen aufzubrechen, die von fremdartigen Vulkanen und unvorstellbaren Vegetationen bevölkert waren. Die Christusstatue an der Flanke der Brücke breitete die zementene Barmherzigkeit ihrer Arme zu den Möwen und Flugzeugen hin aus. Der Polizist schaute den Ballon genau an, schrieb ernste Sätze in ein Formular und umkreiste langsam das Auto, wies auf Übertretungen hin, bevor er den vor Drohungen schweren Ellenbogen auf dem Rand der Tür einbeulte:

– Nichtvorlage der gesetzlich vorgeschriebenen Papiere, zählte er mit zuckersüßer Grausamkeit auf, einmal abgesehen vom Fehlen von Rückspiegeln, der Schutzbleche, der Blinker, des Ersatzreifens und des Auspuffs. Außerdem sind die Scheinwerfer nicht richtig eingestellt, die Abblendlichter haben keine Birnen und dann, mein Freund, hinterlassen Sie eine Ölspur, damit sich die anderen an den Bäumen die Hörner abfahren. Darüber hinaus ist der Alkotest positiv auf Tresterschnaps. Fahren Sie die Mühle an den Straßenrand, der Abschleppwagen wird sie morgen zum Schrottplatz fahren, und steigen Sie beide aus der Klapperkiste aus, in der Wache erwartet Sie ein Superzimmerchen.

– Ich habe Ihnen doch gerade gesagt, daß ich der Herr von all dem hier bin, führte D. Manoel mit leisem Stimmchen ins Feld, indem er die Krone auf den Kopf setzte.

Eine Amsel hüpfte unter einem Buchsbaum hervor, überquerte den Teerbelag und verschwand spottend auf der Auffahrt zum Motel. Mir schien es so, als röche der Tejo wie dein Körper, wenn er der Liebe gegenüber gleichgültig erwacht, die ich für dich empfinde. Die Zellen der Polizeibehörde reihten sich im Keller eines alten Gebäudes mit Jalousien aneinander, in dessen Innenhof ein Zug aus grünen Minnas und Gerichtsschreibern ein- und ausging. Sie steckten uns in Begleitung eines Eimers für dringende Miktionen und eines Luftzuges, der uns den Nacken mit Grippeankündigungen zu Gänsehaut kräuselte, in den Raum neben dem, in dem sie den Juden António José da Silva angekettet hatten, den Schreiber von Puppenspielen, der sich mit Vasco da Gama beim Schiffeversenken vergnügte, bei den Schiffen mit zwei Schornsteinen schummelte, um schneller zu gewinnen, während er auf den finsteren Besuch der Mönche der Inquisition wartete, deren Köpfe mit spitzen Kapuzen bedeckt waren und die große Kruzifixe auf der Brust trugen und ihn zu unmöglichen Uhrzeiten sandalenschlurfend aufsuchten, um ihm die Seele für das Feuer auf dem Rossio vorzubereiten.

Der Graf und der König ertrugen achtundvierzig Stunden eine kleine brennende Glühbirne an der Decke, die sie am Schlafen hinderte, waren von den Sirenen der grünen Minnas und den Gesängen der Mönche taub geworden, die sich mit der gleichen makabren Beharrlichkeit in die Zelle des Häretikers drängten wie Käfer in Leichen. Und als sie bereits Tag und Nacht verwechselten und das Datum sie mit verblüfften Vermutungen verwirrte, als der Schatten einer Sehnsucht nach Schiffen ziellos dahintreibend über die Wand glitt, da nahmen sie die beiden mit, deren Bart gekämmt werden mußte, die nicht gebadet hatten und sich auch die Zähne nicht geputzt, die sich nicht ihrem adligen Stand entsprechend parfümiert hatten, ohne daß sie sich vom Zwei-Schornsteine-Schummler verabschiedet hätten, der sich mit einem neuen Kasperlespiel die Zeit vertrieb, in einen Saal mit leprösem Stuck, der Polizeigericht hieß, mit langen Sakristeibänken versehen war, auf dem ein Publikum aus Neugierigen und Arbeitslosen saß, Ihr Volk, Ihr armes Volk von Lixboa, mein Herr, das sich im Jahre eintausendvierhundertachtundneunzig am Strand von Restelo drängte, um mich abfahren zu sehen, diese ernsten, von der Desillusion des Unglücks geformten Gesichter, diese hoffnungslosen Augen, diese abgewetzte Kleidung, das Volk, das nichts von Euch oder von mir erwartete, weil es von niemandem etwas erwartete, nicht einmal ein Wunder, und mich mit dem ausdruckslosen Ausdruck anstarrte, mit dem man die Kinder ansieht, bevor man sie in den Holzverschlag der Särge sperrt, eure Rasse von Helden und Seefahrern, Majestät, die an Durchfall durch Kokosmilch in Guinea verendet, Brackwasser trinkend durch die Schiffsbruchsdünen in Moçambique irrt und in den Tavernen von Madragoa und unterhalb der Burg brodelnd die Geschichten von Schonern diskutiert und den hochmütigen Umfang der Brüste der Geliebten Eurer Hoheit vergleicht, wobei ihnen Rotweinkrüge als Maßeinheit dienen, die Buhlin, die in der Mouraria wohnt und mit den schrundigen Füßen eines Wanderers immer barfüßig geht, die Ehefrau jenes Marquis, den Ihr vor Ewigkeiten nach Macau geschickt habt, damit er dort sein Geweih pflegte, die schwarze Sklavin, deren Hinterbacken vom reinen Silber eines Ringes durchbohrt sind, die französische Hure, die in der zweiten Reihe der Ballettruppe eines Kabaretts in Marseille tanzte und die das Geld des Staates in einer Villa im feinen Stadtteil Lapa wohnen ließ, die größer war als eine Botschaft, mit Weiden, Schwimmbad, Sauna, Fitneßraum und siebenhundertfünfunddreißig verschiedenen Desodorants, einmal ganz abgesehen von den österreichischen Prinzessinnen, den galizischen Hofdamen und der Arbeiterin aus der Spinnerei in Guimarães, die wahrscheinlich die einzige war, die Euch wirklich geliebt hat, ohne niemals irgend etwas zu verlangen, und die am Ende mit einem krummbeinigen Schuster verheiratet nach Deutschland ausgewandert ist.

Im Polizeigericht gab es neben dem Publikum, das von der Schiffsbrüstung eines zertrümmerten Bugaufbaus zurückgehalten wurde, ein Rednerpult für einen speckigen Richter, der die Schwungfedern des Talars schüttelte, mindere Plätze für die Angeklagten, die Rechtsanwälte, die Wachen und so etwas wie Boten in den schwarzen Umhängen einer spiritistischen Messe, die mit einem einzigen Finger auf der Schreibmaschine schrieben, Akten trugen und wie Ziegenböcke in einem nahen Pferch gedrängt standen, der nach Heu und ungekämmter Wolle roch. Bevor wir eintraten, polierte D. Manoel die Krone mit dem Taschentuch auf und band die Schleife des Hermelinmantels fester, in dessen Futter Atelier Asunção stand, und beide waren anwesend, mit Dolch und gepunkteten Socken, er von den Sorgen der Macht geschwächt und ich bis in die Knochenarchitektur von den Monsunen des Orients zerstört, nach einem Streitfall zwischen Hühnerhändlerinnen vom Markt und vor dem Urteil wegen des ungedeckten Schecks des Verräters Miguel de Vasconcelos, der am ersten Dezember des Jahres eintausendsechshundertvierzig von einer Gruppe unzufriedener Adliger erdolcht werden sollte, vor dem Richter mit den Schwungfedern, der damit begann, daß er dem Monarchen befahl, aus Ehrerbietung vor dem Gericht die falschen Smaragde abzulegen und das gelb angemalte Abflußrohr des Szepters dem Gerichtsdiener zu übergeben, und da sah ich zum ersten Mal in so vielen Jahren die Werglocken der falschen Haarsträhnen Seiner Majestät und begriff plötzlich die außerordentliche Eitelkeit der Macht, mochten auch noch so viele Denkmäler an den Ankerplätzen der Welteroberungskaravellen errichtet werden.

Ein Herr mit Brille und einem Sprachfehler erhob sich und begann eine wortreiche Anklage, in der er uns als finstere, verantwortungslose Kriminelle bezeichnete, als Mißachter der Straßenverkehrsgesetze, der Demokratie und der Menschenrechte, woraufhin er sich wieder setzte und uns mit streifigen, vor Haß dreieckigen Pupillen erdolchte, den der Monarch ohne ein einziges Wort mit dem eindrucksvollen Seitenblick des Besitzers des Universums beantwortete und mit dem er auch die provinzielle Rede des Verkehrspolizisten anhörte, der jetzt das ängstliche Gesicht eines dieser Schiffsjungen hatte, die aufs Geratewohl nachts in den Straßen von Lixboa aufgegriffen und nach Sagres gebracht wurden, um die turbulenten Geheimnisse der Passatwinde des Meeres zu lernen, mit demselben königlichen Hochmut, mit dem er den Richter ertrug, der wie ein Huhn die Zysten am Nacken kratzte und uns von der Höhe seines wurmstichigen Turms eines Predigers herab fragte, Möchten die Beklagten eine Erklärung abgeben?, mit derselben Gelassenheit, mit der er die Blicke über das anonyme Publikum seiner Untertanen streifen ließ und den Umhang auf seinen Schultern zurechtrückte, bevor er mit absoluter, unschuldiger Ruhe antwortete, mit der unwidersprochenen Klarheit eines Königs, ohne die Stimme zu erheben, die man dennoch ohne sich anzustrengen in den geheimsten Verstecken und den staubigsten Schlupfwinkeln des Gerichts vernahm, und die die Daktylographen und Gerichtsdiener an den Schreibtischen ihrer kargen täglichen Melancholie von acht Stunden Benachrichtigungen, Ladungen und Räumungsbefehlen erzittern ließ:

– Ich möchte nur wiederholen, daß dieser ganze Laden hier mir gehört.

Der Richter vergaß, seinen Nacken weiter zu quälen, beugte sich, um ihn sich genauer anzusehen, mit offenem Mund und der Hand muschelförmig am Ohr wie ein Tauber vor, die Boten erstarrten vor Schrecken, das Publikum aus Arbeitslosen flatterte von Wand zu Wand auf, die Hühnerhändlerinnen, die ihre endlose Diskussion weiterführten und unter deren Schürzen bunte Flügel und Hahnenkämme erschienen, wandten uns fürchterliche Büffelfratzen zu, und der Pilatus, den diese absurde Behauptung schwindlig gemacht hatte, lehnte sich auf seinem mit rotem Samt bezogenen Lehnstuhl zurück und raspelte an den Pusteln an den Schläfen und überstellte sie, indem er einem kurzsichtigen Schreibmaschinenschreiber ein ungeheures Urteil diktierte, zu einer externen Untersuchung in ein Krankenhaus für Verrückte, um die Labyrinthe der Gehirne eines siechen Monarchen und eines siechen Seefahrers zu ergründen, die nach dem Muskat der Greise rochen und einen schütteren Knebelbart wie die gequälten Rabbiner der Synagogen in Estland trugen.

Und so brachten wir den darauffolgenden Tag, von einem Gerichtsbeamten begleitet, von acht Uhr morgens bis drei Uhr nachmittags mit weiteren fünfzig Kopernikussen in einer Art Schiffsladeraum mit einem Schalter am Ende zu, aus dem sich hin und wieder eine Krankenschwester mit einem Krankenblatt in der Faust beugte und irgendeinen der Wissenschaftler rief, der, die Sportzeitung unter der Achsel, in einer Arztsprechstundenkajüte verschwand, in der oktopusfahl ein Arzt schlaff herumsaß.

Die Anzahl der Kopernikusse nahm ganz allmählich ab, jeder mit seinem Rezept für Pillen gegen die krankhafte Vorstellung von Umlaufbewegungen der Erde versehen, und als sie den letzten und von allen am überzeugtesten wegschickten, der versuchte, mit den Fingerspitzen die Bewegung der Planeten im Sonnensystem nachzuahmen, brüllte eine Studioraumstimme uns unsere Namen zu, und der Gerichtsbeamte führte uns, während er die billige Zigarette an der Schuhsohle ausdrückte, in das Beichtstuhlhalbdunkel des königlichen Physikus, der versierter Kenner der Impulse von Ebbe und Flut und der Salzlake für gekochte Lupinenkerne gegen Geburtsschmerzen war, den Infanten die Zunge herauszog und den Hofdamen Diäten aus dem Sud kleiner Meeresschnecken für die Rachenmandeln anriet; es war nicht der ungewöhnliche Barbier mit dem anachronistischen Gehrock, der an den geselligen Abenden im Palast in der Pause zwischen den Gauklern Backenzähne mit einem Engländer zog, sondern eine Dame mit dem verständnisvollen, gutmütigen Aussehen der Spendensammler für die Krebshilfe, die befahl, dem Monarchen seine Krone und sein lächerliches Szepter mit der Entschuldigung wiederzugeben, Bitte sehr Eure Hoheit, da habt Ihr sie, und uns die Ländereien, das Vieh und die Burgen unseres Standes zurückerstattete und sich an uns wandte, indem sie uns mit der Untertänigkeit, ihrem Nicken, ihrem vollkommenen Einvernehmen mit uns, ihren Aber ja doch, ihren Selbstverständlich, ihren Um Gottes Willen, wie konnte das geschehen, ihren In der Tat mein Graf behandelte, Da macht sich einer die wahnsinnige Mühe, den Seeweg nach Indien zu entdecken und rums, eine Frau Doktor, die sich mit unendlichen Respektsbezeugungen verbeugte, als sie sich von uns verabschiedete, Bis demnächst, meine Herren, uns auf die Schultern klopfte, uns sehr ernst, zum Typ vom Gericht hin zwinkernd versicherte, Dieses dumme Mißgeschick wird umgehend in Ordnung gebracht, ich werde sofort das Ministerium anrufen, eine Frau Doktor, die uns lange voll Mitgefühl von ihrem Schreibtisch zur Heilung von Sternmanien anschaute, eine Frau Doktor, die uns genauso weiter anschaute, als acht Orang Utans in Kitteln sich auf uns stürzten, uns auf dem Boden kreuzigten, uns mit Zwangsjacken durchmangelten, uns mit Fußtritten, man stelle sich das vor, mit Fußtritten, Ehrenwort, zu einem steinernen Würfel mit aufeinanderfolgenden eisenverstärkten Türen trieben, über dessen Eingang Sicherheitspavillon stand und der einer Stierkampfarena ohne Stiere ähnelte, wo sie zig Riegel vorschoben, um uns an der Flucht zu hindern, uns zwangen, unsere Adelsgewänder gegen Anstaltspyjamas und Segeltuchschuhe einzutauschen, die Krone, den Hermelinmantel, die Kattunwämse vom Parque Mayer, meine Tankerkapitänsinstrumente in einen Metallschrank zu schließen, sie rasierten uns das Haar, den Schnurrbart und den Bart mit dem Messer ab und ließen uns schließlich in einem Innenhof mit riesig hohen Mauern zurück, in dem die fünfzig Kopernikusse von den Rezepten ebenfalls in Pyjamas ziellos herumwanderten und, die Hand wie einen Mützenschirm an die Stirn gelegt, die Länge der Schatten und die Position der Sonne begutachteten.

Es gibt immer Unglückliche, die bereit sind zu zahlen, um mit einer Frau zu schlafen, auch wenn sie so alt ist wie ich, Dummköpfe, die mich fünf fahrstuhllose Stockwerke hinauf in mein Zimmer begleiten und dabei mit der Handfläche die Hüpfer des sterbenden Herzens gepackt halten, die die Hosen Bügelfalte an Bügelfalte zusammenlegen, die Schuhe unter dem Stuhl zusammenstellen, die sich auf das Bett setzen, nachdem sie mir die Scheine gegeben haben, bitten, Gnädige Frau, lassen Sie mich meinen Kopf in Ihren Schoß legen, streicheln Sie mich, wie meine Tante es getan hat, als ich klein war, genauso, während sie mir voll Eifer die trokkenen Membranen der Scham und den schütteren grauen Rasen berühren, der mir noch geblieben ist, aber es sind keine ganz jungen Freier, umständlich höfliche Jungs, die fünfhundert Escudos Taschengeld zusammenknüllen, sondern gut gekleidete Ingenieure und Kaufleute mit Kindern, einem Schmuckstück an der Krawatte und Lackschuhen, oder geschiedene Gymnasiallehrer, die von der schleichenden Angst vor der Einsamkeit und von der Verlassenheit derjenigen befallen sind, die, die Wochenzeitung an die Rotweinflasche gelehnt, allein am Küchentisch zu Abend essen. Einen Monat lang, nachdem Diogo Cão gegangen war, fertigte ich fünf oder sechs von denen pro Nacht ab, war mütterlich und zärtlich zu ihnen, so wie sie es wollten, weil ich die Augen schloß und mir den ebenfalls nackt und schutzlos daliegenden Admiral auf meinen liebevollen Betttüchern vorstellte, auf denen andere an mich geklammert die Freude ausweinten, die sie nicht hatten, während ich ihnen gleichzeitig mit einer Ecke des Kopfkissenbezuges das Gesicht trocknete, ihnen schwor, daß das Leben längst nicht nur stiefmütterlich sei, So ein Unsinn, morgen wenn du aufwachst, wirst du schon sehen, wirst du dich ganz anders fühlen, ich half ihnen, die Unterhose anzuziehen und das Hemd zuzuknöpfen, im Dunkeln die Stiefel zu suchen, die Haarschuppen von den Schultern zu schütteln, und wenn der letzte ging und sein Adamsapfel wie ein Pingpongball im Rohr eines Schnorchels hüpfte, zog ich die Decken gerade, um schlafen zu können, versteckte den Gewinn meiner Trostarbeit in einem vom Stich der Heiligen Philomena verdeckten Loch in der Wand, wickelte die Wärmflasche in das Baumwolljäckchen und dachte an die Unglücklichen vom nächsten Tag, die sich aus den Tiefen des Kopfkissens heraus über den ganzen Mist hier beklagen würden, Madame, sagen Sie mir bloß, wie ich damit klarkommen soll, während Loanda zwischen Palmen von den weißen Vögeln der Bucht gesäumt tagte.

Ein Angestellter der Luftfahrtsgesellschaft, der jeden Dienstag derart elende Qualen eines ausgewechselten Ehemannes klagte, daß die Alte ihn mitfühlend nicht in das Zimmer in der Pension, sondern in ihr Haus mit dem Grasdach auf der Insel in das Viertel der Prostituiertenholzhütten der Hauptstadt mitnahm, die mit der Revolution im

Busch oder in der Stadt oder auf den Segelschiffen unterwegs ins Mutterland verschwunden waren, organisierte ihr zwischen konvulsivischen Tränen und Kongobüffelgemuhe, verzweifelt über die Flucht seiner Ehefrau nach Rhodesien in Begleitung eines mexikanischen Totengräbers, einen freien Platz in der Touristenklasse am Fenster, damit sie angesichts des Ozeans der Karavellen aus achttausend Meter Höhe in Begeisterung ausbrach, oder anders gesagt angesichts einer farblosen, glatten Ebene anstatt der langsamen, konkreten Suppe der Gewässer Afrikas, die ihr Rückgrat eines gezähmten Tieres zärtlich an den Wurzeln der Kokospalmen krümmten, und ich, mit dem Ticket in der Handtasche, ließ ihn dort in Socken über die Hinterhältigkeit weiblicher Fallstricke Reden haltend zurück, Sehen Sie, wie undankbar und wenig erkenntlich diese Miststücke sind, noch im vergangenen Monat habe ich den Wagen auf ihren Namen überschreiben lassen, und dann bekomme ich, hopp, diese Nackenschläge. Ich ging zwischen den verlassenen, von Skorpionen, Käfern und wilden Kletterpflanzen übernommenen Hütten hindurch, sah in der Ferne ein Boot kleiner werden, sah die Affen aus Cabinda mit ihren menschlichen Augen in den Bäumen hängen, sah die Bars und die Meeresfrüchterestaurants, in denen Krebse die leeren Auslagen verschlangen, überzeugte nach einer kleinen privaten Unterhaltung hinter einer Mauer mit einem Gefreiten, der die Patrouille anführte und, um meine Argumente besser zu verstehen, die Spitzen meines Slips durchwühlte, die Milizen der UNITA davon, mich durchzulassen, und am darauffolgenden Tag landete ich aus Liebe zu einem Mann in Portugal, dessen Leidenschaft den Tejonymphen galt und der, im Morgengrauen mit einer Angelrute gegen Quallen und andere Ausgeburten des Wassers bewaffnet, im Treibgut am Strand nach Nymphen suchte.

Beim Wasserwerk erinnerten sie sich an keinen Zählerableser namens Diogo Cão, weil der Sozialismus, wissen Sie, uns nicht die für die notwendige Aufarbeitung bürokratischen Vorgänge erlaubt. Die Reeder kannten ihn nicht, außer dem Besitzer eines Kabeljaufischfangschoners, der sich zu unnötiger Konzentration in Falten legte, Diogo Cão, Diogo Cão, ehrlich, irgendwoher kenne ich diesen Namen, haben Sie Diogo Cão gesagt? Auf der Liste der Admiräle der Kriegsmarine stand er nicht, wie mich ein Schreiber in Alfeite informierte, während er mit dem Bleistift über eine alphabetische Aufstellung fuhr, und ich sah sein ovales Bildnis nur in den Geschichtsbüchern fürs Gymnasium, voll von grausamen Schülern mit Tinte dazugemalter Brille und Hörnern geschmückt, und daher beschloß ich, weil ich den Glauben an die Behörden des Staates verloren hatte, ihn selber in den Pinten der Schauerleute und des Hafengesindels zu suchen, in den dreckstarrenden, gefliesten Kellern der grauen Kerle von den Schiffen, die ein Auge auf den Horizont und das andere auf das Damebrett und auf die sandigen Uferstreifen der Stadt geheftet hatten, auf denen Nymphen, die dick waren wie die Göttinnen von Rubens, schlaff hingegossen lagen wie ertrunkene Katzen.

Ich verfolgte ihn wochenlang von der Alfama bis nach Pedrouços, immer nahe am Wasser und an den Leibern der vor Anker liegenden Karavellen, die denen auf den Keramiktellern glichen, die auf dem Markt von Malveira verkauft und im Wohnzimmer mit Drahthaken zwischen

Stoffpuppen und dem Foto eines Feuerwehrmannes aufgehängt werden. Ich fragte die Angler am Ufer, deren Zehen von Teermembranen zusammengehalten wurden, nach ihm, und die lilienfarbenen Transvestiten der Maulbeerbäume der Avenida Vinte e Quatro de Julho, und alle sagten mir immer wieder verwirrt mit Schulkinderstimme, Diogo Cão, Diogo Cão, ist das nicht dieser Bärtige, der Madeira entdeckt hat?, und ich erklärte ihnen geduldig, daß er das nicht war, Junge, er hat Madeira überhaupt nicht entdeckt, er war nur ein Kapitän in Afrikas Landen, der, der den Zaïrefluß mit den Schiffen des Königs von der Mündung an aufwärts gefahren ist, hin und wieder liegt er sirrend vom Sumpffieber, wächsern von der Übelkeit des Erbrechens, von Decken erstickt, mit tausend Mänteln aus dem ganzen Haus darüber und mit mindestens einundvierzig Grad Fieber da, bis seine Augen bei der fünften oder sechsten Chinintablette wieder zum Leben erwachen, ein armer Admiral mit einer Flasche Wein in der Tasche und algigen Karten von der Küste des Kongo im Koffer, ein Ritter des Meeres, der in Loanda Wasserzähler ablas und die nicht wieder rückgängig zu machende Schiffbruchsatmosphäre von Laderaumratten ausströmte. Ich fand eine Straße mit seinem Namen und sein wahrscheinliches Geburts- und Todesdatum, eine Büste in der Marmorgalerie der geographischen Gesellschaft, die ein schwachsinniger Bildhauer sich ausgedacht hatte, der sich die Seefahrer als eine Art merkwürdige, verweiblichte Herkulesse mit Pony vorstellte, als Homosexuelle vom Caparicastrand statt als die alten, von verräterischen Stürmen und unbekannten Krankheiten zerstörten Männer, die sie wirklich waren, es gelang mir, ein Kabuff in der Nähe des

Terreiro do Paço zu finden, um die Maschinisten der Caçilhas-Fähren besser überwachen zu können, und ich brachte einzelne Seeleute und Beamte des Identifizierungsarchivs zur Lagune meines Bettes, von dem aus man die geometrischen Arkaden des Platzes und die Flügel der Möwen erkennen konnte, und verwickelte sie zwischen Küssen in feingesponnene Befragungen zum Aufenthaltsort der Helden.

Niemals bin ich jedoch auf so verbitterte Männer gestoßen wie in dieser Zeit des Schmerzes, in der die Schiffe voller enttäuschter, wütender, von den ehemaligen Sklaven und der gefiederten Präpotenz der Menschenfresser erniedrigter Menschen mit einem kleinen Paket in der Hand und einer unheilbaren Säure in der Brust als Gepäck ins Mutterland zurückkehrten. Die Siedler, denen es nicht gelang, sich nach Brasilien oder nach Frankreich aufzumachen, glichen Engeln, denen die Kunstfertigkeit des Fliegens abhanden gekommen war und die auf irdischen Sohlen durch die traurigsten, aus nirgendwohin führenden Hängen, barocken Schandpfählen und ziellosen Treppchen bestehenden Vierteln der Stadt schlurften, in denen sogar die Balkons der Gebäude mit ihren roten Blumentöpfen und der Wäsche an der Leine wie Hinterhöfe von Vorstädten wirkten. Es kam vor, daß der eine oder andere dieser tropischen, mit Helm, Tüllschleier am Nacken und einem Gewehr mit weiter Mündung zum Krokodilermorden versehenen Seraph die unbequemen Munitionsgürtel, die vor dem Oberkörper sich kreuzenden Hosenträger aus Geschossen, vor mir ablegte, die Ledergamaschen gegen Buschvipern auszog und sich auf meine Matratze warf wie die von den Bademeistern aus ihrer Segeltuchumhüllung auf die steinernen Obduktionstische gekippten Schiffbrüchigen. Ich erweckte sie dann wieder zum Leben mit meinem vorsichtigen, bedächtigen, aus vielen Jahren mit Männern erworbenen Wissen, bis ich sah, wie ihnen am Rücken die zu ihnen gehörenden Flügel anschwollen und sich wieder von Wand zu Wand spannten, ich liebkoste sie maliziös wie diese unverheirateten Tanten und karg wirkenden Köchinnen, in deren Herzenstopf noch immer die lebendige Brühe ihres Blutes brodelt, und wenn ihre Augen dann endlich von der Unschuld der Kindheit entkräftet kleiner wurden und ihre Lippen sich in Waisenschluchzern lösten, dann drückte ich ihre Nieren mit aller Kraft meiner Hände und fragte leise, vertraulich, langsam wie bei einer Liebeserklärung, Falls du zufällig mal etwas von einem Diogo Cão gehört haben solltest, mein Zuckerstück, von einem Typ, der gern einen trinkt und als Zählerableser der Wasserwerke aus Angola gekommen ist und das Astrolabium in der Faust auf der Suche nach dem Azimut des Tresterschnapses von Kneipe zu Kneipe zieht.

Die Frau suchte ihn mit der steinernen Beharrlichkeit alter Leute, Argumenten und Gründen gegenüber taub, vom Geruchssinn der Leidenschaft geführt. Sie bezahlte für drittelseitengroße Anzeigen in der Zeitung, durchstöberte die Archive der Standesämter in der Hoffnung, keine Sterbeurkunde zu finden, die den einzigen Grund weiterzuleben, den Grund zahllose Jahre im Elend von Pensionen geatmet zu haben, endgültig zunichte machen würde, sie wandte sich an eine Detektivagentur, wo ein kompetenter Herr, den Hut in die Stirn gerückt, auf einem Schaukelstuhl seine Nagel polierte. Der Nachforscher verlangte eine Anzahlung für Mikrofilme und Reisen in die Provinz, notierte

Hieroglyphen auf den Rand einer Zeitschrift und brummelte abgehackte Befehle ins Telefon, ohne die Zigarettenspitze zwischen den Zähnen erzittern zu lassen. Die Klientin, die in einer Ecke des von Staub samtigen Zimmers auf einem Stuhl saß, der unter dem Gesäß wie in Wehen ächzte, entfernte mit einem Fingerschnippen eine vom Dekolleté ihres weißen Kleides verführte Motte und wunderte sich darüber, wie der kompetente Herr in dieser unbeschreiblichen Unordnung des baufälligen Gebäudes ohne Asthma leben konnte. Als sie in der Woche darauf mit einem noch größeren, feurigeren Dekolleté in der Absicht wiederkam, sich über die Fortschritte der Suche zu informieren, traf sie auf einen Sargladen im Büro mit den kaputten Jalousien des Sherlocks Holmes und der Motte, der von den Beerdigungsausdünstungen der Gladiolenkränze und dem Geruch der Wachshändchen der Versprechen Kranker saturiert war. Ein ernstes Mädchen mit gestärktem Kragen am Trauerkleid paßte auf den Laden neben einem Altar mit elektrischen Fackeln auf, die für einen nicht vorhandenen Toten Wache hielten. Keiner erinnerte sich an den Nachforscher und das Insekt, und ein Uhrmacher sieben Türen weiter längs, dem wie einem freundlichen Einhorn eine Linse aus der Stirn ragte, versicherte ihr beim Durcheinandergepiepse von Kuckucks, die sich aus geschnitzten Fenstern beugten, brüllend, daß das Beerdigungsgeschäft seit Anbeginn dort blühte, und daß die Annahme einer Agentur für Nachforschungen nichts als eine faschistische Verleumdung sei, die den Häuserblock in Mißkredit bringen sollte. Die Frau, die sich inmitten der Zeiger verloren vorkam, die je nach der abartigen Originalität ihrer verrückt gewordenen

Mechanismen den Tag oder die Nacht ansagten, fühlte sich für einen Moment vom Kompaß des Verstandes verlassen und vom Treibsand des Wahnsinns verschlungen.

– Vielleicht stoße ich ja in der Anstalt auf ihn, in die sie mich eines Tages bringen werden, tröstete sie sich zwischen zwei Zifferblättern mit römischen Zahlen, die wie der Wimpernkranz eines Zyklopen aussahen.

In derselben Nacht gewährte sie, da sie sich der Irrenanstalt sicher war, einer Klasse von Agronomiestudenten und einem ehemaligen Minister, der ihr schon lange erfolglos den Hof gemacht hatte, weil sie seine Zirkushäßlichkeit berührte, Freuden. Soweit man sich erinnern konnte, hatte sie sich niemals so sehr um die Vollkommenheit ihrer Arbeit zwischen den Bettüchern gemüht, verlor sich in einem minuziösen Gewebe provokanter und überspannter Einzelheiten, die den Studenten ungeahnte Lustgefühle brachte, an die sie sich ihr Leben lang erinnern würden, und den Regierenden an den Rand eines tödlichen Zusammenbruchs, der gerade noch rechtzeitig von der ruhigen See eines Ankerplatzes der übermäßigen Zärtlichkeit verhindert werden konnte. Doch am Morgen lag sie wie immer allein im Bett aus vergoldetem Eisen vor den Nachen auf dem Tejo und einem Tage ohne Sonne, in dem sich der Verkehr im wattigen Geheimnis der Schatten schwebend zu bewegen schien. Die transparente Luft ließ einen durch die Wände hindurch sehen, was in den Wohnungen war, und sie entdeckte auf diese Weise, was sie bereits kannte, oder besser gesagt, die eifersüchtig gehüteten betrügerischen häuslichen Geheimnisse, wie auch die Skelette der Spatzen unter ihrem Federkleid, und die Perspektive der Straßen war, von der Sonne seziert, zu einem Zug aus vielfältigen, unterschiedlichen, vom Bernstein einer gnadenlosen Helligkeit enthüllten Intimitäten geworden. Allein ein saudischer Tanker, der im Fluß vor Anker lag, blieb beharrlich undurchsichtig, verschlossen über seinen von Albatrosknöcheln überflogenen und auf flüchtigen Fischgräten gegründeten maurischen Mysterien. An solchen Morgen, die im übrigen der Oktoberanämie Lixboas eigen sind, fühlte sich die Frau von unerschütterlichen Überzeugungen und wirren Vorahnungen durchfahren, die in ihrem Kopf in Mädchenüberschwang auf kleiner Flamme kochten und ihr schon vor langer Zeit halfen, im Zimmer und in den Winkeln des Brunnens der Erinnerung verlorengegangene Gegenstände zu finden. Ihr Körper erlangt mühelos die Präzision und kantenlose Beweglichkeit der Jugend zurück, die Augen entwirrten, vom grauen Star des Alters befreit, wie Prismen aus Kristall die Fasern des Lichts, das ganze Universum nahm seinen Platz erneut in Reichweite ein, und daher entledigte sie sich mit einer Geste der Strumpfbänder und des professionellen Zierats, den die Männer mit dem drängenden Ungestüm ihrer Begierde liebkosten, und zog sich am Fenster eines ihrer besonders furchterregenden Dekolletés an und spähte aus jener Dachluke die Fischkutterarmada von Alcácer Quibir aus, die am Cais das Colunas unter dem Befehl eines blonden Knaben zusammengekommen war, der sie vor der Besetzung durch die Spanier retten sollte. Sie schmückte sich mit den üblichen Ketten und Ohrringen aus rührend hohlem Silber, während sich dort unten, von den Knöchelchen der Raben verfolgt, ein durcheinandergewürfeltes Heer aus mit Sicheln und Messern bewaffneten Männern aus dem

Alentejo in Hirtenjacken, aus im Takt festlicher Akkordeons voranschreitenden Männern aus dem Algarve und aus mit der Keule aus dem Basalt des Douros gehauenen Männern aus Trás-os-Montes und aus Lissabonner Zuhältern mit schulterpolsterbewehrten Schlüsselbeinen und Wattemuskeln versammelte. Sie puderte die Falten in ihrem Gesicht und lauschte den Corridos der Blasorchester, den um einen Halbton gesenkten e's der Fiedeln und den mit den königlichen Bannern und Wimpeln geschmückten Tubas der Pagen des Palastes. Sie verlängerte gerade den Winkel der Augenlider mit einem unendlichen Bleistiftstrich, als König Sebastião von einer Schar Edelleute und Geschäftsleute im Cut umringt auf der Caçilhas-Fähre mit dem Namen *O Palmelense* Platz nahm, um dessen Rumpf herum Holzrettungsreifen angebracht waren. Die Frau stieg mit leichtem Mädchenschritt die Treppen des Katasteramtes hinunter, das von einem schwulen Neapolitaner in ein Nuttenhotel umgewandelt worden war, der immer ein aufziehbares Grammophon, die Schellackplatten des verstorbenen Enrico Caruso und das Bild seiner Mutter in einem Rahmen aus Porzellanblumen mit sich führte. Sie drängelte sich mit den Ellenbogen durch die Menge aus Arbeitslosen, die Luftschlangen entrollend dem Aufbruch des Schwadrons zusah, war taub vom Diesel der Motoren, den Sextetten Wiener Walzer und dem Eulenklagen der Kräne, und ging ziellos durch die farblose, in das Einmachglas der sonnenlosen Tage getauchte Stadt, an denen die Ereignisse sich in der aquatischen Stummheit von Korallen vollziehen. Sich wie ein Aal schlängelnd, stieg sie die Avenida da Liberdade hinauf, ohne an den Theaterplakaten zu verweilen, die zwei

Stunden Irrealität zu günstigen Preisen und dazu in etwa fünfundzwanzigmal soviel Zeit versprachen wie meine langen Liebkosungen und meine beklagenswerten Beine mit den Oktopustentakeln ihrer Krampfadern dazu brauchten. Um zwei Uhr nachmittags beschien schließlich ein winziges Stückchen Sonne den Rasen der Anlage vom Familiengericht, und dann wurden die Wände der Gebäude dicht, und das Denken der Menschen überzog sich mit der Rinde einer dünnen, undurchsichtigen Haut, die ein visuelles Verstehen der Mechanismen der Gedanken verhinderte. Dennoch stolperte die Frau von einem Arm geschoben, den es nicht gab, ziellos über die Bürgersteige von Lixboa und über die Kristalle der eigenen, aufgefangenen Harnsäure, die ihr das Gehen schwer und das Rückgrat hart machte, das zum Regenschirm eines Provinzpaters mit wie Heilbuttgräten schmerzhaften Speichen geworden war. Sie wanderte den Straßen gegenüber gleichgültig, erinnerte sich an die Agronomiestudenten der vorangegangenen Nacht, an ihre von der Angst abermals gebrannten Lehmgesichter und die absolute Panik ihrer Eile. Sie trat in eine Kirche mit dramatischen Rosettenfenstern und verließ sie wieder, verwirrt von den Geisterbahngestalten der in gläsernen, dem Alptraum kunstgeschmiedeteter Kandelaber geltenden Segnungen schwebenden Heiligenbilder. Sie irrte so durch den Park des Konsulats von Panama zwischen Diktatoren im Exil und Papageien, die auf dahinsiechenden Kokospalmen vaterlandsferne heimatliche Kehrreime anstimmten. Sie wurde in den Krankenstationen für hoffnungslose Fälle des Hospital São José gesehen, wo sie, ohne sie wahrzunehmen, die maßlosen Nasen der Kranken betrachtete, und landete schließlich in der Absicht, ihre von der Starre der Schuhe eingeschlafenen Hühneraugen auszuruhen und das Herzklopfen mit einem lauwarmen Tee und einem Cremetörtchen zu beruhigen, in einer Eckkonditorei am Largo da Estafânia, die in Schiffsladeraumhalbdunkel getaucht war und in der sie anfangs kaum den Umriß der Tische und das Fensterchen zur Küche neben einem Gänsegeier erkennen konnte, der geradezu menschliche Ausmaße hatte und sich auf dem Draht einer Sitzstange seitwärts bewegte. Sie ließ sich auf einen Resopalstuhl fallen, dessen zersprungene Lehne sich auf andere gesprungene Stuhllehnen stützte, und süßte gerade ihren Tee, als ein Mantelärmel ihr Kinn streifte, um sich aus dem Kästchen mit den Papierservietten zu bedienen, und dann hörte sie rechts von sich das Getöse eines übermäßigen, in Tresterschnapshauch getauchten Räusperns. Die Sonne verwandelte die Tauben wieder in Tauben und die Bäume wieder in Bäume und verbarg die Verzweigungen der Nerven und Arterien, die sich beschämt ins absurde Wissen der Enzyklopädien zurückzogen. In einer wieder unabänderlich konkreten Stadt, in der es keine offen dargebotenen Familienpeinlichkeiten mehr gab, wandte die von Arthrose und den kaputten Wirbeln eingerostete Frau ihr Dekolleté zur Seite, um das Räuspern zu beschimpfen, und stieß auf die von Jahrzehnten Wein zittrige Zunge, die dreckigen Fingernägel und den legendären Bart von Diogo Cão mit von Schiffbruchsböen zerzaustem Haar und den erhabenen Umrissen der Flasche Alkohol, der dazu dienen sollte, die unheilbaren, niemals erwähnten Wunden der Niedergeschlagenheit aus unerfüllter Liebe zu den Nixen zum Vernarben zu bringen.

Der Zählerableser der Wasserwerke erkannte sie nicht: In sein vom Baumerdbeerenschnaps verengtes Gedächtnis paßten gerade noch verblichene Erinnerungen an Reisen und Katastrophenabende in Loanda, und er war gegen die Schwäche von Gefühlen immun geworden. Er interessierte sich noch immer für die Tejonymphen, doch nur hin und wieder und vage während der Pausen zwischen den Weindelirien, die er damit rumbrachte, die Wäschewaschbottiche, Brunnen und Seen der Stadt in der Hoffnung zu durchstöbern, um auf dem zerklüfteten Grund aus Kalkstein flüchtig das Forellenglitzern der Nymphen zu sehen. Den Rest der Zeit machte er es sich auf den Parkbänken mit seinen mit Sicherheitsnadeln an den Manschetten des Mantels befestigten Insignien eines Kapitäns der Ozeane bequem und versuchte vergeblich, die Geometrie der Konstellationen am Dreiuhrnachmittagshimmel zu erkennen. Sein Körper eines an Land gegangenen Neptuns war in diesen auf seine Rückkehr aus Angola folgenden Monaten der Verwahrlosung verkommen: Er hatte Furunkel und große kahle Stellen auf dem Kopf, hatte neun Kilo und sechshundert Gramm abgenommen, war unfähig, auf hundert Meter das Ladegewicht eines Schiffes auszumachen, hatte nur noch zwei Zähne im Unterkiefer und atmete kükenleicht mit einem schmerzlichen schnellen Hauchen. Die Frau schwoll vor Rührung im Dekolleté an, als ihr bewußt wurde, daß der Seefahrer, für den sie in Liebe entbrannt war, ganz allmählich immer mehr zu einem ausgestopften Museumssaurier geworden war. Einstweilen zahlte sie seine Gläser, ohne daß er es sah, bat den Kellner leise, ab dem siebzehnten den Alkohol gegen Leitungswasser auszutauschen, ertrug seine Betrunkenenstarrköpfigkeit, ordnete an, man möge ihm ein Sandwich mit einer Scheibe Braten vorlegen, die er voll angewidertem Stolz mit der Hand wegschob, und ging diskret hinter ihm hinaus, als die Zeitungsjungen auf der Straße die letzte Ausgabe ausriefen und die maurischen Sklaven in die Unterstadt trotteten, wo sie sich, von den Peripetien indischer Dramen fasziniert, in den Kinos der ohne Unterbrechung aufeinanderfolgenden Vorstellungen am Restauradores-Platz drängelten. Indem sie ihre uralte Erfahrung in der Kunst der Manipulation von Einsamen nutzte, gelang es ihr, ihn in das Zimmerchen am Terreiro do Paço zu bugsieren und von den Tavernen, die sich auf dem Weg dorthin wie Pilze auf dem Käse vermehrten, und den Lebensmittelläden fernzuhalten, in denen wir bis elf Uhr nachts, auf Bohnensäcken gerekelt, aus Krügen gemeinsam Vinho Verde tranken.

Sie hatte ihn, den eine unbekannte Trunkenheit von Gläschen mit Leitungswasser fast bewußtlos gemacht hatte, gerade ins Bett gelegt, da klopfte die Bande Agronomiestudenten, die sich von der Verblüffung über den Orgasmus noch nicht ganz erholt hatte, an ihre Tür. Es waren etwa ein Dutzend verschämter Schüler mit verschwiegenen Augenlidern und Gliedern, die die unentschlossenen Bögen ihrer Gesten niemals beendeten, und sie starrten sie von der Schwelle aus schweigend, voll entschiedener, lyrischer Bewunderung an. Die Abnutzung durch das Alter und ihr Wissen um die Schwäche der Männer hinderten sie daran, die Fassung zu verlieren: Gelassen deckte sie den Entdecker mit dem Bettuch zu, auf das sie an Nachmittagen ohne Freier kleine Blumen gestickt hatte, applizierte Schwefelpomade auf die grünen Furunkel und Gardenienlotion und

Phenylsäure auf die kahlen Stellen am Nacken, ging, eilig die Spangen aus dem ergrauten Haar ziehend und die Plastikschmuckstücke und drei Dutzend Korallenarmbänder abnehmend, zum Treppenabsatz, strich mit der mitfühlenden Hand, die uns naive Ex-voto-Träume bescherte und die Ränder des nackten Fleisches der Traurigkeit auseinanderzog, über die Wange des am nächsten stehenden Agronomen, eines Rotblonden, dessen Sommersprossen von der Glut der Begierde brannten, und erklärte uns mit einem freundschaftlichen Kinnwinken, wir sollten gehen:

– Mein Mann schläft gerade da drinnen.

Dann drehte sie, nachdem die Horde Heranwachsender enttäuscht im Treppenhaus auf der Suche nach einer ledigen Prostituierten verlosch, die sie nicht mit der unerwarteten Anwesenheit eines bärtigen Ehemannes erschreckte, den Schlüssel zweimal im Schloß, um sich von ungebetenen Besuchern zu befreien, legte die phantastischen Ringe, denen die Deckenlampe prächtiges Karnevalsgeglitzer entriß, einen nach dem anderen auf den Kommodendeckel aus Marmorimitat, zog das wundertuende Dekolleté über den Kopf, hakte die Spitzenrüschen ihrer Lagen von Korsagen aus, verschwand in einem Männerbademantel aus Frottee, den ein Freier vor Jahrzeiten in ihrem Haus in Loanda vergessen hatte und den sie ihrerseits auch vergessen hatte, legte sich an den Rand der Matratze neben den Kapitän, wenn auch soweit wie möglich von ihm entfernt, um seinen kriegerischen Weintonnenschlaf nicht zu stören, drehte am Lichtschalter und lag still im Dunkeln, wagte nicht ihn zu berühren, spähte durch die Vorhänge auf den aschenfarbenen Fleck des Flusses, der die vor Anker liegenden Galeonen und die Reiterstatue von König D. José I. verdoppelte, der mit ruhiger Erhabenheit über sein eigenes Spiegelbild hinwegtrabte. Diogo Cão schnarchte, von den Taranteln und Schlangen der Betrunkenen überfallen, von Minute zu Minute lauter, erschlug imaginäre Eidechsen mit der flachen Hand, und sie beruhigte ihn, indem sie Leuchtturmswärterweisen und die sinnlosen Worte von Kinderwiegenliedern in sein Ohr wisperte. Das Zimmer füllte sich mit einem Meerbusenduft nach wurmstichigem Holz und nassen Segeln. Der Fußboden schwankte wie das Schiffsdeck am Morgen eines Unglücks. Der Mund schmeckte nach Algenfäden und dem Phosphoreszieren der Gischt, und die Frau, die, den Bauch nach oben, in ihrer Koje melancholischer Lüste und barmherziger Liebkosungen lag, versank allein in der verwunderten Betäubung vorgezogener Weihnacht.

Sie wachte vor fünf Uhr von einer Befehlsstimme geweckt auf, die aus dem Kabuff herausdrang und sich über das Gebäude hinaus über Straßen und Plätze erstreckte und forderte, die Kajüte möge vor seinen von der Müdigkeit der Freude noch rauchigen Augen umgehend geöffnet werden. Vor ihr stand, einen Schuh in der Faust, die Koteletten zerzaust und den Mantel an der Jacke zugeknöpft, der Admiral und starrte sie in seiner gewohnten morgendlichen, durch das Abführmittel der Wassergläser vom Vorabend noch verstärkten geistigen Klarheit an, und seine Pupillen durchdrangen meine Gefühle und Empfindungen, umschifften die Ecken der Erinnerung und maßen mein Kabuff einer armen Hure auf der Insel von Loanda mit der Wäscheleine zwischen zwei spindeldürren Palmen, keine Tejonymphen in Sicht, und auf dem Balkon gluckste der Wellensittichkäfig.

Diogo Cão wies mit zwei Schritten auf dem unsicheren Deck seiner Erinnerungen die Zeit als Zählerableser und nächtlicher, auf die Barmherzigkeit einer Alten in einem Armenviertel elender Gestalten angewiesenen Bettler von sich und gab die Bars von Angola und die ungeordneten Beine der Tänzerinnen umgehend der Vergessenheit anheim, nahm seine nautische Befehlsgewalt über die tausend Blütenblätter der Windrose und die schwarzen Büffel der Riffe wieder auf, trat ans Fenster, wobei ihm die Säume des Mantels um die Knie flatterten, stützte sich auf das Steuerrad der Fensterbank und brüllte, die Haarsträhnen nach Seixal gewandt, zum Platz hinunter und ließ damit die Bettler der Arkaden und die Krüppel der Boleros auffahren, die von der Ruhe der Möwen gewiegt vor sich hin schlummerten:

– Leck am Bug, Rettungsboote zu Wasser lassen.

Die Stimme hatte noch ihre einstige Autorität, mit der er Manöver anordnete, die jeder nautischen Logik entgegenstanden und die Besatzung, die auf die Schreie, die sie führten, vertraute, zwang, ihm ohne Zögern zu gehorchen. Er allein hatte meuternde Söldner vernichtet, Barone nur mit dem Heben einer Augenbraue unterworfen, und ungehorsame Bootsmaate erhängten sich selbst an den Masten, wenn er die runden Muscheln seiner Nasenlöcher zufällig in ihre Richtung wandte. Die Frau hingegen blieb reglos im Bett liegen, hatte den Zimmerschlüssel in einem Matratzenloch verschwinden lassen: Sie sah einen Taubenschwarm vom Schrei des Entdeckers verstört in einer Ellipse kreisen. Sah die Statue von König D. José I. seinen stehenden Galopp beschleunigen. Sah die Dächer am Hang unter der Burg, die sich in der zerstörerischen Panik verwundeter Rhinozerosse durch die Alfama drängelten. Spürte im Zimmer den unheilvollen Schwefelgeruch sturmgepeitschter Meere. Erlebte, wie ein Blitz vom Dach herunterkam, um den Nachttopf aus Keramik zu Staub zu machen. Ertrug, daß die Porzellanaschenbecher und die Zinnvasen vom einzigen Bord fielen, das sie besaß. Hielt sich mit aller Kraft am Kopfteil des Bettes fest, um nicht von einem Bettlakentaifun mit gegen die Wand gerissen zu werden. Und sie bewahrte vollkommene Gelassenheit, die sie noch, kaum daß sie sich wieder an die Oberfläche der Bettücher gekämpft hatte und sich von einer Gardine befreit hatte, die ihr den Hals würgte, mit fünf ruhigen Worten abrundete, die im Zentrum des Sturmes fielen wie ein Stein in einen Brunnen:

– Hör mit dem Scheiß auf.

Diogo Cão spürte sprachlos in der Klangfarbe den Meeresschneckennachhall eines uralten Akzentes und sah sich wieder als Kind mit Korkenzieherlocken vor einer Dame mit Haarknoten und Schürze, die mit ausgestrecktem Finger neben dem Holzkohleherd in der Küche stand. Schwindlig vor Verwirrung schloß er eilig das Fenster und betrachtete aus dem Augenwinkel furchtsam die Frau, die ihm unvermittelt im Alter von einundsiebzig Jahren die durchscheinende Unschuld der Vergangenheit schenkte, von der er angenommen hatte, sie sei in der Spitzenleichtigkeit einbalsamiert, in der die Begeisterungen fürs Kreiselspiel und die schüchternen, vom Tintenfischschweiß feuchten Finger der ersten Freundinnen welkten, und stand nun vor einer unförmigen, von der Unbarmherzigkeit der Jahre erodierten Kreatur, die in einem Eisenbett unter einem Durcheinander von Wäsche lag und die Stirn voll Mutterzorn zu ihm gerunzelt hatte, bereit, wie auch sie bereit, in einem Schiffsbruch aus Tränen der Zärtlichkeit unterzugehen.

Ohne recht zu wissen, was er machen sollte, aber im Wissen, daß er tat, was er tun mußte, ließ er den Schuh los, der mit dem hohlen Klang leerer Keksdosen auf den Boden fiel, zog eine rot-blau gestreifte Socke aus, zeigte seinen harten Admiralsgänsefuß in tänzelndem Marschschritt eines Flußschwimmvogels und näherte sich mir in Erwartung der bereits bereuten und wirkungslosen gewohnten Ermahnungen, versuchte die Weinflasche in der Tasche aus Furcht vor einem tödlichen Anschnauzer zu verbergen. Er roch nach dem Kaugummi und nach dem Margarinebrot aller Jungen seines Alters, denen die Weisheitszähne noch nicht die monströsen Kongobüffelkinnladen der Erwachsenen verleihen, und seine unfertigen Handgelenke eines hundertjährigen Jünglings, der undeutliche, von Pickeln übersäte Flaum zwischen Nase und Mund und das in einem Weinen angespannte Knäuel seiner Kehle flößten mir Mitleid ein. Er wußte nicht einmal, daß er Karavellen durch Afrikas Felsen kommandieren würde, und hatte insgeheim vor, so schnell wie möglich zu wachsen, um am Empfang eines Hotels zu arbeiten, Telegrammbote oder Astronaut zu werden, einer von denen, die kopfüber durch den Speisekammerstaub des Mondes schwimmen. Der Heinrich der Seefahrer war für ihn nur eine tugendsame, heroische Legende aus dem Geschichtsbuch, die einen Prinzen mit dem Schnurrbart eines romantischen Sängers und einem breitkrempigen Hut zeigten, und der am Rand einer Felsenlandzunge saß und aus Langeweile Papierschiffchen in die Wellen warf, und er ließ sich nicht träumen, daß er König D. João II. persönlich kennenlernen sollte, von dem der Lehrer in der Schule der Gemeindeverwaltung, während er sich von der Schiefertafel unter einem Messingkreuz abhob, behauptete, er sei ein perverser Kerl, der mit der hassenswerten Brutalität von Schulpedellen Messer in seine Vettern stach. Als Gil Eanes das Kap Bojador erreichte, wandte er sich verächtlich von seiner Berufung zum Telegrammboten ab und wollte dafür Billardprofi werden, sich, eine Zigarre zwischen den Lippen, der Kreide bedienen, zur Verblüffung der Unteroffiziere der benachbarten Artilleriekaserne, die die Bälle mit unglücklichen Queuestößen gegen die Schienenbeine der Damen von den Kamillentees schossen.

Im letzten Schuljahr, als er sich auf die Immatrikulation für das Studium der Veterinärmedizin vorbereitete, weil ihn die Migränen der Bandwürmer in Begeisterung versetzten, erhielt er zu Hause eine portofreie Postkarte aus dem Palast, die ihn zur ärztlichen Untersuchung für den Militärdienst vorlud, und nachdem er den ganzen Vormittag vor Kälte zitternd nackt mit weiteren achthundert Plebejern in einer eisigen Turnhalle verbracht und zugesehen hatte, wie der Regen auf die Zinkdächer der Kasernen fiel, maß eine Versammlung von Barbieren mit Stethoskopen, mittelalterlichen Helmen und Hauptmannsepauletten seinen Brustumfang, Einatmen, horchte ihn ab, Die Lunge mit Luft füllen und jetzt nicht bewegen, Mist, überprüft seine Rachenmandeln, tastete die Blinddarmnarbe und nicht vorhandene Hernien ab, und übergab ihm einen Marschbefehl nach Sagres, damit er unter der Oberaufsicht eines galligen, nach dem Schimmel von Schiffbrüchen und Brotbrei mit Korianderblättern riechenden Untergefreiten in die Meereskunde eingeführt würde.

Im Laufe der Monate der Ausbildung, in denen er lernte, Knoten zu lösen und über Luken zu stolpern, besuchte der Infant der Geschichtsbücher sie hin und wieder mit seinem Gefolge aus Admirälen, Mönchen, Astronomen und Geographen, um sich über die Fortschritte der Rekruten in der schwierigen Kunst zu informieren, rauchschnaubenden Ungeheuern zu entkommen und das Pfeifen der Hurrikane zu überlisten. Die Burschen des Kommandanten stellten eilig einen mit Seidenfransen bedeckten Thron mitten auf den Kasernenhof, der für seine Hoheit vorgesehen war, die uns, indem sie Pergamente entfaltete und auf Folianten wies, den Morsecode der Sterne des Himmels rezitierte, die Art, wie man bei Amputierten Gummiknebel anwendet, wie man mit Rhododenronpulver die Ratten in den Laderäumen vertilgt, welchen Einfluß die Tierkreiszeichen auf das Sexualverhalten der Nixen haben und wie wichtig es ist, in die finsteren Ozeane Inseln mit angemalten Indios zu säen, die, Bögen für Curarepfeile in der Faust, hinter den Affenbrotbäumen lauern. Und so kundschaftete Diogo Cão bereits nach einem Jahr die Strände Marokkos aus, mied die Oktopusschwärme und silbrigen Schatten der Sardinen und segelte an Afrika entlang, wobei ihm bei seinen Berechnungen ein verrückter Mathematiker half, der ihm den Weg mit einer Logarithmentafel in der Hand wies.

Ganz allmählich näherten sich so die wenig fest umrissenen Personen, die der Lehrer der Schule der Stadtverwaltung, den Ärmel in die Rinne für den Schwamm gestützt, unter dem atemlosen Fischmund eines Messingkreuzes beschrieben hatte, quicklebendig, genauso aussehend wie die tragischen Bildnisse ihrer Grabstätten, und redeten mit der den Cantigas de Escárnio eigenen Ironie in der Offiziersmesse in Lagos mit mir, wo sie nach ihrer Rückkehr von vielen Skorbuterkrankungen und zahllosen Kümmernissen vor einem Whiskyglas Würfelpoker spielten, oder bei den Abenden zu Hofe, an denen sie sich freundlich im Licht von harzigen Fackeln langweilten, während große Jagdhunde auf die Arraiolosteppiche urinierten und sie den faden Scherzen des Monarchen und den nimmer endenden Fados der Gaukler lauschten. Er lernte in diesen düsteren, von effeminierten Pagen bevölkerten Nächten den Kammerherrn Egas Moniz und dessen Söhne mit dem Strick um den Hals kennen, den heiligen Antonius, der Thunfischen predigte, den Chronisten Fernão Lopes, der Notizen in kleine Ringhefte schrieb, die unwiderstehlichen Wimpern des Polygraphen und Politikers João Baptista da Silva Leitão de Almeida Garrett und Fuas Roupinho, der ihn gleich nach fünf Minuten Unterhaltung bat, ihm zweihundert Escudos zu leihen und sich von einem syrischen Leibwächter mit Maschinenpistole unterm Arm begleiten ließ, der seinerseits auf dem rechten Schulterblatt von der Tätowiernadel in Kreuzstichen den Namen Arminda eingestickt trug. Bei der zweiten Reise, bei der ihn die willkürlichen Multiplikationen des Verrückten führten, gelang es ihm, seine Karavelle bis zu einem Fluß Guineas zu segeln, in der Kaimanrachen und Kothäufchen von Pygmäen schwammen; seine erste Nixe sah er, wie sie sich unter der Elfuhrsonne am Strand mit Creme einschmierte, und er legte, von der Hitze geschwärzt wie eine verbrannte Olive in Dafundo, an, um an die festliche Brust des Infanten zu sinken, dessen Schnurrbart süßer Aramisduft entströmte.

Er segelte jahrzehntelang, mit einem Stapel Romane von Agatha Christie auf dem Nachttisch in die Kajüte eingeschlossen, bis hinauf zum Posten eines Admirals, während nebenan an einem Tischchen der Mathematiker auf dem Bleistift kauend mit seinen dunklen, unerschrockenen Berechnungen fortfuhr. Er fand und verlor menschenleere, knöcherne, nur vom flachen Schrei eines Vogels bedeckte Archipele, entkam Schwärmen ununterbrochen wie traurige Kälber muhender Wale und phosphoreszierender Rochen, die das Wasser elektrisch aufluden und die Haare veranlaßten, sich den Bürsten zu widersetzen, er sah ganze Besatzungen namenlosen Fiebern, die die Haut blau färbten und die Hoden in Eitersäckchen verwandelten, zum Opfer fallen, er litt an Cholera, Dysentrie, Beriberi, den widerlichen Wanzenbissen, an Sumpffieber und Heimweh und Krampfadern im Aesophagus, er wurde in der Absicht, mit vollkommener Genauigkeit die Kardinalpunkte zu bestimmen, beim Studieren unbekannter Planeten alt, und daher sah er, als ich ihn zum ersten Mal in der billigsten Bar der Unterstadt von Loanda traf, dreimal so alt aus, wie er wirklich war, er hatte keinen einzigen Zahn mehr, vielmehr war sein Zahnfleisch mit Plastikzähnen gespickt, die, wenn er sprach, mit dem Geräusch ferner Hufe knarrten, und sein immer im selben Mantel steckender spindeldürrer Körper sonderte den Ertrunkenen und Witwern eigenen Duft der Verlassenheit ab. Als er das Haus auf der Insel auf der Suche nach den Tejonymphen verließ, knospten winzige Meeresblumen in den Rissen der Wände, und es kam durchaus vor, daß eine ganze Familie Langusten die sonnige, reglose Helligkeit des Morgens durchmaß und mit den Nußknackern ihrer Scheren die Haushaltsutensilien abtastete. Karavellenkatzen schlummerten in der Stille der Schränke. Die Kommoden ließen an regnerischen Abenden ihre Fingergelenke knacken. Eine Qualle pfiff im Bidet. Und ich hatte Angst, aus dem Bett zu steigen und wie eine Koralle zwischen kupfrigen Barschen und schüchternen Seezungen zu schweben, die vergebens versuchten, unter die Kreise der Häkeldeckchen zu gelangen.

Und dennoch würde es der Frau genügen, sich auf die Fußmatte zu setzen und dem Seemann dort draußen zuzuschauen, wie er, die Hose hochgerollt und die Stiefel auf den Haken der Finger gehängt, die Sahne aus gelben Algen betrachtete, die ihm die Füße netzte. Die Mädchen kamen aus den Holzhütten und ließen in der Hocke, indem sie die Unterröcke mit den Knien anhoben, ihren dichten Morgenurin. Die Alte schloß die Lider im kleinen Zimmer am Terreiro do Paço wie jemand, der den Plunder seiner wertlosen Erinnerungen, die aus schweißigen Bars, den Kniffen der Vorarbeiter der Kaffeeplantagen, unsäglich dreckigen Toiletten mit kaputter Wasserspülung und den riesigen Goldzähnen von Atemzügen bestanden, die zu nah an meinem redeten, in einer Truhe einschließt. Sie zog den vom Diesel der Tejoschlepper vergifteten Geruch stinkender Hühnerbrühe des Meeres ein, fuhr, vom Getöse Lixboas erschüttert, mit dem Zeigefinger über den Rand des Bettuches und hörte sich, wie sie Diogo Cao mit einem modulierten Seufzer, der jünger war als sie selbst, voller einladender Klänge, zuckriger Versprechen und Gewißheiten verborgener Lüste, erklärte, Worauf wartest du noch, um die Kleider auszuziehen.

Der Admiral starrte die auf dem Bett liegende, von den Damastüberwürfen und den Papstüberdecken gefesselte Frau an, blickte sich um in ihrem armseligen Hurenzimmer mit den lächerlichen, schief an den Haken hängenden Perlenbildchen, betrachtete über die Schulter hinweg die Aufgeregtheit der Kräne und der Weberschiffchennachen des Flusses, und wandte sich zu dem liegenden Wesen, sah sich die kraftlosen Falten der Beine einzeln an, das schüttere Haar, die welken Wangen, die Brustwarzen, die kranken Nüssen ähnelten, die von schiefen Absätzen verformten Straußenfüße, doch er konnte sie nicht mit der schweigenden mildtätigen Kröte von Loanda in Einklang bringen, erstens weil er sie, als er sich ins Mutterland einschiffte, augenblicklich vergessen hatte, und zweitens, weil die Jahre und der Tresterschnaps sein Gehirn in eine Art sandige Ebene verwandelt hatten, die von Guanohaufen übersät und von Najaden mit roten Strumpfhaltern bewohnt war, die ihre dicken Knie auf der Bühne einer Varietédarbietung streckten. Dennoch gelang es ihm nicht, der Autorität der Stimme den Gehorsam zu versagen, die vom Kissen aufstieg und ihm riet sich auszuziehen, und er hängte die Schulterpolster über den Rücken des einzigen Stuhles, den er sehen konnte, vom Mantel angefangen, den ihm der Türsteher einer Bar geschenkt hatte, der die Ehefrau seines besten Freundes bei einer glücklichen Pokerpartie gewonnen hatte, hin zu der wasserdichten Segeltuchunterhose eines der Wut der Taifune ausgesetzten Seefahrers, bis nur seine schüchternen Hände übrig waren, um das schlafende Geschlecht zu verbergen, Scheitelpunkte von Rippen unter der Haut und eine Reihe Moosblütenblätter auf der Wirbelsäule.

Und so sah ich ihn, nackt, spindeldürr, viele Monate später wieder, wie damals, als er in Afrika auf der Bastmatte zum Manioktrocknen schlief, die im Wohnzimmer oder auf der Veranda ausgerollt war, und ich ihn von der Schwelle aus heimlich betrachtete, klebrig vom Zuckermondschein der Kokospalmen. Seine Knie zitterten noch mehr, seine Finger flattern auf den runzligen Mandeln seiner Geschlechtsteile. Der Mund barst in Krusten aus trockenem Speichel und Armenmittagessen der vorangegangenen Woche, und er glich angesichts der Hartnäckigkeit meiner Liebe einem alterslosen Enterbten, der über dem Kinderkittel einen Zylinder tragen könnte.

Diogo Cão schloß das Fenster zum Tejo, und die Umrisse der Tanker, der Lastkähne und Violinenkrüppel in ihren Schlupfwinkeln unter den Arkaden der Ministerien des Platzes verschwammen dadurch, und die Möbel erhoben sich wie die auf der Rückreise aus beiden Indien im Laderaum der Barken aufgestapelten Truhen. Einen Augenblick lang dachte er sogar, er selbst würde auch gleich gewichtslos wie ein trauriger Selbstmörder in der irisierenden Atmosphäre schweben, in der ein Eisenbett wie vor Anker gegangene Möwen schaukelte. Dennoch, weil er an den Füßen das splittrige Reiben der Bodendielen und seine unverbrüchliche Irdischkeit ohne Flossen an den Achseln und an der Kurve der Nieren fühlte, wurde ihm so ängstlich zumute, daß er mit einem hilflosen Klagelaut fragte:

– Und was soll ich jetzt tun?

Er könnte das Fenster öffnen und den Tag zurückholen, dem Zimmer das Geräusch der Kräne, der Albatrosse und des Verkehrs wiedergeben, er könnte mit dem Ablesen der Zähler in Madragoa beginnen, über die Fischkörbe und den Unrat stolpern, den die Ebbe auf den Stufen der engen steilen Straßen verschmäht hatte, er könnte die Flasche aus der Tasche ziehen, die in seinem Kopf wie Fotoentwickler wirkte, ihm die Schubladen der Erinnerung und die Erleichterung verschaffenden Lösungen zeigte, auf die er ohne die Hilfe des Weines nicht kam, doch die Ausmaße des Bettes, die von Minute zu Minute zunahmen, bis sie ihm den Zugang zur Tür verstellten, warfen den Stuhl mit dem Geräusch übereinanderliegender Blusen um, zerbrachen die Kommode mit den Elfenbeinknäufen, belegten den Raum der Fensterrahmen und die Umrisse der Schiffe und zwangen ihn, ein paar Schritte wie ein verwirrter Vogel Strauß zu machen, wobei er die Ellenbogen an seine intimste Stelle gedrückt hielt, bis die Frau, die die Matratze steuerte, ihn, indem sie ihm ein träges Auge zuwandte, mit einer Einladung aus der Klemme seines Angstnebels half:

– Komm her.

Diogo Cão, der sich aufgrund göttlicher Bestimmung der Liebe von Tetis vorbehalten wähnte und niemals geglaubt hatte, daß die Wesen der üppigen, mit dem Tau metallischer Schuppen übersäten Brüste und der Grönlandkabeljauschwänze, die seine Obermaate ihm in den Wochen des Nichtstuns während des Entladens und der Reparaturen vorstellten, mit Kunstgriffen aus Pappe maskierte Hafenhuren waren, nahm sich vor, den Rat der Frau zu ignorieren, um den Schwarm der Nixen seiner seit jeher bestehenden Leidenschaft mit den Herzmuscheln im Haar und den Perlmuttschnecken an der Taille nicht zu verraten. Das Bett bedrohte indes die Wände des Kabuffs, die Bettdecken blähten sich, das Lächeln der Alten wuchs, die Notdurft beunruhigte sich im Nachttopf, und ein kleines Quadrat mit Cupidos löste sich von seinem Nagel wie ein herbstliches Platanenblatt, das sogleich von einer Arabeske aus Messingrosen zermalmt wurde. Diese übernatürlichen Zeichen, denen der maßlose Genuß von Leitungswasser entsetzliche Ausmaße verlieh und die die Seufzer der Frau mit Grottenasthma unterstrichen, gaben den Ausschlag. Wie in den Stunden der Flaute, in dem seine stillstehende Karavelle ihn zu einem enttäuschten Bridgespiel mit den Lotsen zwang, so schob ihn diese bekannte Stimme, von der er jedoch weder die Natur noch die Herkunft ausmachen konnte, zu der grenzenlosen Matratze, auf der anstelle der üblichen Nymphen, die Ach mein Junge seufzten und angemalte Schuppen abwarfen wie Hühner im Stall ihre Federn, ein formloses Wesen lag, das ihn mit einem Mädchenlächeln unter dem zu dick aufgetragenen Lippenstift anlächelte.

Hin und wieder näherten sich Schuhe auf dem Korridor mit den Fliesenbildern, auf denen Freimaurersymbole abgebildet waren, klopften an die Tür, warteten, klopften noch einmal und gingen wieder unter leiser werdendem Protest. Ein Gast hämmerte im Nebenzimmer, als würde er den Sargdeckel der ihn betrügenden Ehefrau zunageln, die er auf den Knien des Klempner vorgefunden hatte, als er von der Arbeit zurückkam. Die Tauben suchten einander mit Schnabelhieben (ein Rachen hustete in einem nicht genau auszumachenden Versteck) auf den Statuen der Dächer. Diogo Cão spürte, wie eine Handfläche über seine Brust fuhr, mit den Erbsenbeeren seiner Brustwarzen spielte, sie kniff, an der Hernie des Bauchnabels und den Wunden einer nie ganz ausgeheilten Tropenkrankheit verweilte. Die Finger erreichten den Kiel der Scham, verweilten dort wie eine Zunge an einer Aphthe und fanden ihn schließlich klein und bescheiden, nunmehr nichts weiter als ein kleines totes, auf einem seiner Schenkel ruhendes Stück Lumpen, das die Frau stundenlang vergebens zu wecken versuchte.

Das Fenster wurde langsam dunkel, das Zimmer versank im Wasser der von meinen Cremes, meinen Haarsprays, meinen Nagellacken, meinen Lotionen parfümierten Dunkelheit, doch der einzige für mich vorhandene Duft war der Felsenklippennebelduft des Admirals, das Tornadoaroma, das ihm den Schnurrbart bog wie die Wipfel der Kiefern in den Dünen, und der Nachtkühlegeruch der kariösen Napfmuscheln seines zerstückelten Zahnfleisches. An ihn gelehnt, indem ich das Tauwerk seiner Sehnen an meinen Hals drückte, erkundete ich eine nach der anderen die unzähligen Nischen seines Körpers, stieß auf mehr Bais und Buchten und Fischerdörfer als bei den unzähligen Seeleuten meines Lebens, eingeschlossen die Venezianer, die mir Gondelstille und die Unterwasserfäulnis von Dogenpalästen mit ihren Ölbildern von Heiligen und Bischöfen am Marmorgestein der Kellerkorridore als Geschenk mitbrachten.

Kaum hatte die Nacht im Zimmer begonnen, sich in Fragmente gewichtslosen, von den Eingeweidegasen der Siebenuhr-Caçilhas-Fähren hochgescheuchten Gewebes aufzulösen, da lief die Frau, als sie trotz der Präzision ihrer

Kunst nichts mehr erwartete, unvermittelt am riesigen, unerwartet stolzen Mast des Seefahrers auf, der auf dem Bauch senkrecht, mit gesetzten Segeln und dem Kalebassenklang der Meeresschnecken aufgerichtet dastand. Als sie fasziniert an der nautischen Monumentalität dieses mit Insignien und Echos geschmückten Penis entlangfuhr, fürchtete sie, daß diese Energie, die sehr viel größer war als ihr Uterus, sie durchbohren und wie bei arabischen Folterqualen auf dem Maisstroh der Matratze aus den Fugen geraten lassen würde. Von dieser grenzenlosen Potenz erschlagen, versuchte sie auf dem Bettuch schlängelnd wegzurücken, doch die Handgelenke des Seemannes brachten unvermittelt mit der Kraft ihre Gesäßbacken zum Stillstand, mit der sie dreißig Jahre zuvor die von Stürmen verwirrten Steuerruder gezähmt hatten, mußte sie wenige Zentimeter von ihrem Gesicht entfernt einen Hauch von Beriberi und verdautem Tresterschnaps erdulden, und sah sich am Ende von einem ungeheuren Takelwerk aufgespießt, das im Inneren ihres Körpers zig königliche Karavellenstandarten erzittern ließ.

Es war ein denkwürdiger Morgen, der sich über den Vormittag bis zum Mittag erstreckte und sich nicht um gelegentliches Klopfen an der Tür, die Ziehharmonikas der Blinden auf dem Platz, die Motoren der Passagierschiffe und die nimmer endenden Gespräche der Tauben auf den Fernsehantennen der Dächer scherte. Ein stummer beharrlicher Morgen trotz der Geräusche von draußen, den die Schleier der Gardinen zu verstreuten Akkorden einer Harmonie im Delirium verwandelte, ein zärtlicher Kampf mit einer Folge glühender Messerhiebe in meinen Körper, eine unablässige Springflut, die mich zwang, mich an die Reling des Bettes zu klammern, bis mich ein letzter Stoß vom Deck der Matratze riß, mir den Leib in einem ungeheuren Kreiseln aufrichtete, und kochender Schaum mir die Eingeweide in einer Reihe heftiger Pumpbewegungen überschwemmte, die Überdecke mit dem Saft seiner Flüssigkeit durchnäßte, während die Banner erschlafften, das Pfeifen der Muscheln verstummte und die Frau sich wieder befriedet in der Gesellschaft des mageren, harmlosen, weindurchtränkten, von der fixen Idee der Tagiden befallenen Alten der Bars der Insel von Loanda befand, der sie verstrubbelt vom Kissen her mit einem dämlichen Ausdruck auf den Plastikeckzähnen anstarrte.

Ein Freitagsstammkunde, der als Spediteur in Penha da França niedergelassen und seit zwölf Jahren geschieden war und mir zu wohlfeilem Preis die Verzweiflung seiner Einsamkeit in einer Wohnung in Loures in den Schoß wehklagte, vermietete ihr eine Teilwohnung am Largo da Misericórdia gegen zwei Gratisstunden intimer, mit der unheilbaren Melancholie im Zusammenhang stehender Herzensergüsse. Diogo Cão, der zu Rate gezogen wurde, billigte den neben einem winzigen Zimmerchen liegenden Raum, der ausgezeichnet zum Archivieren der Landkarten von Zaïre und zum Verwahren der verbeulten Astrolabien war, freute sich über den mittelalterlichen Klang der Glokken der nahen Kirche, die ständig über die Schornsteine hinweg einen Brand oder die Hochzeit einer Infantin anzukündigen schienen, und frohlockte über die Anzahl der Tavernen im Bairro Alto, in denen er im übrigen häufig dem Dichter António Duarte Gomes Leal begegnen würde, der, eine weiße Kamelie am speckigen Gehrock, der Beichtstuhlsdiskretion der Gläser republikanische Alexandriner rezitierte und bereit war, ihm bei der Suche nach Aphroditen in den Körben der Angler am Fluß zu helfen, beide mit wackligen Beinen und scharfer Pupille, was ihnen gelegentlich Probleme mit ungebildeten Cholerikern einbrachte. Das Kabuff am Terreio do Paço kehrte zu seiner ursprünglichen Rolle als Serail mütterlicher Liebkosungen und Ausguß meterweiser Tröstungen zurück, und jeden Nachmittag und jeden Abend stieg die Alte mit der Gewissenhaftigkeit einer vorbildlichen Beamtin vom Largo da Misericórdia und seinen Echos des dreizehnten Jahrhunderts hinunter zu den krüppligen Bettlern des Cais das Colunas, ließ den Admiral in der ersten, vom Feuer des Drambui rot gefärbten Pinte am Wege zurück. Sie holte ihn, der dann bereits auf dem Fußsteig saß, nach Schattenmorellenlikör stank und finster falschsingend Schiffsjungenballaden anstimmte, pünktlich eine Stunde später wieder ab.

In der Woche darauf lud sie Diogo Cão auf Anraten des Dichters Gomes Leal, mit dem er manchmal maritime Serenaden teilte, die gewiß auf Nixen unwiderstehlich wirkten, aber von den Bewohnern der Gegend um so mehr gehaßt wurden, die ihnen ihre Waschlauge auf die Bowler Hats kippten und ihnen brüllend mit der Polizeiwache drohten, dazu ein, ihn zur Pension *Apóstolo das Índias* zu begleiten, um die Logbücher, die Himmelskarten und die anderen Staatsgeheimnisse zurückzuholen, die der Palast jeden Augenblick anfordern konnte und die sich dank eines dicken Inders, der das Gehabe eines aragonesischen Spions hatte, in einer Kofferecke in einem Zimmer auflösten, in dem siebenundzwanzig Menschen schliefen, die ihre Sumpffieberübelkeiten und Pilze nächtlicher Feuchtigkeiten miteinander vermischten.

Hand in Hand, sich gegenseitig in den Wirren des Alters stützend, wobei ihnen die Jahre wie Zikaden in den Ohren sirrten und sie unter der Not der rostigen Gelenke litten, gingen sie vom Plunderbasar der Praça da Figueira die höchst jämmerliche Avenida Almirante Reis entlang und bewunderten in den Pfandhäusern die Krawattennadeln in Form eines Gorillas und die Gesundheitssandalen, schauten sich die Brandyflaschen in den Cafés genau an und bestaunten die von sonntäglich wie sudanesische Konsuln gekleideten Verkäufern in dienstbeflissener Eile umkreisten Haifische in den Autoverkaufsständen. Es gab zig Läden von Optikern, in denen sich Dioptrien stapelten, von Friseuren, denen die Helme der Trockner das absurde Aussehen häuslicher Raumschiffe verliehen, Geschäfte für Hamster und kleine Hunde in Käfigen und Fotostudios mit einer Tür zur Straße, die Kinder mit den Märtyrergesichtern als Stierzüchter und bretonische Bräute verkleideten und junge Mädchen zwangen, im Profil, mit Papierblumen im Haar wie fatal verruchte Frauen zu posieren. An einer bestimmten Stelle, an der Ecke eines im Bau befindlichen Hauses, das aussah, als würde es abgerissen, und von staubdunklen Brettern verborgen und vom durchscheinenden Todesschatten zerfallener Gebäude verschleiert war, bog Diogo Cão, den Straßenbahnschienen folgend, in eine Querstraße ohne Schaufenster außer dem einer methodistischen Buchhandlung mit Gebetsbüchern und frommen Werken ab, hinderte die Frau daran, vor einem Geschäft mit gräflichen Lüstern geblendet zu erstarren, die lila Spiegelchen und Gehänge aus Bakelit tropften. Sie erreichten den großen schiefen Santa-Bárbara-Platz mit seinen Büros ohne Kunden und seinen Kuchen vom Vortag, trotteten über den Kamm eines Hanges, schlüpften seitlich durch eine Mauerlücke auf ein von Militärtrompeten aufgescheuchtes Ödland, verletzten sich die Schienbeine an einem Hügel voller Büsche und fanden sich von Rettungsleitern und Häuserrückseiten umgeben, an deren Wandfurunkeln Trauben von verglasten Veranden klebten, an der Treppe der Pension *Apóstolo das Índias* wieder, wo Senhor Francisco Xavier sich im berstenden Unterhemd für die kühle Sechsuhrluft bereit machte, indem er den Schaukelstuhl zum Eingang der Halle unter eine Gartenlaube von erschrockenen Sperlingen zog.

Die Pension war ein ungepflegter, von der Zeit zerlöcherter Würfel mit Füllhörnern und Weidenkörben aus Gips an den Decken, einem Rokokodach, dessen Sparren zu sehen und mit Pappbahnen unterlegt waren, und einem Grottenwiderhall in den menschenleeren Korridoren. Trotz ihres langen Lebens als Frau vom Gewerbe, die Tausende Zeiten abgrundtiefer Not und eine Unzahl fürchterlicher Unglücksfälle durchgemacht hatte, die sie aus Gewohnheit, aus Angst oder aus einer seltsamen Art stolzer Scham heraus verschwieg, konnte ich mich nicht an eine Armut wie die erinnern, die ich an jenem Nachmittag erlebt habe, da schnarchten Menschen in Winkeln von Schweinekoben übereinanderliegend, Kinder knabberten in den Ecken der Zimmer Küchenschaben, da waren unterwürfige, vor Magerkeit nicht mehr existierende Mulattinnen, zig Abendkleider mit zornigen Pailletten hingen mit dickem Faden geflickt an den Türknäufen der Balkons. Eine orientalische Dame in Pantoffeln und mit Punkt auf der Stirn betreute diese reglose Herde von Heimatlosen und Huren, die unter afrikanischen Fiebern und eitrigen Geschwüren im Dunkeln zitterten wie Kaffeesträucher, und während sie darauf wartete, daß der Seefahrer im ehemaligen Ballsaal im zweiten Stock seine Marinepretiosen zusammenraffte, wanderte sie an den Seraphimtäfelungen der Anrichte entlang, erschnupperte tropischen Sprühregen und tropische Zecken und die Straßen roter Dembeameisen, die im Dunkeln das Süßholz der Träume verschlangen.

Die ersten schmerzhaften Zeiten, die der Revolution in Lixboa gefolgt waren, tauchten wieder mit dem Donner der Kanonen ihrer unterschiedlichen Kriege vor ihr auf, die verängstigten Menschenmengen am Flughafen und am Kai, die Nächte in den Bars ohne Kunden, in denen sich eine einzige Cancantänzerin im Rhythmus einer ersterbenden Platte zur alten Frau an der Garderobe wiegte, die den Künstlerinnen Geld auf Zinsen lieh und sich, die Brille auf der Nasenspitze, auf ein kompliziertes rundes Stück Strickwerk konzentrierte. Der Hafen glich einem Antiquitätenladen, in dem ganze Familien, von der Gier der Schauerleute bewacht, in Erwartung der nächsten Fregatte zwischen Waschständerarabesken hockten. Ihre verblaßte Erinnerung an das Mutterland, die aus einer Reihe von Eukalyptusbäumen und Musikpavillons bestand, in denen ununterbrochen die Pikkoloflöten der sonntäglichen Drehorgelmusik spielten, sollte in kurzer Zeit durch Hunderte von Kleiderschränken, geborstenen Töpfen, Emaillewaschtischen und Herz-Jesu-Reliefs eines resignierten Jahrmarkts von Atombombenopfern ersetzt werden. Als sie Diogo Cão in den Vierteln von Loanda suchte, spähte sie mit dem Schmerz in die verlassenen Wohnungen, mit dem die Arbeiter der Eisenbahngesellschaften, die Hacke in der Hand, Zugunglücke betrachten. Eine Aussätzigenbrise rollte Müll und Papierstücke durch die Gassen der Stadt, ertrank in den Swimmingpools ohne Wasser, in der einsames Licht über die Mosaiken kroch. Schwarze in kubanischen Uniformen kämpften mit Maschinengewehren um das Fort von São Paulo. Und die Dichte der Dunkelheit, die die Palmen an der Bucht erstickte, verbarg die Stadtviertel ohne Strom, die nur die Augen der Geckos durchbohrten, und begrub eine Ebene voller Kisten unter dem Heulen der Hunde.

Als der Admiral mühsam einen Handwagen mit Zeichnungen von erdachten Archipelen und detaillierten Beschreibungen von mondenen Foren in die Eingangshalle der Pension *Apóstolo das Índias* schiebend zurückkam, erlebte die Frau gerade den Aufbruch der Mulattinnen in die Diskotheken von Arroios, deren Leuchtreklamen ihre orangenfarbene Sahne auf dem Bürgersteig ausschütteten. Sie sah sie von der Folter der engen Röcke gequält das Ödland hinuntergehen wie als Jahrmarktsakrobaten verkleidete reuige Sünderinnen, die sich vor dem Bauch von Senhor Francisco Xavier fürchteten, der ihnen auf dem Stuhl galoppierend von oben Ansporn und Befehle zubellte. Die eilig mit Schulterpolstern und Sicherheitsnadeln zurechtgemachten Kleider, die aufs Geratewohl auf die Wangen gemalten Pinselstriche und wie die Tasten von Klavieren gelben, abgebrochenen Fingernägel ließen sie ein Darmgrummeln der Sehnsucht nach den erfindungsreichen, kompetenten französischen Puffmüttern ausstoßen, die sie am Anfang des Jahrhunderts in die subtilen Tricks und harten Mysterien des Berufs eingeführt hatten, strenge, absolut unnachgiebige Fünfzigjährige mit falschen Wimpern, die, auf Ledersofas wie Primadonnen hingegossen, beim Klang von Trichtergrammophonen die Fallen des Gewerbes lehrten und die Schülerinnen zwangen, Liebe langsam und parfümiert nachzuahmen, indem sie stöhnend eine Schneiderpuppe liebkosten. Die Frau, die damals fünfzehn Jahre alt war und eine Zahnklammer sowie einen kindlichen Gang besaß, dünn und haarlos war wie eine streunende Katze, lernte es, mit dem einfachen Streicheln mit der Spitze des kleinen Fingers Lust zu bereiten und deprimierte Sechzigjährige zu trösten, indem sie ihnen mit leidenschaftlicher Beichtstuhlintensität zuhörte, während sie sie aus dem Stoff des Hosenstalles wie Mandarinen aus der Schale schälte.

Und daher taten ihnen die Männer leid, die gezwungen waren, sich mit der kunstlosen Reglosigkeit der Mulattinen der Pension zufriedenzugeben, denen die berufliche Begeisterung und die deontologische Raffinesse fehlten, und die sich auf den Bettüchern des unglücklichen Vorgängers mit derselben aggressiven Bitterkeit die Schuhe wieder anzogen, mit der sie angekommen waren.

Senhor Francisco Xavier, der die Angewohnheit angenommen hatte, sich einen mit bunten Lämpchen dekorierten Heiligenschein an den Nacken zu heften, was ihm das Aussehen einer Batteriereklame verlieh, versuchte zu verhindern, daß die Dokumente des Seefahrers das Haus verließen, die Tausendfüßler und Motten zerfleddert hatten, wodurch ganze Kontinente, ein Dutzend Vorgebirge und die

Bergketten der Anden vernichtet waren, wobei er ins Feld führte, daß Diogo Cão ihm nicht nur elf Monate Tagesmiete schuldete, sondern ihm dazu noch während der Unwetter seiner Trunkenheiten die Hälfte des Eßzimmermobiliars zertrümmert habe, einmal ganz abgesehen von unzähligen Strohsäcken, die er in Siestas vorgezogener Agonie mit seinem sauren Urin eines sterbenden Pferdes zum Faulen gebracht hatte. Sie als Frau, die Erfahrung darin hatte, mit einem duldsamen Lächeln mit der primitiven Infantilität männlicher Übertreibungen fertig zu werden und die ihren französischen Meisterinnen die Intuition verdankte, allein anhand der Nuance eines Geruchs von Vokalen, selbst wenn sie geschrieben waren, zwischen Wahrheit und Lüge unterscheiden zu können, befahl jedoch dem Admiral, den Gründen und Drohungen des Stadtheiligen von Setúbal gegenüber taub, der seine Klagen so weit trieb, daß er schließlich durchblicken ließ, Diogo Cão würde Neugeborene und die Tauben auf dem Nachbardach allein mit einem Stoß seines Atems töten und er habe in einem Keller eine seiner minderjährigen Patentöchter mit Hilfe eines Schokoladenriegels vergewaltigt, Hol deinen Papierkram, ich habe genug von dieser Diskussion. Sie warnte Senhor Francisco Xavier, daß sie ihn, wenn er sie weiter mit seinen Lügengespinsten ärgern wollte, sofort als Kuppler und Dieb denunzieren würde, und lieferte ihm ein finsteres Bild der Kerker der Kriminalpolizei, und als der Heilige angesichts der Sachlage verzweifelt verkündete, der Vatikan habe ihn seliggesprochen und seine irdische Hülle bliebe von Ewigkeit zu Ewigkeit unzerstört, antwortete sie ihm nur, daß jemand, der so wenig von der Liebe wisse, niemals einen Platz im Himmel erlangen würde, weil er sein Leben mit der Obszönität von Vergewaltigungen ohne Raffinesse vertan und so jedweden Partner der echten Freude geteilter Lüste beraubt habe. Der Inder, der über den Besuch eines Brigadeschefs oder die Möglichkeit einer Mitteilung an den Vatikan beunruhigt war, half ihnen schließlich den Handwagen um die Klippen des Hanges bis zum Platz zu lotsen, schlug sogar der Alten vor, sie solle die Mulattinnen in Gruppenunterricht vor einem Schulprojektor in die Pfade der fleischlichen Lust einweisen, und suchte bereits in den Hosentaschen nach der Anzahlung für die Einführungsstunde, als die Frau ihm die eiligen Gesten gefrieren ließ, indem sie ihm erklärte, daß die einzige gute und notwendige Regel für ein wahres Weib darin bestehe, zu begreifen, daß die Männer um so mehr Mütter brauchen, als sie Mütter gehabt haben, und daß nur die Waisen für die alltäglichen Klippen der Leidenschaft vorbereitet sind. Und während sie sich mit seinen nautischen Papyri in Richtung ihrer Wohnung entfernten, blieb der von Gott Erwählte reglos stehen und raspelte, vom Gewicht dieser ungeheuren Enthüllung verzückt an der Krätze unter der Achsel, während bei den Diskotheken von Arroios die Lämpchen des Heiligenscheins um sein Gesicht herum an- und ausgingen und er daher gequält und gutmütig zugleich aus den Heiligenbildchen der Meßbücher aus Perlmutt von einem Gebet begleitet erschien, das garantiert gegen Unglück in der Familie hilft.

Das Gewicht der Inseln und Halbinseln Diogo Cãos, das zu groß für das Alter der beiden war, zwang sie, sich einer ganzen Enzyklopädie von Archipelen und Meeresengen nach der anderen zu entledigen auf ihrem Weg bis zum Platz mit den mittelalterlichen Glocken der Misericórdiakirche, in deren Schatten die Transvestiten des Bairro Alto sich ständig mit den Prozessionen reuiger Sünder in Sandalen vermischten, die sich mit Weidenzweigen geißelten. Sobald die Muskelkraft abnahm und ihn hinderte, seine Bibliothek ganzer Kontinente durch die Straßen von Lixboa zu transportieren, öffnete der Seemann einen Müllcontainer und schüttete ein Bündel tropischer Flüsse hinein, die mit ihrer Fauna, ihrer Vegetation, ihren Bodenschätzen und meteorologischen Eigenheiten und der Tiefe und Charakteristika ihrer Betten zwischen Reis mit Rübenschößlingen und Hustensaftbehältnissen versanken. Der ganze Planet verschwand auf diese Weise, Land für Land und Meridian für Meridian in den Müllbehältern der Stadt, und als sie beim Jardim da Patriarcal angelangt waren, verblieb ihnen nur noch ein rostiges Astrolabium und ein halbes Dutzend Ausschnitte aus der Zeitung *Monde & Gezeiten*, die der Admiral benutzte, um die Routen seiner Karavellen besser zu bestimmen. Als sie in die Nähe ihres Viertels kamen, sahen sie zwischen einem Zug von Mönchen, die finstere Gesänge und Te Deums anstimmten, in der Ferne den Dichter Gomes Leal mit zerbeultem Zylinder und Kamelie am Cut, von der Dringlichkeit eines Rotweins getrieben, in eine vom Phosphoreszieren eines Fernsehers beleuchtete Taverne gehen. Kutschen von Marquis mit Wappen im Schnitzwerk der Tür überholten sie mit quietschenden Achsen, um, die schlappen Federn ihres Gänsebürzels schüttelnd, beim Teatro da Trindade zu verschwinden. Als er zum zweiten Glockenschlag seinen Pyjama anzog, schwebte Diogo Cão mit langer Unterhose angetan in einer Art wüstenhaften Limbus, dessen Nebenflüsse und Becken noch gefunden werden mußten und in dem irgendein Infant am Rand irgendeines felsigen Berges stehend das Nichts mit dem Perlmuttfernrohr eines Jockeyclubmitgliedes betrachtete. Er zog die Wasserspülung, um sich der Realität des Wassers zu vergewissern, und kein Wasserfall ergoß sich in das Klosett. Er spähte aus dem Fenster zum Fluß und verstand die Navigationslaternen der Schaluppen und Karavellen nicht, die von einem großen schwarzen, von den Laternen der Brücke durchquerten Raum ersetzt worden waren. Er tastete vor dem Spiegel sein Zahnfleisch ab, das ihm der Skorbut verschlungen hatte, und traf darin auf ein perfektes Gebiß aus Keramik, das seiner Seemannsangst mit freundlichem Lächeln antwortete. Er warf es schließlich in das Glas auf dem Nachttisch, löschte das Licht im Zimmer, lehnte die besorgten Zärtlichkeiten der Frau ab und starrte bis ins Morgengrauen, während er am Bimsstein seiner Kinnladen nagte, auf die Erde, die zu einer trockenen Wüste aus Wellen und Tejonymphen geworden war, aus der sogar der Wind der Meeresschnecken am Ende verschwunden war.

Um denjenigen Afrikarückkehrern eine Unterkunft zu geben, deren Körper noch den Geruch und das Larvenmurmeln der Felder schlafender Baumwolle beibehalten hatten, über die chimärisch die wilden Hunde trotteten, leerte die Regierung ein Krankenhaus für Tuberkulöse, die nunmehr in den öffentlichen Parks müden Blutauswurf spuckten, und lud dort in den Stationen, die Mauern mit Kriegsszenen und frommen Taten besaßen und von der Todesbetäubung der Desinfektionsmittel durchdrungen waren, die Siedler ab, die, ihr Bündel unter dem Arm, in der Nähe der Anstalten in der Hoffnung herumirrten, etwas von den Suppenresten des Abendbrotes zu ergattern.

Der Mann namens Luís, der sich in der ehemaligen Kapelle eines elenden Refektoriums vom Spinat der Armenspeisung ernährte, erhielt ein kaputtes Bett in einem von Apfelbäumen und Unkraut umgebenen Pavillon, der in der Nähe des Zaunes einer Schule für mongoloide Jungen, kleine Dalai Lamas, lag, die vom Schnee des Himalaja herabgestiegen waren, um in Lixboa mit Novizengeduld das Formen von Knetmassemännchen zu lernen. Die Angestellten, die sie in ein anderes Krankenhaus zu versetzen vergessen hatten, verhielten sich uns gegenüber wie zu den verjagten Kranken, maßen uns die Morgen- und Nachmittagstemperatur, schoben uns gewaltsam Bettpfannen unter die Bettücher und führten uns nach dem Mittagessen im Bademantel in einem Park mit kahlen Kamelien und Basalttrögen spazieren, aus deren Rissen unordentlich Strähnen von Narzissen wuchsen. Im Sanatorium wurden die Tage langsamer als Schachpartien; die Pflichtsiestas auf den Liegestühlen auf der Veranda, bei denen wir ein Quecksilberröhrchen in den Mund gesteckt bekamen und uns ein Platanenzweig die Füße quälte, glichen wochenlangen Meeresflauten, und ein paar vom Schmerz der Sonnenuntergänge und dem ewigen Herbst der Mimosen angesteckte Mulatten fingen an, in schmachtender Agonie Blut in Emaillebecken zu spucken, was die einander wie ein Wurf Zwillinge gleichenden Mongoloiden aus Tibet von der Gartenpforte aus mit heimlicher Kennerschaft beobachteten.

Schon gleich im Morgengrauen überdeckte ein Konzert aus Räuspern und Bronchitiden das Kreischen der Vögel im Garten und die Sohlen der Ärzte auf den Fluren, die gekommen waren, um die Verschlechterungen im Thorax der Kranken abzuhorchen, deren Lungen den Deckchen auf den Beistelltischchen glichen in ihrer Bereitschaft, sich unter der einfachen Kraft des Blickes in Krümel aufzulösen. Der Mann namens Luís, den sie trotz des Nichtvorhandenseins von Symptomen zwangen, den Bademantel eines Sterbenden anzuziehen, erhielt die Erlaubnis, eine Stunde außerhalb der Einfriedung des Hospizes in Begleitung eines Dieners zu verbringen, der den für die Bazillen des auf sich warten lassenden Blutauswurfs vorgesehenen Porzellannachttopf trug. So lernte er in Pantoffeln den vom Sanatorium der traurigen Miasmen vergifteten Stadtteil kennen, in dem alle aus Furcht vor Ansteckung die Angewohnheit annahmen, sich ein Taschentuch an den Mund zu drücken, was dem Epiker den Eindruck verschaffte, im Pyjama inmitten von Chirurgen auf Abwegen herumzulaufen, die sich als Fischverkäuferinnen, Klempner oder Bankkassiers verkleidet hatten und die vom glühenden Augustlack zermalmt wurden.

Ihm kam Lixboa immer mehr wie ein zielloses Kreiseln von Häusern vor, eine wilde Jagd von Regenrinnen, von Bretterzäunen, Kirchtürmen und Straßen, denen die Bauarbeiten der Stadtverwaltung die Eingeweide der Abwasserleitungen unter einem von Wolkenpusteln übersäten Himmel freilegten. Inmitten so großer, hassenswerter Helligkeit, die die Menschen der Barmherzigkeit ihrer eigenen Schatten entledigte, folgte der Schriftsteller schließlich schwindlig vom Licht, immer den Kerl mit dem Nachttopf an den Hacken, dem falschen Goldbesatz einer x-beliebigen Beerdigung in der Hoffnung auf die Zedernnacht der Friedhöfe, in der sich die Verstorbenen unter den Miniaturen griechischer Tempel und Kindern aus Gips in Luft auflösten, denen künstliche Blumen die Luft abdrückten, die nach den Gazekirschen der Hüte rochen und die er mit dem Naphtalingeruch der Todes verwechselte. Auf dem Backsteinsims einer Straße von Grabmälern sitzend, den Nachttopf in Reichweite für die erste Spucke, erlebte er die bescheidenen Leichenzüge der Armenbegräbnisse, oder vielmehr einen Sarg auf einem kaputten Karren, hinter dem alte Männer mit den Kopfen wackelten, und herumstreunende, von der Gegenwart des Leichnams aufgehetzte Straßenköter. In einem fern des Meeres gelegenen Sanatorium hätte er Loanda und die hochbeinigen Vögel der Bucht mit ihren auf dem Wipfel der Palmen ausgestreckten Hälsen vergessen, wenn er in seinem Pavillon, der direkt an das Gebäude geklebt war, in dem die Dalai Lamas Diphtonge lernten, nicht hin und wieder das vom Windhauch gebrachte Motorwispern der Fregatten gehört hätte, die von den Docks in Cabo Ruivo unter der liturgischen Flamme der Stahlhütte zum Fischfang ausliefen.

Sontagabends belebte ein Flötist, der auf der Station im dritten Stock untergebracht war, von wo aus man den Radar des Flughafens und Seixal in der Ferne erkennen konnte, den Gemeinschaftsraum mit den verzogenen Pingpongtischen und langen Konkubinensofas mit vom Emphysem des Instruments abgesonderten Balladen aus den dreißiger Jahren. Er war Koch in einem Restaurant in Lobito gewesen, das schwarze Lastwagenfahrer und Trunkenbolde ohne einen Heller aufsuchten, und er unterbrach den Schlaflosigkeitsschein der Fernsehprogramme, um die Querflöte aus einem Satinetui zu exhumieren, die drei Teile, aus denen sie bestand, ineinanderzustecken, um die Lippen wie einen Babyflaschenschnuller vorzurecken, die Fingerspitzen auf die Löchern im Gürtel ähnelnden Öffnungen zu legen und um auf Zehenspitzen, was den Tönen mehr Gefühl verleihen sollte, einen Tango von Gardel aus den Poren der Pfeife zu blasen, die der aus dem Takt geratene Husten der Siedler begleitete. Bei einem dieser schrecklichen Konzerte gleich nach den Nachrichten über die Streiks der Schweizer Uhrmacher, päpstliche Mondlandungen und Überschwemmungen in Cabo Verde bemerkte der Mann namens Luís, der sich auf einem geblümten Sofa allein wähnte und über Oktaven nachdachte und ruhmreiche Episoden komponierte, die Gegenwart eines Kerls neben sich, der ein Albino und kurzsichtig war und die kleine Flasche für die Lungenauswürfe auf den Knien hielt und den der Klang der Flöte, ohne ihn zu berühren, durchdrang, so sehr hatten Tuberkulose und Abwesenheit seinen Körper zu einer Art substanzlosem Geist gemacht. Hin und wieder ließ er ein Blutfädchen in den Flaschenhals rinnen, der in einer kleinen scharlachroten Blume gerann und wieder, nur noch ein Blitzen von Augen, im Pyjama verschwand. Am Ende der Serenade wandte er sich, indem er den Fußboden mit seiner Hose aus grobem Leinen kaum streifte, zu einem Pavillon, der neuer als die andern und hinter dem Hauptgebäude zwanzig oder dreißig Meter von der Küche entfernt errichtet worden war und in dessen Zimmern die letzten Düfte der Diätbrühen verblichen.

An den folgenden Abenden, wenn er sich in Pantoffeln schlurfend den Weg durch ein Gewühl aus Geräusper zu seinem täglichen Spaziergang bahnte, traf er auf den kurzsichtigen Typ, den seine Durchsichtigkeit mit den Aquarellen an den Wänden verschmelzen ließ, wie er, auf einem Liegestuhl hingegossen, die Apfelbäume des Parks betrachtete oder in einer Ecke der Veranda in geheimnisvollen Dialogen mit Herren konspirierte, die ebenso inexistent waren wie er, alle ein Reagenzglas für Spuckrosen in der Hand hielten und deren vernarbte Zungen die unauslöschlichen Zeichen von Skorbut trugen. Zu jener Zeit erzielte das Sanatorium die ersten Toten unter den dünnsten Rückkehrern, die winzig waren unter den Laken, die ihnen den Kopf bedeckten, und die Leute sahen sie auf einer Art Tablett mit Rädern in den Weinkeller der Autopsien fahren, einen Klosterhof, in dem ein Schlachter mit Gummischürze und mispelfarbenen Haushaltshandschuhen Eingeweide und Arterien mit Buschmesserhieben sezierte.

Der Mann namens Luís hatte an dem Septemberabend, als der trügerische Kurzsichtige ihn, nachdem er ihn eine Stunde lang vorsichtig wie ein Geier umkreist, am Pyjamaärmel gezogen und ihn eingeladen hatte, in der ersten Oktoberwoche an der Landung des Königs in Ericeira teilzunehmen, bereits ein Drittel seines Gedichts geschrieben:

– König D. Sebastião erscheint auf einem Schimmel aus den Wellen, flötete er, indem er eine Rose in seiner Flasche deponierte.

Der Dichter stellte sich eine Horde Tuberkulosekranker in Krankenhausuniform vor, die im Nebel der Dünen hokkend auf einen lächerlichen Monarchen wartete, der sich in Begleitung seines besiegten Heeres aus den Wellen erheben würde. Seit er aus Afrika zurückgekommen war, kam ihm sogar das Fließen der Zeit absurd vor, und er hatte sich noch nicht an die langwierigen Quittensaftdämmerungen des Sommers gewöhnen können, an das Fehlen des hohen Grases mit seinem gierigen Insektenknistern, und er bewegte sich in der Stadt wie auf einem vom Mechanismus der Einbildung geschaffenen Planeten, wurde von Nachrichten in der Zeitung informiert, die so rätselhaft waren wie das Gurren eines Wals. Und er nahm die Einladung genauso an wie die Pneumotoraxe und die Sirups der Ärzte in der Anstalt, die sich dienstags und freitags voll Heilungseifer mit Nadeln und Jodtinktur auf ihn stürzten.

– Das einzige Problem, warnte ihn der durchsichtige Herr, ohne die Lippen zu bewegen und indem er auf die Diener wies, die die Auswürfe der Siedler überwachten, sind die spanischen Informanten.

Und er klärte ihn darüber auf, daß das Land nach dem Scheitern der marokkanischen Expedition von den Kastiliern besetzt worden sei, und der Prior von Crato, Sohn des Infanten D. Luís, dessen Truppe nach zwei oder drei Zusammenstößen beim Stockspiel desertiert war, irrte als Pekinese verkleidet durch den Norden und versuchte nutzlosen Beistand in verwirrten Dörfern zu finden.

Die Einzelheiten des Planes zur Wiedererlangung der Unabhängigkeit, der zwischen den Hustenanfällen vom Patrioten mit der Flöte entworfen worden war, würden ihm während der Siestas nach dem Mittagessen oder nach den beinahe täglichen Totenwachen in der Kapelle des Sanatoriums enthüllt werden, die mit langwimprigen Figuren des heiligen Rochus dekoriert war, die in Weiber und Pferde liebender Barmherzigkeit in kurzem Wams die Tuberkulösen mit ihrem noch immer in einem Luftholen ohne Luft geöffneten Mund betrachtete. Ein Schreiber des Hospizes hatte, von den Liebesmanövern einer Mulatten-Passionaria angelockt, die auf diese Weise zwanzig Jahre entfesselter Prostitution abtrug, einen Bus mit getönten Scheiben gemietet, der dazu diente, Touristenherden zu Bergfrieden, Kathedralen und anderen Nichtigkeiten dieser Art zu führen und die Kranken nach Ericeira zum Treffen mit dem schwulen König und seinem zerlumpten Generalstab transportieren und dann von dort aufbrechen sollte, um den Flugplatz, die Radio- und Fernsehstationen, das Parlament, die Tejobrücke und die Zufahrten nach Lixboa zu besetzen, während Trupps von in unterschiedlichen Anstalten Internierter unter dem Kommando am Tropf hängender Sterbender ihre Blutblütenblätter abhustend den Präsidentenpalast, die Ministerien und die Häfen einnehmen würden, spanische Grafen im Fort von Caxias festsetzen oder sie auf steuerlosen, aufs Geratewohl in einen Ozean von Tritonen geworfenen Schonern auftürmen sollten.

Das Sanatorium erlebte die unmittelbar vorangehenden Wochen in der Stille schlechter Anzeichen, die den Grippen vorangeht und die Hunde aufscheucht, deren Pupillen sich im Angstschweiß lila färben. Die Schwindsucht raffte ganze Pavillons dahin, und die Leichname lagen unter numerierten Decken und warteten nicht nur auf den Marmortischen zum Verstorbenenvierteilen auf die Scheren der Autopsie, sondern auf den Stufen, die zum Keller hinunterführen, auf den abgewetzten Teppichen des Speisesaales, im Raum für die Beine der Schreibtische der Doktoren und hinter den Küchenherden, von den Briketts der Öfen gekrönt, zusammen mit den Zeitungen und den Küchenschaben. Einige Krankenpfleger und Ärzte verbargen bereits die beginnenden Rachenentzündungen hinter der Handfläche und erschienen mit den Augenrändern schlecht geschlafener, von der Pein des Fiebers gequälter Nächte. Und dennoch setzte der Flötist seine unerschrockenen Konzerte trotz des welken Glanzes des Fernsehers weiter fort, interpretierte Boleros mit einer Heftigkeit, die das Publikum zu Tränen rührte, das in Reagenzgläser sabberte, während dort draußen die Windböen des Septembers die Bäume trockneten und die beinahe herbstlichen Nächte mit dem gelben Staub ihrer

Beeren vergoldete. Der Mann namens Luís glaubte aus der dahinfließenden Musik das verschlüsselte Morsen der Anhänger des blonden Jungen herauszuhören, vor allem wenn der Künstler, den die Inspiration vom Gewicht seines irdischen Daseins befreite, sich senkrecht in die Luft in Richtung Decke erhob, die Füße wie Aquariumsfischflossen über den Stühlen des Publikums bewegte, um bei der letzten Note mit der Leichtigkeit eines Zauberers auf den Boden zurückzukehren. Wenn er nach dem Ende der Boleros durch den Park ging, stellte er sich in den Klippen der Ostsee verirrte spanische Karavellen und an den Felsen der Elfenbeinküste aufgelaufene Galeeren ohne Ziel vor, in denen Hunderte von Soldaten mit von wahnsinnigen Stürmen verbeulten Rüstungen vergebens zu den Säumen eines Waldes winkten, an dem sich schreckensstarre Neger ballten.

An dem Abend, an dem der Musiker sein übliches Repertoire gegen die Nationalhymne austauschte, die er im Pasodoblerhythmus spielte, um die Angestellten auszutricksen, hatten nach den leeren Bänken und dem Geruch verwesten Fleisches auf den Stationen zu urteilen nur noch wenige Siedler die Lungenbazillen überlebt, und mehrere Ärzte hatten das Krankenhaus auf der Suche nach Besserung in den Kliniken der unter den Schluchzern der Kuckucks sich kräuselnden Alpen verlassen. Er machte sich, aufgrund der Pestilenz der Verstorbenen von Übelkeit befallen, bereit, vom Sofa aufzustehen, als der durchsichtige Kerl ihn sanft über die Terrasse mit den Terrakottafliesen zog, die die Wurzeln der Apfelbäume mit einem ungeheuren Auferstehungswillen zerbrachen, und zeigte mit dem kleinen Finger, der sich kaum von der malvenfarbenen Luft abhob, auf einen Bus mit brennenden Scheinwerfern, der am Tor geparkt stand und auf Tuberkulöse im Schlafanzug wartete, die sich auf Zehenspitzen in den Gebüschen verteilten und versuchten, keinen Lärm in der Stille der Dunkelheit zu machen, in der sie wie Taucher auf die geronnenen Lichter des Wagens zuschlurften.

Der Bus war ein unglaubliches Vehikel für reiche Amerikaner mit Sitzen, die Friseurstühlen glichen, mit Aircondition, Waschräumen wie im Flugzeug, Kopfhörern für spanische Operetten und für Opern für jeden und Stewardessen in Uniform und Schiffchenmütze, die Milchbrötchen und kleine Gläser Saft servierten. Der Motor arbeitete mit dem unhörbaren Summen statischer Elektrizität, und der Mann namens Luís sah zum ersten Mal das riesige Anstaltsgebäude, das aus aufeinanderliegenden Balkons bestand, von unverständlichen Gartenlauben umgeben und von der halben Apfelsine des Mondes geschmückt war. Er sah die Pavillons im Gewebe der Buchsbäume, die Treibhäuser der Laboratorien, in denen die Angst der Meerschweinchen quiekte und das Leichenschauhaus voll chitinöser Mumien, die genauso aussahen wie die Kaimane der Museen. Durch die Zimmer der Ärzte glitten hin und wieder die Navigationsdochte der Schlaflosigkeit der Doktoren, die auf der Suche nach der zugekorkten Schlafmittelflasche halbnackt zu den Arzneischränken hinunterstiegen. Die Schule der Dalai Lamas war ein Kirchenschiff, von dessen Dachboden lautlos Fledermausschwärme auftauchten, deren Reißzähne grausam waren wie Französischlehrer. Karussells mit kleinen Pferdchen und anderen Folterinstrumenten drehten sich in einer Art Schafstall, der dazu ausersehen war, Kniescheiben zu zermalmen und Köpfe aufzuschlagen, die der Stadtteilpharmazeut liebevoll mit unzähligen Klammern wieder zunähte. Der Mann namens Luís machte es sich auf dem Polster bequem, schloß die Augen und träumte bereits von den krummen Gassen von Cazenga und den auf verräterischem Schlamm rutschenden Jeeps der Militärpolizei, als der Flötist von vorn, die Querflöte in der einen und das Reagenzglas fürs Ausgespuckte in der anderen Hand brüllte, São Jorge e Portugal! Das Hospiz der Pneumothoraxe verschwand hinter seinem Rücken, Schatten von Gebäuden rutschten hinter mir in den getönten Scheiben weg, die Lampions der bis zu den Dachsparren mit Bougainvilleas bedeckten Stadtpalais von Lumiar entfernten sich von uns mit ihren Silberschalen und Himmelbetten, und es blieb nur noch das Radio des Busses, das heulend Militärmärsche und kommunistische Verse wiederholte.

Sie nahmen die Straße nach Sintra hinter dem Auspuff eines Gemüselastwagens, der kriegerische Gase durch alle Poren des kaputten Topfes pfiff, während mehrere revolutionäre Schlafanzüge in nimmer endenden Hustenanfällen in sich zusammenfielen, und der durchsichtige Herr schaukelte, das Thermometer im Mund zu meiner Linken, schiffbrüchig auf den Algen des Schweißes. Angespitzte Kiefern bedrohten uns vom Straßenrand in der Nähe des Bogens aus der von der Freßsucht des Efeus verschlungenen Dunkelheit der Abzweigung nach Queluz. Ein Bretterzaun verlief parallel zum Teer, verschwand unvermittelt und ließ uns an einem Birkenwald zurück. An den Kreuzungen im Hinterhalt liegende Verkehrspolizisten mit Leuchtstäben erlegten unvorbereiteten Kaleschen Strafen auf. Die in einem ewigen Nebel aufgelösten und von Stadionsscheinwerfern gezeichneten Restaurants und Denkmäler von Sintra duckten sich am Grund der Feuchtigkeit, während in die offenen Fenster Seebarsche hineinschwammen und, sich mit bläulichem Schimmern verabschiedend, wieder herauskamen. Der Bahnhof füllte sich nachts mit den Ringelblumen Abwesender, und in den Villen mit Dächern, die den Hörnern der Stiere aus dem Minho glichen, trieben in der Trägheit der Algen Seeleute im Profil dahin. Der Mann namens Luís erinnerte sich an die konkrete Dämmerung von Loanda, wo alles genau als das erschien, was es war, ohne nautische Mysterien oder Fußspuren nicht anwesender Nixen, die sich damit begnügten, in den Hotelbars, die Zigarette zwischen den Schuppenfingernägeln, mit greisen Belgiern zu reden, die das vierte Portweinglas verstörte.

Die Fahrt von Sintra nach Ericeira war eine einzige Verzweiflung aus Kurven und Gegenkurven mit Ballungen kleiner Dörfer an der Strecke, Bauernhöfen, Emigrantenhäusern und schlaftrunkenen Hunden mit schwarzen Gaumen, die haßerfüllt an den Türen der Tavernen bellten. Sie fuhren am Kloster von Mafra vorbei, das voller Tausendfüßler und Soldaten steckte, und kamen mit vor Kälte klappernden Knochen kurz bevor es zwanzig vor drei Uhr morgens war in den Krankenhausschlafanzügen in Ericeira an, ein jeder mit seinem Auswurfflaschenhals in der Tasche, angeführt von den Befehlen des Schwindsüchtigen mit der Flöte, dessen Asthma wie ein verklemmter Blasebalg pfiff. Sie irrten durch Gassen und über kleine Plätze, erkannten sich gegenseitig am Tonfall des Hustens, schnupperten mit der pflaumenfarbenen Nase von Kranken zum Meer hinüber und dorthin, wo der Strand lag, stießen an die Stühle der Straßencafés, an öffentliche Bänke, denen Latten fehlten, an Bretterzäune, die ihnen das Meer verstellten, an fünfzig Meter steil abfallende Granitmauern, Fischerboote, eingerollte Netze, das Blitzen von Bojen und die Zeltstäbe des beendeten Sommers mit seinem in den Dünen Atolle bildenden Unrat.

Es war ein Alter, dessen Augen vom Voranschreiten der Bazillen mit tiefen Ringen versehen waren, mit einem Schal um den Kohlstrunk des Halses, der die Treppe fand, die mit unsicheren Absätzen zum Sand hinunterführte, und der den Musiker rief, der gerade das Quecksilber seines Thermometers in der Dunkelheit entzifferte, um sich der Celsiusgrade seines Unglücks zu vergewissern. Der durchsichtige Patriot und noch zwei oder drei Helden mit der Spuckschale am Kinn riefen die Tuberkulösen zusammen, die sich im Bademantel auf einen leeren Parkplatz gewagt hatten und sich zur möglichen Richtung eines Ozeans vortasteten, der sie gleichzeitig von allen Ecken her mit seinem Geruch nach Quallen und Narzissen ausspähte, und am Ende in einer Herde als ungewisses Rudel von Skeletten die Stufen zum Strand und den Körben mit verschmähten Sardinen bei einem Café hinunterstolperten, auf dessen unebenem Kamm der Fensterbrüstung eine graue Katze schlief.

Aufeinandergestützt, damit sie gemeinsam das Erscheinen des Königs zu Pferde mit seinen Wunden von Messerstichen in den Schultern und im Bauch erlebten, setzten sie sich auf die nackten Schiffleiber, auf das Verandadeck der Fischkutter, auf die Korkschwimmer und die vergessenen Kisten, aus denen Gerüche von der Peitsche der Strömung auf die Dünen getriebener Selbstmörder drangen. Wir warteten im leichten Morgenwind zähneklappernd auf den gläsernen Himmel der ersten hellen Stunden, auf den sergefarbenen Nebel der Tagundnachtgleiche, auf die Schaumbordüren, die uns mit den Jahrmarktsüberresten der Wellen und dem Schafsblöken des Wassers im Felssiphon einen blonden Jüngling mit einer Krone auf dem Kopf und einem Schmollmund bringen sollten, der mit von Zigeunern gearbeiteten Kupferarmreifen und billigen Ketten aus Tanger um den Hals aus Alcácer Quibir kam, und während wir die Thermometer unter der Achsel festdrückten und gehorsam unser Blut in die Krankenhausröhrchen spuckten, sahen wir nichts als den Ozean, leer bis zur Linie des Horizonts, die an einigen Stellen von einer Kruste aus Salzkraut, von Familien am Strand kampierender Spätsommergäste verdeckt war, und die Fischkutterführer mit hochgerollten Hosenbeinen, wie sie verständnislos auf unseren Schwarm von Möwen im Bademantel blickten, die hustend auf den Steuerrudern und den Schiffschrauben hockten und beim Klang einer von den Eingeweiden des Meeres übertönten Flöte geduldig auf das Wiehern eines Pferdes warteten, das nie kommen würde.

Glossar

ADAMASTOR: mythische Figur, einer der Riesen, Söhne der Erde, die von Jupiter verdammt wurden, unter Kaps und Landzungen begraben zu werden. Camões läßt ihn als Personifizierung des Kaps der Guten Hoffnung im V. Gesang seiner *Lusiaden* auftreten.

ALBUQUERQUE, AFONSO DE (1452/3–1515): er eroberte Goa in Indien (1510) und Malakka auf der malaiischen Halbinsel (1511), in der Absicht, eine Hegemonie Portugals im fernen Osten zu schaffen. 1503 gründete er in Cochin (Indien) das erste portugiesische Fort in Asien. Er wurde von König D. Manuel I. als Nachfolger von D. Francisco de Almeida zum zweiten Vizekönig Indiens ernannt.

ALCÁCER QUIBIR: Ksar-el-Kibir im heutigen Marokko. Hier erfuhr am 4. August 1578 das portugiesische Heer unter der Führung seines jungen Königs D. Sebastião eine verheerende Niederlage. Der König starb in der Schlacht, und Portugal verlor seine Unabhängigkeit, da der Monarch keine direkten Nachfahren hatte und das Land an Spanien fiel, unter dessen Herrschaft es bis 1640 blieb. Es geht die

Sage, daß König Sebastião eines Tages im Nebel aus dem Meer wiederkehren wird.

ALGARBE: Algarve. Region im Süden Portugals. Al-Gharb (der Westen) ist der Name, den die Araber der Region gaben, die mehr oder weniger der römischen Provinz Lusitanien entsprach.

ALJUBARROTA: dort kämpften die von Nuno Álvares Pereira geführten Portugiesen am 14. August 1385 gegen die Spanier, die ihren Anspruch als Herrschaftsmacht über Portugal durch ihren Einmarsch festigen wollten. Sie gewannen gegen die etwa dreimal so starke Armee der Invasoren und besiegelten damit die Unabhängigkeit Portugals.

BAIA, FREI JERÓNIMO (1620/1630–1688): Benediktinermönch und Prediger des Königs Alfons VI.

BAIXA: Unterstadt, nach dem Erdbeben 1755 vom Marquês de Pombal wiederaufgebautes Stadtzentrum Lissabons; auch Unterstadt von Luanda.

BEIRA: Region in Mittelportugal und Stadt in Moçambique.

BOCAGE, MANOEL MARIA BARBOSA DU (1765–1805): neoklassischer Dichter und Bohemien, der wegen seiner satirischen Schriften ins Gefängnis geworfen wurde und dort Ovid und Vergil übersetzte.

Bolama: Hauptstadt der ehemaligen portugiesischen Provinz Guinea und die das Bijagós-Archipel umfassende Region in West Guinea-Bissau.

Bragança: Königshaus von 1640 bis 1910 (Ausrufung der Republik). Erster König war der 8. Herzog von Bragança, der als König D. João IV. den Thron bestieg; Urvater des Hauses ist Nuno Álvares Pereira.

Bulhões, Fernando de: Taufname des heiligen Antonius, der am 15. August 1195 in Lissabon geboren wurde. Antonius ist der Stadtheilige Lissabons. Er starb 1231 auf dem Weg nach Padua in Verona.

Cabo Bojador: Kap an der afrikanischen Küste (26° 6′ 57″ nördlicher Breite und 14° 28′ 21″ Länge), das lange der äußerste bekannte Punkt des schwarzen Kontinents war. 1433 versuchte Gil Eanes erfolglos, es zu umschiffen. Heinrich der Seefahrer schaffte es 1434.

Cabral, Pedro Álvares (1467–1520): Seefahrer, entdeckte im Jahr 1500 Brasilien.

Cais das Colunas: Anleger am großen Platz am Tejo, dem Terreiro do Paço, an dem vor dem Erdbeben der Königspalast stand. Heute Praça do Comercio.

Caminha, Pero Vaz de: Seefahrer, Schreiber der Flotte, die mit Pedro Álvares Cabral Brasilien entdeckte. Er beschrieb in einem Brief an König D. Manuel I. vom 1. Mai

1500 die Entdeckung sowie die Natur und die Sitten der eingeborenen Völker.

CAMÕES, LUÍS VAZ DE (1524 / 25–1580): Nationaldichter Portugals, Verfasser von Lyrik und vor allem Autor des Epos *Die Lusiaden*. Er verlor als Soldat im Kampf das rechte Auge und ging 1553 nach Indien. 1559 schiffte er sich von Moçambique nach Portugal ein. 1572 werden die *Lusiaden* publiziert. Eine zweisprachige Ausgabe mit einer Übersetzung von Hans Joachim Schaeffer und Rafael Arnold mit reichem Anhang ist 1999 im Heidelberger Elfenbein Verlag erschienen.

CANTIGAS: höfische Gedichte / Lieder, die zwischen dem 12. und 15. Jahrhundert im iberischen Nordwesten entstanden. Sie wurden wie beispielsweise die Cantigas von König Alfons X. in galizisch-portugiesischer Sprache geschrieben. Es wird unterschieden zwischen Cantigas de amor, Minneliedern, Cantigas de Amigo (Lieder, in denen sich die Frau an ihren Liebsten, den »amigo«, wendet) und Cantigas de Escárnio, satirischen Spottliedern.

CÃO, DIOGO: Seefahrer, der auf Geheiß des Königs João II. in den Jahren 1482 und 1484 Entdeckungsreisen nach Afrika unternahm. Er fuhr den Zaïrefluß (Kongo) hinauf, gelangte bis zur Baía dos Tigres und öffnete so Vasco da Gama den Weg nach Südafrika.

Castro, Inês de: Heldin einer der berühmtesten Liebesgeschichten des Mittelalters in Portugal, die den Franzosen Montherlant noch im 20. Jahrhundert zu dem Theaterstück *La Reine Morte* inspirierte: Der spätere König D. Pedro I. verliebt sich als Kronprinz in die Hofdame seiner Frau, die adlige Inês de Castro. Sein Vater, D. Afonso IV., verbannt sie nach Spanien. Nach dem Tode seiner Frau, Dona Constança, holt D. Pedro Inês nach Portugal zurück, lebt mir ihr zusammen und hat auch Kinder mit ihr. Aus politischen Gründen läßt D. Afonso IV. Inês umbringen. Sein Sohn verwüstet darauf mit seinen Mannen weite Landstriche Portugals. Als D. Pedro den Thron besteigt, läßt er Inês exhumieren und mit großem Pomp in einen Sarkophag in der Klosterkirche von Alcobaça überführen.

Cortes: vom König einberufene Versammlung der Vertreter bestimmter, ausgewählter Städte. Die nicht vertretenen Städte konnten ihre Klagen durch die Repräsentanten anderer Städte vorbringen.

Cucaviertel: nach der dort angesiedelten Bierbrauerei genanntes Viertel in Luanda.

Dafundo: Stadtteil von Lissabon.

Dias, Bartolomeu (1450–1500): Seefahrer und Entdekker, der als erster eine europäische Expedition um das Kap der Guten Hoffnung leitete (1488) und so die Seeroute nach Asien öffnete. Er nahm mit einem kleineren Schiff 1500 an der Expedition von Álvares Cabral teil.

Diu: ehemalige portugiesische Kolonie in Indien (1534–1961), Teil des Territoriums Goa, Daman und Diu.

D. Dom: von lat. *Dominus*, Ehrentitel, der ursprünglich den Königen, Fürsten und Infanten, Mitgliedern des Hochadels und dem Klerus Portugals vorbehalten war und dem Namen vorangestellt wird. Später wurde er auch für besondere Verdienste verliehen. So erhielt Vasco da Gama von König D. Manuel I. diesen Titel.

D. Afonso Henriques (1109–1185) auch Afonso I.: erster König Portugals (1139), der Santarém und Lissabon 1147 von den Mauren befreite. Als er starb, hinterließ er eine stabile, von Spanien unabhängige Monarchie.

D. Dinis (1261–1325): sechster König Portugals, bestieg 1279 den Thron. Er gründete 1290 in Lissabon eine Universität, die später nach Coimbra verlegt wurde. Camões erwähnt den D. Dinis mehrfach in den *Lusiaden*.

D. Fernando I. (1345–1383): neunter König Portugals (ab 1367), dem die Beinamen »der Schöne« oder »der Unbeständige« gegeben wurden.

D. Francisco de Almeida (1450–1510): erster Vizekönig Indiens.

D. Fuas Roupinho: portugiesischer Krieger des 12. Jahrhunderts. Er war Begleiter D. Afonso Henriques' und Sieger der ersten Seeschlacht der Portugiesen im Jahre 1180 gegen die Sarazenen und ist Held vieler Legenden (die Jungfrau Maria soll ihn gerettet haben, als er bei Nazaré einen Hirsch verfolgte). Er wird von Camões in den *Lusiaden* erwähnt (I–XIII).

D. João de Brito (1647–1693): Jesuitenmissionar in Indien und Märtyrer; 1852 seliggesprochen.

D. João de Castro (1500–1548): vierter Vizekönig Indiens.

D. Manuel I. (1469–1521): König Portugals von 1495–1521, dem der Beiname »der Glückliche« gegeben wurde. Seine Regierung wurde bestimmt von religiösen Konflikten (alle Mauren und Juden, die die Taufe verweigerten, wurden des Landes verwiesen), einer klugen Neutralitätspolitik im Streit zwischen Frankreich und Spanien und der Weiterführung der Expansion Portugals nach Übersee, vor allem nach Indien und Brasilien.
Lobo Antunes schreibt seinen Namen in der antikisierenden Form »Manoel«.

D. Pedro I.: achter König Portugals, regierte von 1357 bis 1367. Sein Zuname »Pedro der Grausame« wurde ihm wegen seiner Reaktion auf den Mord an seiner Geliebten Inês de Castro gegeben.

D. Sebastião (1554–1578): König Portugals ab 1557. Er starb in der Schlacht von Alcácer Quibir und soll, so lautet die Sage, eines Tages im Nebel aus dem Meer kommen, um Portugal zu retten.

EANES, GIL: berühmter portugiesischer Seefahrer des 15. Jahrhunderts. Brach 1433 das erste Mal von Sagres auf, um das Cabo Bojador zu umschiffen; es gelang ihm ein Jahr später. Er wurde dafür zum Ritter geschlagen.

FRANCISCO XAVIER (1506–1552): Apostel Indiens und Japans. Spanischer Jesuitenpater, missionierte in den vierziger Jahren des 16. Jahrhunderts Indien, die Molukken, Japan. 1622 heiliggesprochen.

GAMA, VASCO DA (?–1524): leitete die Expedition, die 1499 den Seeweg nach Indien entdeckte; Indiens sechster Gouverneur und zweiter Vizekönig.

GAGO CONTINHO, CARLOS VIEGAS: Vizeadmiral bis 1939. Flog 1922 nonstop von Lissabon nach Rio de Janeiro.

GARRETT, JOÃO BAPTISTA DA SILVA LEITÃO DE ALMEIDA (1799–1854): Schriftsteller, Redner und Staatsmann, der wegen seiner liberalen Gesinnung zeitweise in der Verbannung in Großbritannien und Frankreich lebte, später jedoch Außenminister wurde. Er wird als einer der besten Prosaisten Portugals angesehen, war ein bedeutender Verfasser von Theaterstücken, Gründer des portugiesischen Nationaltheaters und Hauptrepräsentant der romantischen Schule Portugals.

GOMES LEAL, ANTÓNIO DUARTE (1848–1921): Dichter, dessen Werk spätromantisch, aber doch schon von der Dichtung des französischen Parnaß beeinflußt ist. Zum

300. Jahrestag von Camões legte er 1880 das Gedicht *A Fome de Camões – Der Hunger des Camões* vor, in der er das Schicksal des Dichters beschreibt.

Góngora, Luis de Góngora y Argote (1561–1627): Einer der einflußreichsten spanischen Dichter seiner Zeit. Sein barocker, »gebildeter« Stil (estilo culto) wurde als Gongorismus bezeichnet und erfuhr Ende des 19. Jahrhunderts mit dem »Modernismo« in Spanien eine Renaissance.

Gonzaga, Tomás António (1744–1810): portugiesischer Dichter, der bis ins 20. Jahrhundert fast so populär war wie Camões.

Ilha dos Amores: Insel der Liebe, paradiesische Insel aus den *Lusiaden* (IX. Gesang).

Infante Dom Henriques, Heinrich der Seefahrer (1394–1460): Prinz von Portugal, dritter Sohn König D. João I. Nach der Eroberung Ceutas im Jahre 1418 wurde er von seinem Vater zum Gouverneur dieser Stadt gemacht. Von dort aus ließ er die ersten Reisen die afrikanische Küste hinunter nach Süden machen. Später siedelte er sich in Sagres an. Dort sammelte er Seefahrer und Astronomen um sich, die ihre Kenntnisse anderen Schiffsführern weitergaben. Auf seine Weisung hin wurden die Azoren besiedelt, durch Gil Eanes das Cabo Bojador umschifft, 1456 die kapverdischen Inseln entdeckt und die Küste Afrikas bis zum Senegal befahren.

Jerónimoskloster: das im Stadtteil Belém gelegene Hieronymitenkloster ist durch seinen manuelinischen Kreuzgang und sein manuelinisches Südportal bekannt. Nach der Rückkehr Vasco da Gamas aus Indien am 10. Juli 1499 beschloß König D. Manuel I. an der Stelle, wo der Entdekker empfangen wurde, eine Kirche zu errichten, deren Grundstein er 1500 legte. Die Gräber von Vasco da Gama, Luís de Camões und Fernando Pessoa befinden sich in der Kirche.

Lixboa: von Lobo Antunes erfundene, phonetische Schreibweise für Lissabon, die an den Namen erinnert, den Lisboa / Lissabon seit dem 8. Jahrhundert bis zur Eroberung durch D. Afonso I. im Jahr 1147 hatte, nämlich Lixbona, neben Lissabona oder dem Aschbuona der Araber.

Loanda: Luanda, Hauptstadt Angolas. 1576 von Paulo Dias de Novais, dem Enkel von Bartolomeu Dias, als erste Stadt europäischer Prägung im südlichen Afrika gegründet. Sie hieß ursprünglich »São Paulo da Asunção de Luanda«. Die Stadt liegt an einer Bucht, vorgelagert ist die Insel »Ilha de Luanda«, die mit dem Festland durch eine Brücke verbunden ist.

Lópes, Fernão (1380–1460): Historiker, der erste und größte königliche Chronist und zugleich hervorragender Prosaist.

Lourenço Marques: Mitte des 16. Jahrhunderts in der Delagoa-Bai des Indischen Ozeans gegründeter Handelsstützpunkt, später Hauptstadt von Moçambique, wurde 1975 in Can Phumo umbenannt und heißt seit 1976 Maputo.

Magalhães, Fernão de; auch Magellan (1480–1521): Portugiesischer Seefahrer und Entdecker, der sowohl für Portugal als auch für Spanien segelte. Er entdeckte 1521 die Magellanstraße. Er selbst hat die Welt nicht umsegelt, weil er auf dem Rückweg auf der Insel Macatan im Malaiischen Archipel von Eingeborenen getötet wurde. Sein Schiff *Victoria* jedoch landete 1522 wieder in Spanien.

Malabar: Küstenstreifen in Südwest-Indien. Vasco da Gama landete hier bei seiner Expedition; ab 1500 richteten die Portugiesen hier Faktoreien ein, z. B. Cochin.

Malakka: Stadt auf der malaiischen Halbinsel gleichen Namens, seit dem Mittelalter das Tor zum Fernen Osten. Wird 1511 von Afonso de Albuquerque für Portugal erobert. 1641 wird es niederländisch, 1824 britisch. Heute gehört es zu Malaysia.

Maravedi: alte arabische, in Portugal gebrauchte Münze (von arab. marabiti).

Mendes da Maia, Gonçalo: Mitte bis Ende des 11. Jahrhunderts geborener Adliger, dem als berühmten Streiter gegen die Mauren der Zuname »O Lidador«, der Kämpfer, gegeben wurde.

Miranda, Sá de (1481–1558): Dichter, der als erster in Portugal den Versuch unternahm, den »dolce stil nuovo« der italienischen Renaissance in seine Sprache zu übertragen. Zudem führte er die Prosakomödie in die portugiesische Literatur ein.

Moniz, Egas (1080–1146): Fürst, Lehrer und Mitstreiter König D. Afonso Henriques um die Unabhängigkeit Portugals von Spanien. In Friedensverhandlungen mit König Alfonso VII. von León verpfändete Egas Moniz sein Wort dafür, daß D. Afonso I. dem König von León weiterhin Gefolgschaft leisten würde. Als Alfonso I. im Jahr 1130 sein Wort brach, die Gefolgschaft aufkündigte und in Galizien einmarschierte, machte sich Egas Moniz mit seinen Söhnen als Geisel zum König von León auf. Dieser war nach anfänglichem Zorn von dieser Loyalitätsbekundung gerührt und vergab dem Haupt der Aufständischen. Während der Konferenz von Zamora erkannte Alfonso VII. D. Afonso I. als Monarchen an. Die Kirche gab ihm jedoch erst 1179 die Anerkennung.

Mouraria: das alte Maurenviertel unterhalb des Castelo de São Jorge, das ursprünglich eine Festung der Mauren war.

Nampula: Stadt in Moçambique.

Orta, Garcia de (150?–1568): Arzt und Botaniker/Naturheilkundler sephardischer Herkunft, dessen Haus mit eigenem Garten zugleich Kräutergarten und Laboratorium war. In seinen *Colóquios* (1563) schrieb er sein Wissen nieder. Er war Arzt des Königs, reiste 1534, weil er Jude war und deshalb vom Hof entfernt wurde, nach Indien, wo er in Goa lebte, als Arzt praktizierte und seine medizinisch-botanischen Studien betrieb. Luís de Camões war sein Freund und Bewunderer.

PEIREIRA, NUNO ÁLVARES (1360–1431): Feldherr, auch genannt der Heilige Kondestabel, dessen Sieg über die Spanier in der Schlacht von Aljubarrota (14.8.1385) die Unabhängigkeit Portugals besiegelte. Er wurde, nachdem er den König D. João I. bei der Expedition nach Ceuta unterstützte, aufgrund eines Gelöbnisses 1423 Karmelitermönch; 1918 seliggesprochen.

PHILIPP II. (1527–1598): König von Spanien und als D. Filipe I. König von Portugal (1580–98). Als sein Neffe König Sebastião ohne Erben in Alcácer Quibir starb, wollte Philipp II. ihm auf dem Thron folgen, mußte jedoch, um seinen Erbanspruch durchzusetzen, in Portugal einmarschieren. Bis 1640 blieb Portugal unter spanischer Herrschaft.

PINTO, FERNÃO MENDES (1510–1583): Abenteurer und Schriftsteller, Autor des Buches *Peregrinação*, in dem er mit einer guten Dosis Phantasie sein Leben und seine Reisen durch den Orient beschrieb und damit eines der wichtigsten Zeugnisse der portugiesischen Reiseliteratur zur Zeit der Entdeckungen verfaßte, das sich auch außerhalb Portugals großer Beliebtheit erfreute.

Prior do Crato, António (1531–1595): illegitimer Sohn einer der Brüder Königs D. João III. Vom Volk hochgeachtet, strebte er nach dem Tod König Sebastians den Thron an und proklamierte sich 1580 zum König. Er verlor jedoch die Schlacht gegen die Spanier und mußte Lissabon am 24. August 1580 dem Herzog von Alba übergeben. Er lebte zunächst im Exil auf den Azoren. Er konnte Frankreich als Alliierten gewinnen und kämpfte mit den Franzosen und später mit England erfolglos gegen die Spanier. Er starb im Exil in Paris.

Rodrigues Lobo, Francisco (1580–1621): Lyriker und Prosaschriftsteller, Autor des Epos *Kondestabel von Portugal* und höfischer Dialoge mit dem Titel *Der Hof im Dorfe* und von drei Hirtenromanen im Stile Lope de Vegas. Er ertrank 1621 bei einem Schiffsunglück in der Nähe von Santarém.

Restelo: Strand in der Lissabonner Gemeinde Belém. Heinrich der Seefahrer ließ dort eine Kapelle errichten, in der Vasco da Gama und seine Mannen die Nacht vor der Abreise nach Indien verbrachten. König D. Manuel I. ließ dort das Jerónimoskloster errichten.

Sagres: Ort am südwestlichsten Punkt Portugals. Heinrich der Seefahrer hat an diesem Ort oder ganz in der Nähe gelebt und Astronomen aus dem In- und Ausland in seinen Palast eingeladen, die Seefahrern ihre Kenntnisse vermittelten. Daher stammt die Vorstellung, es habe in Sagres eine Seefahrtsschule, die Escola de Sagres, gegeben.

São Jorge und Portugal: Kriegsruf der 1. Dynastie Portugals im Kampf gegen die Mauren.

Sepúlveda, Manoel de Sousa de (1500/1505–1552): Adliger und Soldat. Ging, nachdem er in Évora ein Mädchen verführt hatte, 1528 nach Indien. Dort war er unter mehreren Gouverneuren, auch unter Afonso de Albuquerque, einer der tapfersten Krieger, der an mehreren Schlachten teilnahm. Als er 1552 zurück Richtung Mutterland segelte, erlitt er beim Kap der Guten Hoffnung Schiffbruch und versuchte, sich zu Fuß bis nach Moçambique durchzuschlagen.

Tagiden: Von Camões erfundene Wasserwesen, die den Tejofluß (lat. Tagus) bevölkern und bereits im I. Gesang als Inspirationsquelle des Dichters angerufen werden.

Tarrafal: Konzentrationslager des Salazarregimes auf der kapverdischen Insel Santiago.

Turm: Torre de Belém. Der zwischen 1515 und 1521 unter Dom Manuel im manuelinischen Stil unweit des Jerónimosklosters ins Wasser gebaute Wehrturm.

Vicente, Gil (1465–1536): Dramatiker und auch Verfasser von Lyrik in portugiesischer und spanischer Sprache. Es sind 44 Stücke von ihm erhalten. Er soll zugleich auch Goldschmied gewesen sein.

Vieira, Padre António Vieira (1608–1697): Jesuitenpater und Missionar, gleichzeitig Portugals und Brasiliens großer Prediger und Schriftsteller. Er war zudem unter König João IV. Diplomat. Er setzte sich gegen die Inquisition, für die portugiesischen Juden und für die Freilassung der Eingeborenen in Brasilien ein.

Vieira da Silva, Maria Elena (1908–1992): wichtigste zeitgenössische Malerin Portugals. Sie wurde in Portugal geboren, studierte in Paris und ließ sich dort nieder; sie verbrachte den Zweiten Weltkrieg im Exil in Brasilien und kehrte 1947 nach Paris zurück, wo sie bis zu ihrem Tode lebte. 1956 nahm sie die französische Staatsangehörigkeit an.

M. M.-M.

Die Originalausgabe erschien 1988 unter dem Titel *As Naus* bei Publicações Dom Quixote, Lissabon.
Der Verlag dankt dem portugiesischen Institut für das Buch- und Bibliothekswesen für die Förderung der Übersetzung.

MINISTÉRIO DA CULTURA

INSTITUTO PORTUGUÊS DO LIVRO E DAS BIBLIOTECAS

2 3 4 5 02 01 00

Satz: Greiner & Reichel, Köln
Druck und Bindung: Druckerei Pustet, Regensburg

Printed in Germany.
ISBN 3-630-87079-1